複眼人

吳明益

Wu Ming-Yi

The Man with the Compound Eyes

A Novel

Literary Forest

目次

《衛報》書評

輪廓鮮明的寫實主義結合極度細膩的奇幻，
臺灣作家吳明益與大衛・米契爾遙相呼應

——歐大旭（Tash Aw）

當你不意間拿起一本臺灣作家的小說（很可能是你的第一本），你會作何期待？尖銳的獨立主張？憂悶哀愁，受日本啟發的寓言？對西方讀者而言，中國大陸的文學風景已逐漸成形，但臺灣文學仍面貌模糊——儘管這個島嶼的出版業高度發展，歷史悠久。吳明益引人入勝的第四部小說的英譯本，不但引領讀者躍入當代臺灣文學的熔爐，而且是一部無法被簡單歸類的作品。

不難瞭解為什麼吳明益的英文版出版商會將他這本近作，與村上春樹及大衛・米契爾（David Mitchell）的作品相提並論。他的小說跨足輪廓鮮明的寫實主義和極度細膩的奇幻魔力，盤旋於狂野想像的懸崖，再拉回對臺灣動物群與捕鯨的細部描寫。小說中處處可見半魔幻情節，人與動物舉止神秘，不全然知道原因；故事裡也有一隻搶眼的貓，頗有村上春樹式的觸動。但在這些相似的表象下，是一部情感真摯、反思國家政策的小說，牢繫於對生態的關切及臺灣認同。

故事以兩個主角為重心：十五歲男孩阿特烈，住在南太平洋一座不受外人打擾的島上；既是教授也是作家的阿莉思，在揮不去丈夫過世、兒子離奇失蹤的陰影多年後，打算結束生命。阿特烈的世界——瓦憂瓦憂島——刻畫得極為細膩，民間傳說、鄉土諺語、風俗習慣都詳加描述；這種嚴謹的寫作態度，在小說後半描寫臺灣原住民的生活時也看得到。瓦憂瓦憂的習俗要求阿特烈像每個次子一樣被送出海，永不回返，但阿特烈被洋流沖走，捲入即將撞上臺灣東海岸的巨大垃圾渦流。渦流將他拋上岸，也讓他接觸到阿莉思和她那一小群朋友。

但不僅於此。一如可能摧毀島嶼的垃圾渦流，這部小說迅速匯集形形色色、或簡單或複雜的情節線，吸納其他聲音和人物，使阿莉思和阿特烈的故事只是龐大架構的一部分。臺灣的植物和動物都扮演重要角色，鳥囀、蝴蝶和熊，以及阿莉思去世丈夫摯愛的山林，在作者筆下都顯得美妙動人，展現出對臺灣土地、環境的深刻體悟。大自然以眾多化身登場，影響書中人物，也暗示著每一個情節轉折。

與自然既壯大又脆弱的概念緊密連結的，是古老、被邊緣化但仍以自己為傲的臺灣原住民，哈凡和達赫是代表，他們娓娓訴說過往的人生，為小說注入真實的情感重量。

相較於阿莉思的困境，哈凡在艱辛的都市生活中奮力謀生，追求經濟獨立的歷程更為動人。她懷著尊嚴和幽默做著卑賤的按摩工作，終於存夠錢，開了自己的小咖啡館。

生態和科學之外，你還能看到作家的生花妙筆：瓦憂瓦憂島的傳統包括「靠罣丸來感受風」等不尋常的能力；人與人的互動，特別是哈凡和客人的關係、阿莉思的婚姻，都以沉思、憂鬱的筆觸細細寫來。雖然有會走路的樹、驚人的蝴蝶和能變成山羊的鹿，但那些並非小說的主體；重點在於，狼狽、不堪的困境對記憶與個體的存在，是何意義。

國際書評

我從沒讀過這樣的小說，從來沒有。南美洲給了我們魔幻寫實，現在臺灣給了我們一種述說這個世界的全新方式，毫不矯情，但也絕不殘酷。吳明益以大無畏的溫柔，寫出了人性的脆弱，也寫出了人世的脆弱。

——「地海傳說」系列作者娥蘇拉・勒瑰恩（Ursula Kroeber Le Guin）

這是個精采的故事。我讀到瀕死鯨魚與大海嘯迎面而來的段落時忍不住掉淚。我一直為文壇少數的全知說書人離世而惋惜，他們的作品強大、天馬行空，富含想像空間，就像這本書，我覺得它勢必成為經典。作者將這些令人回味再三、無法忘懷的傳說，說得美麗動人。

——《羊毛記》（*Wool*）作者休・豪伊（Hugh Howey）

《複眼人》令人著迷不已，因為它有深度與層次，充滿生活的氣息。這本書歌頌的核心是傳說，但音質緊扣現實。

——《時光機器與消失的父親》（*How to Live Safely in a Science Fictional Universe*）
作者查爾斯・游（Charles Yu）

直率的寫實主義與奇幻的巧妙融合。吳明益美麗的文字與多重意涵的生態與文化主題，大大地滿足我們的閱讀體驗。

——《書單》雜誌（*Booklist*）

太令人讚嘆了！如此動人的小說要讓更多讀者讀到。

——《獨立報》（*The Independent*）

書裡描述阿特烈的魔幻國度，以及天真的他對這個不熟悉的黑暗世界的冒險之旅，很有想像力，觸動人心。

——《金融時報》（*Financial Times*）

吳明益這本宛如雲霄飛車的作品，述說著智慧、野性、驚奇與愛的故事，一翻開便無法放下；我沉浸在這個出身臺北的幻想家所虛構的未知領域裡冒險了好多天。帶有一點南美洲的魔幻寫實主義，帶有一點瑪格麗特・愛特伍猶如雲霄飛車般的狂想……《複眼人》應該是我目前讀過臺灣最好的一部小說。英文譯稿流暢，細心地掌握了臺灣原住民之間文化與語言的微小差異。

——《臺北時報》（*Taipei Times*）

來回穿梭於寫實、超現實與魔幻寫實的文體，與數個充滿暗示的段落，令人目眩神迷。華文世界獲獎連連的作家吳明益所完成的文學小說，既不裝腔作勢也不討好讀者，它需要的是好奇與智性的知音。

——《圖書館雜誌》（*Library Journal*）

很有魅力的一本書，一部科幻小說，是像瑪格麗特・愛特伍那樣的科幻傑作。我無法輕易放下。

——傑森・席漢（Jason Sheehan），NPR書評

精采揉合科幻、奇幻、地誌傳說與魔幻寫實元素，作者為這本卓越、令人神往的作品開創出全新體裁。

——《匹茲堡郵報》（*Pittsburgh Post-Gazette*）

吳明益充滿詩意的書寫，打造出這部迷人又多樣滋味的哀歌，讀來淒美動人。

——《喧囂》線上雜誌（*The Rumpus*）

故事美麗動人，譯稿精采絕倫。吳明益帶我們經歷無垠大海中撞擊生命而來的垃圾渦流，它帶來混亂，也引發某些新改變。這個故事情感飽滿，純真、溫柔，宛如海潮高漲，退去復來。

——《The Bloomington Sun-Current》

這是一份禮物。吳明益既是自然寫作者又是說故事的人，這本書最動人的地方，除了筆下人物的互信互助，更有人類、動物與植物的相依共生。

——Full Stop書評網站

推薦序

毀滅的日常庸俗——讀吳明益的《複眼人》

作家、文學評論家　楊照

讀吳明益新近完成的長篇小說《複眼人》，我一直想起漢娜．鄂蘭對於納粹最強烈，卻也是最無奈的指控，「邪惡的日常庸俗」（banality of evil）。納粹之所以能犯下那麼驚人的罪行，在短短幾年間屠殺了六百萬猶太人，鄂蘭告訴我們，正因為殺人奪命的邪惡被日常化了，許多參與其間的人用一種日常、反覆的態度，如同對待一份並不特別有趣有意義的工作般，將活生生的人送進集中營，送進毒氣室裡。

他們不覺得自己邪惡，他們無從覺得自己邪惡。他們的感受被包裹在日常性中麻木了，邪惡不再有任何特殊性存在，對別人來說太過刺激的邪惡考驗，對他們卻太平庸了，平庸到不可能帶有任何道德反省。

吳明益寫的，是「毀滅的日常庸俗」（banality of destruction），主要的是山、海環境的毀滅，然而依隨著山、海環境的毀滅，必然有連帶的，更複雜的毀滅，人與人感情狀態的毀滅。

這幾年來，全世界最具備環境意識的地方，是好萊塢。好萊塢連續拍出了許多處理環境主題的災難電影，讓觀眾如同身歷其境般目睹氣候變化帶來的破壞。而且這些電影，是花大錢用最新動畫技術拍成，都是重點宣傳鉅片，也都有很不錯的票房。

視覺效果上沒有那麼誇張，但在災難意識上和好萊塢相呼應的，有高爾的《不願面對的真相》，有盧貝松監製的《家園》，還有我們臺灣拍的《正負二度C》。它們都提出迫切的警告，讓大家看到地球正在發生的變化，這些變化將要帶來的重大破壞災難。

顯然，這樣的警告、威脅，有其吸引人的地方，不然最是明瞭市場運作的好萊塢不會如此反應。最吸引人的，是災難，是災難的奇觀。海嘯、颶風、冰凍、乾旱或下不完的大雨，海水上升淹沒了城市田園。這些影片都精采呈現了讓人看得目瞪口呆的奇觀。

不能說這樣的影片對提高環境意識沒有幫助，幫助很大。但是奇觀有其限制，大自然的破壞奇觀，最根本吸引人的地方和五萬發煙火構成的跨年晚會高潮是一樣的。人們很容易就以目瞪口呆看跨年煙火的心情，目瞪口呆地看銀幕上熟悉的城市一夕之間遭到毀滅。

關鍵就在「一夕之間」。這些影片所呈現的，幾乎都是瞬間的災難，或災難來襲後的倉夷狀況。那樣的災難很刺激、很驚人，誰都會凜然震動，然而那樣的災難，卻不是環境災難的現實。至少不是主要的現實。

環境的破壞、毀滅，是日常性的。比殺人奪命，消滅掉一整個種族，更是日常一百倍、一千倍。毀滅一點一點地來，一點一點地累積，已經累積了幾百年，甚至幾千年，從來也沒有以呼天搶地的方式，依照好萊塢編劇寫的那樣展演在我們眼前。破壞、毀滅真正的特性，和好萊塢要講的，剛剛好相反——在於其沉默、安靜、普遍、無所不在，也就是在於其日常庸俗。

好萊塢必須將這無所不在的日常庸俗，予以戲劇化，才能將之從庸俗中拔拖出來，讓人們看到，讓人們感受到；然而弔詭地，脫離日常庸俗被看到的環境災難，也就不再是真實的災難了，當大家高度在意驚天動地的災難時，日常庸俗的毀滅反而更被忽略了，會被凸顯看到的、害怕的，很不幸地，就不會是真實的。

但，怎麼描繪那日常庸俗的毀滅？既然是日常庸俗，也就沒有醒目顯眼之處，畫了不也等於沒畫嗎？

吳明益之前曾經用散文之筆畫過。他的《蝶道》、《家離水邊那麼近》建立了一種不同於之前臺灣「自然寫作」的腔調。他如此細心，且如此耐心，排除了搶救的迫切語氣，看似不溫不火地將騎車緩行的細微觀察與幽微心境堆疊、鋪陳，不需太多的形容詞，那樣的敘述與節奏中，就有了內在的一種珍惜與愛護，傳染給閱讀者。他不特別區分該被挽救的，與該被痛恨的，平等地婉婉記敘，卻更能激起悵然傷痛之情，而且久久不散。

同樣的細心與耐心，也重現在《複眼人》裡。帶有未來與高度幻想性的場景中，吳明益卻將非現實性的設計刻意低調處理，隱藏在諸多近乎寫實的細節間，讓人幾乎渾然忘卻了幻想與現實的界線，總體地感受到小說裡幾個敘述角色和自然間的親密緊密關係。

《複眼人》做為虛構小說，最核心的情節，當屬那一座靠近、撞擊臺灣東海岸的「垃圾島」，這本來是個不折不扣的奇觀，是好萊塢製片可以一眼認出的「賣點」，但吳明益卻能維持不溫不火，沒有一點激情地描繪其過程。焦點不在奇觀本身，毋寧在即便如此奇觀災難當頭，人們畢竟還是只能以一種日常庸俗的態度對之。

藉著寫出人對奇觀的無能為力，人在奇觀之前的慵懶，吳明益碰觸到了日常庸俗。日常庸俗，見怪不怪，或該說，大驚小怪過頭了以致墮入反覆慵懶中，這種對待環境的態度，具有高度傳染性。勢必影響人如何看待生命中其他事物，包括人際關係，包括愛情，包括自我生命的選擇。

《複眼人》集合了好幾個因為不同原因，逃離了日常庸俗態度的人。他們比一般人，多一點對於周遭的陌生抽離，少一點理所當然，因而也就隨而多了一點不忍與珍惜。這樣的多一點、少一點，主宰了他們的生命選擇，增添了他們的猶豫與折磨，他們不是一般人，他們是難得看出了一般人的庸俗日常中，帶著最恐怖的不正常的「複眼人」。

翼覆翼，光覆光

Wing above wing, flame above flame

〈複眼人〉，張又然

第一章

瓦憂瓦憂島民從不問別人年齡，他們就和樹一樣長高，像花一樣挺出自己的生殖器，蚌一樣固執地等待時間流逝，海龜一樣嘴角帶著微笑死去。他們的靈魂都比外表還要老一些，而且因為長期凝視海，以至於眼神憂鬱，老年罹患白內障。

1 洞穴

在隙間水的潺潺聲中，山突然發出了巨大、卻像是來自遠方的聲響。

所有人都暫時安靜一下。

李榮祥大喊。那不是水流，不是；也絕對不是什麼石頭滾動、岩磐崩裂之類的聲音，當然也不是說話的回音。那更像是一個完美的玻璃容器，被突如其來的什麼撞到，初看毫無傷痕，其實已悄悄地從某處開始出現細微裂縫的聲音。但那聲音隨即隱匿，接著地底下和指揮室的人們只能聽到彼此的呼吸聲，和無線電沙沙沙沙沙底聲響。

薄達夫長長地吐了一口氣，用帶著濃濃腔調的英文說，「剛剛，你們有沒有聽到什麼聲音？」沒有人回答，但其實大家都聽到了，只是不知道要怎麼形容而已。就在那一瞬間，電氣系統突然完全中斷，深入山的這個洞穴霎時黑暗一片。所有的人都望向眼前的黑暗，但其實什麼都看不見。此刻，那聲響又再出現了一次，就彷彿山的裡頭有著什麼巨大的物事，正在走近或者離開。

安靜！安靜一下。李榮祥刻意放輕了聲音，以免聲波引起岩壁的震動，再引起一次坍塌。但其實，所有人早已安靜下來。

2 阿特烈的一夜

瓦憂瓦憂島民以為世界就是一個島。

島座落在廣大無邊的海上，距離大陸如此之遠，在島民記憶所及，雖然有白人曾來島上，但從來沒有族人離開島後又帶回另一片陸地的訊息。瓦憂瓦憂人相信世界就是海，而卡邦（瓦憂瓦憂語中「神」的意思）創造了這個島給他們，就像在一個大水盆裡放了個小小的空蚌殼。瓦憂瓦憂島會隨著潮汐在海裡四處漂移，海就是瓦憂瓦憂人的食物來源。但有些種類是卡邦所化身的，比方說被稱為「阿薩摩」的一種黑白色交雜的魚，便是卡邦派來隨時窺探、試探瓦憂瓦憂人的，因此被瓦憂瓦憂人歸納為不能吃的種類。

「如果你不小心吃掉這種魚，肚臍旁邊就會長出一圈鱗片來，一輩子都剝不完。」走起路來一高一低，拄著鯨魚骨當拐杖的掌海師，每天傍晚都要坐在樹下跟孩子們說瓦憂瓦憂島所有關於海的故事，說到太陽隱沒到海中，說到孩子變成少年通過成年禮。他的話語盡是海的氣味，吐出的每一口氣都帶著鹽分。

「長出鱗片來會怎麼樣呢？」一個小孩問，這裡的小孩都有一雙像夜行動物一樣的大眼睛。

「唉呀，我的孩子，人是不能長鱗片的，就像海龜不能肚子朝天空睡覺啊。」

另一天，掌地師則帶著孩子們走到山坳與山坳之間的土地，那裡長著阿卡巴，意思是像手掌一樣的植物。島上僅有極少可提供澱粉類的植物，阿卡巴就是其中一種，叢生的植物彷彿伸出無數的手向天空祈禱。由於島太小，也沒有什麼工具可使用，島民在種植這些植物時會在土地上堆滿碎石塊，一面擋風，一面保持土壤的濕度。「要有愛啊，用愛把土圍起來，土是瓦憂瓦憂島最珍貴的東西，像雨水和女人的心一樣。」掌地師帶領著孩子學習如何布置石塊，他的皮膚就像乾裂的泥土，背脊拱起如土丘：「世界上只有卡邦、海跟土值得信任啊，孩子們。」

島的東南方有一片環礁圍起來的潟湖，這是島民用小型手網捕魚和採集貝類的好地方。島的東北方大約「十椰殼」（意謂著投擲十次椰子殼的距離）外，有一處珊瑚礁岩，在退潮時會全部露出，是海鳥的聚集地。島民用一種樹枝編織而成，叫做「古哇那」的工具捕鳥。從外表看來，古哇那只是單純一端削尖的棍子，島民在鈍的那頭打了個洞，穿上鹹草編成的繩子。瓦憂瓦憂人帶著古哇那，划著獨木舟接近珊瑚礁島，然後任由洋流帶著他們沿著島航行。他們故意不看海鳥，心底對卡邦祈禱，然後在洋流帶著船接近鳥的一瞬間奮力甩出古哇那。被卡邦祝福的繩子會剛好套在海鳥的脖子上，再一旋手，就可以用尖的那頭將鳥刺死，血水會從尖端流下，彷彿受傷的是古哇那似的。信天翁、鰹鳥、軍艦鳥、海燕、鷗鳥以生產力來對抗古哇那，牠們在春季停在島上築巢、產卵。因此這個季節瓦憂瓦憂人每天吃蛋，臉上都掛著殘酷而滿足的微笑。

和所有的島一樣，瓦憂瓦憂島除了雨水和島中心一座湖以外，淡水常常不足。而以鳥和魚為主的食物含鹽量又高，使得瓦憂瓦憂島民看起來既黑且瘦，常罹患便秘。瓦憂瓦憂人清晨會在自家挖的茅坑背對著海排便，很多人因為太過用力而掉下淚來。

島並不大，以一般人的腳程來說，大概從早飯到午飯過後不久可以走完一圈，也因為島不大，所以島民習慣粗略地說此刻是「面向海」或「背向海」，面向海或背向海的標準，則是依據島中央那座矮矮的山。他們聊天時面向海，吃飯時背向海，祭祀時面向海，做愛時背向海，以免冒犯卡邦。瓦憂瓦憂島沒有酋長，只有「老人」，老人中最有智慧的稱為「像海一樣的老人」。家裡出過「像海一樣的老人」的房子門會面向海，像一條倒覆的獨木舟，兩側有貝飾與雕飾，側面貼上魚皮，前面有島民用礁石為這戶人家建的擋風牆。島民沒有辦法走到任何一個「聽不到海的地方」，沒辦法吐出一句沒有海的話語。他們早晨相遇的時候說：「今天到海上嗎？」中午時問：「要不要到海上去碰運氣？」而即使今天根本因風浪太大沒有出海，晚上碰面時仍會互相叮嚀：「等會我要聽聽你說海的故事」。每天島民出海捕魚，碰到的人則會在岸邊大喊：「別讓名字被魔奈帶走啊！」魔奈是海浪的意思。互相碰面時則問候：「今天海上天氣怎樣？」即使海上正颳著大浪，另一個人也一定得回答：「非常晴朗」。瓦憂瓦憂語的音調像海鳥的叫聲，尖銳而響亮；像海鳥的翅膀，在轉折處有些微的顫抖，每個句子結束時會發出像海鳥潛入海中時破浪的尾音。

瓦憂瓦憂人偶爾缺乏食物，偶爾因天氣太差沒有辦法出海，偶爾兩個部落會起衝突，但不管日子怎麼過，每個人都擅長說各式各樣的海的故事。他們吃飯時說，打招呼時說，祭典時說，做愛時說，甚至連說夢話都說。雖然沒有經過完整的記錄，但許多年後或許人類學家會知道瓦憂瓦憂島是一個擁有最多海的故事的地方，他們每個人共同的口頭禪是：我跟你說一個海的故事。瓦憂瓦憂島民從不問別人年齡，他們就和樹一樣長高，像花一樣挺出自己的生殖器，蚌一樣固執地等待時間流逝，海龜一樣嘴角帶著微笑死去。他們的靈魂都比外表還要老一些，而且因為長期凝視海，以至於眼神憂鬱，老年罹患白內障。死前多半早已失去視力的老人會問床邊的子孫說：「現在海上的天氣怎麼樣？」瓦憂瓦憂人把能看著海死去這件事視為卡邦的恩典，生活的夢想，至死前一刻仍渴望在腦海裡留有海的形象。

瓦憂瓦憂島的男孩出生時父親為他們選了一棵樹，每次月亮死而復生一遍就在上頭刻一條刻痕，到了一百條刻痕時，男孩就要建造屬於自己的「泰拉瓦卡」。若干年前，唯一停留在島上一段時間的英國人類學家泰迪把泰拉瓦卡記成是獨木舟，其實不然，它比較像是一種草船。由於島太小，並沒有太多樹徑夠粗的樹可以直接做成獨木舟，泰迪的記錄可以說是人類學史上的笑話，不過並不算愚蠢的笑話，任何人看到泰拉瓦卡，都會以為那是一棵樹所造成的。瓦憂瓦憂人先用樹枝、藤條和三、四種芒草編織骨架，再用水將植物纖維融成紙漿，澆灌上去，如是三遍；完成之後，縫隙則再抹上一層沼澤地的泥炭土來填實，最外層則塗上樹液防水。從表面上看，泰拉瓦卡確實就像一株大樹挖空所造成的扎實、完美。

現在坐在岸邊的少年，擁有一條全島最漂亮、結實的泰拉瓦卡。他的臉具備了瓦憂瓦憂人的所有特徵，塌鼻，深邃的眼瞳，陽光般的皮膚，憂鬱的背脊和箭矢似的四肢。

「阿特烈，不要坐那裡，那裡海裡的魔鬼看得到你！」一個路過的老人，這樣對少年喊。

曾經阿特烈跟所有瓦憂瓦憂人一樣，以為世界就是一座島，像空蚌殼漂浮在海上。阿特烈從他父親那裡學會造船技術，族人誇他是島上少年造船技術最好的，甚至超過他的哥哥那烈達。雖然年紀輕，但阿特烈的身材適合當魚，潛水時可以一口氣追捕三條鬼頭刀。島上所有的女孩都在心底愛慕著阿特烈，幻想他有一天能在路上攔住自己，扛進草叢，然後過三次月圓，確定自己懷孕後，偷偷告訴阿特烈，回家後若無其事地等著他拿鯨骨做成的刀來求親。或許，島上最美麗的少女烏爾舒拉也是。

「阿特烈的命運就是因為他是次子，次子會潛水也沒用，因為海神要次子，島不要。」阿特烈的母親常常這樣對旁人說。旁人也就明白地跟著點點頭，生養出色的次子是瓦憂瓦憂人最痛苦的事。阿特烈的母親早上也說，晚上也說，她厚厚的嘴唇顫抖著，彷彿說久了後阿特烈就可以避開次子的命運。

除非長子夭亡，瓦憂瓦憂島的次子很少結婚，然後變成「像海一樣的老人」。因為他們在出生後第一百八十次月圓時，會被賦予一趟有去無回的航海責任。這次的航海只能帶上十天份的水，並且不准回頭。瓦憂瓦憂島因此有一個關於次子的諺語，那就是「等你們家的次子回來再說吧。」意思很簡單，那是絕不可能的事啊！

阿特烈的睫毛閃動，身體因為海水乾燥後凝成鹽的結晶而變得閃閃發亮，就像他是海神的兒子。明天就要駕著泰拉瓦卡出海了，他爬上瓦憂瓦憂島最高的礁石，眺望著遠方的海浪一波一波帶著白色的皺褶過來，水鳥沿著海岸飛，讓他想起輕盈得像飛鳥影子的烏爾舒拉，覺得自己的心已被浪拍擊了數百萬年，就快碎了。

天色一暗，族裡仰慕他的少女們依照習俗埋伏，阿特烈幾乎是只要一靠近草叢就被攔截，他一直期待草叢裡的女孩是烏爾舒拉，但烏爾舒拉卻一直沒有出現。阿特烈一次又一次和埋伏在不同草叢裡的不同女孩做愛，這是他能留給島的最後的東西。當遇到任何一個把你拉進草叢的女孩，你都得與她做愛，這是一種瓦憂瓦憂規矩，瓦憂瓦憂道德，也是為自己搏一個留下瓦憂瓦憂孩子的機會。也只有在次子出海前一夜，瓦憂瓦憂的女孩可以主動埋伏自己的情郎。阿特烈為了繼續往烏爾舒拉家那片草叢走去，拚命做愛，為的不是性的愉悅，而是為了黎明前能到烏爾舒拉家附近，因為他預感必定會遇到她。所有女孩都感覺得到阿特烈雖然插入，卻急著離去的身體，她們因此悲傷地問：

「阿特烈，你為什麼不愛我？」

「妳知道的，人的感情沒有辦法跟海抗爭的啊。」

阿特烈一直到天空像魚肚子那樣的亮度時才到烏爾舒拉家附近，草叢裡伸出一雙手輕輕地將他拉進去。阿特烈顫抖得像蹲在岩石旁閃躲閃電的海鳥，幾乎無法勃起，並不是因為太疲累，而是當他看到烏爾舒拉的眼睛的時候，感覺自己的心被水母蜇傷。

「阿特烈，你為什麼不愛我？」

「誰說的？人的感情沒有辦法跟海抗爭的啊。」

他們擁抱許久，阿特烈雖然閉著眼，卻彷彿置身空中，俯視整片無盡的海域。漸漸他的身體醒了過來，他試著讓自己忘記不久就要出海，只想趁還堅硬時，盡量感受烏爾舒拉身體裡的溫度。天一亮，全村的人都會到港口送他，而在這一夜裡，除了掌海師跟掌地師外，瓦憂瓦憂島民沒有人知道，其實島上過去離開的次子的鬼魂們也都回來了，他們將陪著這位皮膚閃閃發亮像海神兒子的阿特烈，駕著他親手造的泰拉瓦卡，帶著烏爾舒拉送給他的「說話笛」，朝次子們的共同命運航去。

3 阿莉思的一夜

阿莉思一早起來，決定自殺。

其實她幾乎把所有自殺必須做的事都準備好了，或許不該這麼說，阿莉思個人已經沒有什麼罣礙，也沒有要把任何東西給任何人，只是一個尋死之人而已；一個單純的尋死之人，就沒有什麼財產可言。

但阿莉思是一個固執的人，她也在意她一切在意的人。這世界上剩餘的她在意的人與事，就是托托和那些把夢想寄託在她身上的學生。她曾經很清楚地知道自己的未來需要什麼，但現在一切都不清楚了。

阿莉思先遞出辭呈，繳回工作證，終於得以深深地鬆了一口氣。那不是平常的一口氣，更像是過了備受煎熬的一輩子，終於等到可以轉世到下一輩子的一口氣。阿莉思年輕時因為想成為作家而念了文學研究所，又一路順利地獲取教職，再加上阿莉思的外表纖弱敏感，跟文學給這個保守社會的刻板印象十分合拍，因此很多人都羨慕她走上念文學最穩定的一條路。但只有阿莉思知道，別說是成為好的作家，這些年裡，她有時候連文學的空氣都聞不到，系務跟研究讓她每天忙到沒有時間寫作，從研究室關燈回家時，都已經天光了。

她決定先把整個研究室的書和物品都送給學生，盡量不帶情緒地與她指導的學生一一用餐話別。坐在學校食物異常難吃的餐廳裡，看著這些孩子各自不同的眼睛。

「多麼年輕啊。」她想。

這些孩子還以為他們的生命正要走進什麼神秘的地方，但其實那裡頭什麼都沒有，不過是個空空的，堆放雜物的地下室而已。她盡量讓自己的眼神露出最後一絲溫暖的餘光，讓他們以為她在聽他們說話，對他們仍深感興趣。對阿莉思來說，現在空氣只是進進出出這個軀殼，所有的話語就像石子丟進連窗子都沒有的空房子裡。偶爾一閃的念頭多半是有關托托的記憶，以及自己尋死可能的方式。

她想想覺得有點多餘，家門口就是大海，不是嗎？

阿莉思幾乎沒有和同事道別，她總是怕在談天的過程中，暴露出自己體內盤根錯節的憤世嫉俗情緒。開車經過市鎮時，她突然感覺這裡的景觀跟十幾年前初來乍到時並沒有太大改變，差別只是在此刻，她發現這已不是當初吸引她來到這裡的峽谷和小鎮了。巨大的樹葉、突然聚集起來的雲、鐵皮屋上的浪板屋頂、一段路就會出現一條完全沒有水的溪流、庸俗誇張的招牌……，當初看起來親切的物事，現在都在萎縮，很不真實，逐漸和自己失去牽連。她想起來到東部的第一年，那時兩旁的灌木叢和植被還離人頗近，風景和動物都不太怕人的樣子，但現在山和海被馬路推到很遠的地方。

阿莉思想，這地方原本是原住民的，後來是日本人的，漢人的，觀光客的，現在則是不知道誰的，也許是那些買地蓋農舍，選出腦滿腸肥的縣長，最後終於把新公路開通的人的吧。公路建成以後，海岸和山間布滿了各式各樣異國的建築，每一幢都不道地，簡直像開玩笑蓋的世界民俗文化村，但這些有錢人通常只有假期才出現，到處都是廢耕的土地和空蕩蕩的房子。一些在地文化圈的份子總喜歡高談闊論H縣是島嶼的淨土這類老掉牙的廉價土地認同，她心裡總想到H縣市的建築和公共建設，除了少數保留做為展示的原民建築和日本時代建築，多數人工景觀都簡直像是故意要傷害風景所蓋起來的一樣。

有一回學術研討會的餐點時間，同事王教授又對她高談闊論「H縣的土地會黏人」這樣的偽善語言，阿莉思忍不住對他說，「你不覺得這裡充滿各式各樣的假農舍、假民宿，連農舍院子裡的樹都假假的，你不覺得嗎？這些房子，嘖，專黏一些喜歡這樣東西的假人有什麼用？」

王教授一時語塞，竟忘了對這個後輩擺出資深教授的姿態，他的三角眼、花白頭髮和油光滿面的臉，看起來更像是個商人。說真的，有時候阿莉思還真的分不出這兩者的差異。許久，他才接上話：「照妳這麼說，那真的應該是什麼樣子？」

真的是什麼樣子呢？阿莉思開著車，反覆思考這個問題。

現在是四月，到處都是潮濕慵懶的氣味，像性愛的味道。阿莉思往右邊看去是高山，是島最具象徵性的中央山脈。至今她仍偶爾，不，是每天都會想起那天托托從車子天窗探出頭看山的樣子，他戴著迷彩帽，像個小軍人。在記憶中，他有時穿了風衣有時沒穿，有時揮了手有時沒揮，她想像那時車內的椅子一定被他的腳踩出了個小凹陷。那是她記憶裡，托托和傑克森最後的影像。

當阿莉思失去與他們父子的聯繫時，達赫是她第一個打電話求助的人，他既是傑克森的山友，也是此地救難隊的成員，對附近的山都非常瞭解。

「都是傑克森，都是傑克森！」她激動地對達赫說。

「別急，只要還在山裡，我就找得到。」達赫這麼安慰她。

傑克森從地勢平坦，一座真正的山都沒有的丹麥來到臺灣，不多久就開始到處登山。當他跟著達赫把一些特殊的路線都一一攀登過之後，就到國外參加了自主訓練，準備試著以阿爾卑斯的登山法去登七千公尺以上的高峰，從此以後，臺灣變成他偶爾來的地方。阿莉思覺得自己年紀一天一天大了，已經快要無力承受這種不曉得哪天傑克森就再也沒有回來的生活。何況，傑克森即使在旁邊，眼神也總是飄向很遠的地方。

也許是因為這樣吧，這些日子以來阿莉思先想到托托，再想到達赫，才想到傑克森。不，她不太想起傑克森了。他太自以為已經懂山了，幾乎忘了自己的國家根本沒有山。何況，他怎麼能這樣？怎麼能把兒子帶上山卻不帶他回來？她也常想像，如果那天傑克森生病、忘了給車充電、甚至可能多睡一些時間……一切都會改變。

「放心吧，不過是去採集昆蟲，我不會帶他去危險的地方的，沒問題。」傑克森這樣安慰阿莉思，不過阿莉思聽出裡頭的不耐。「而且是大家都知道的路線啊。」

多數人不相信，托托雖然才十歲，卻已經是攀岩和登山的高手，而且他的山林知識恐怕也比一個專業的大學畢業生豐富得多。托托是屬於山的，何況，她盡可能叮嚀自己不要去阻止托托做自己真心想做的事。也許像達赫所說的，命運的一刻就因為它是命運的一刻，而命運的一刻就是會移動，像箭找上山豬。

達赫是阿莉思和傑克森的好友，他是計程車司機兼救難隊員、業餘雕刻家、森林保育員和東海岸一些NGO團體的義工。像所有布農人一樣，達赫身材矮壯，眼神卻十分迷人，跟達赫講話絕對不能直視他的眼睛，否則會誤以為他愛上妳，或者就是妳不小心愛上他。

幾年前他的妻子離開了，留下女兒Umav（鄔瑪芺）和一張紙條，裡頭沒有多做什麼交待，只是說明自己提走多少錢，拿走多少東西，並且特意用較大的字寫：這些都是該我的。鄔瑪芺是那份財產清單裡留給達赫的一個項目，像一隻被轉讓的寵物。有一段時間，達赫會善意地讓鄔瑪芺到阿莉思家住幾天，但發現根本沒辦法轉移她的憂鬱，反倒是鄔瑪芙和阿莉思的憂鬱互相把對方拖到更深的地方。一閃神間，阿莉思會發現自己根本一整個下午都沒有跟鄔瑪芙說話，而鄔瑪芙也只是眼巴巴地看著海，不斷用髮夾把前額的頭髮夾起來，然後放下來，再把頭髮夾起來放下來，好像頭髮無法控制，而她永遠沒辦法把髮夾安放在適當的位置似的。因此，阿莉思誠意地請達赫不要把女兒寄住在她這裡，在搜救活動告一段落後，她也拒絕了達赫固定的慰問來電。

阿莉思決意活成一堵牆，她唯一的期待便是睡眠。睡眠雖然是閉起眼睛，但有時其實可以看得更多，一開始她「刻意」在睡前冥想以便能夢見托托，但後來她盡力不夢見他，然後阿莉思發現不夢見他比夢見他更痛苦，只好承受夢見托托醒來他卻不在的痛苦。有時半夜睡不著時，阿莉思拿著手電筒，像往常一樣靜靜地走進托托的房間，查看那個並沒有躺在床上的身軀，睡著的呼吸是否仍然安詳勻稱。回憶像個強大的拳擊手，出拳如風，無可迴避。有時她寧可自己還有欲望，因為所有年輕過的人都知道欲望是最好的抗憂鬱劑，欲望會使回憶喪失力量，關注此刻。但夢裡的傑克森不再給她欲望。傑克森總是右手拿了一把登山鋤，左邊的手變成一片山壁，他用右手的登山鋤，狠狠地敲自己的左手，卻從不講話。她每回想緊抓住夢境裡的啟示，就打電話到警局詢問是否有了托托的消息。「沒有，有的話我們會主動聯絡您的，教授。」她覺得警察從熱心變成同情，現在連同情都沒有了，接她的電話只是例行公事，有時在平靜的語氣後頭還隱藏著嫌惡。「那個女人又打來了，煩死了。」他們放下電話以後，一定跟同事這樣講，阿莉思想。

這個四月一面一直下著雨，一面又超乎尋常的炎熱，晚上學校裡的路燈下到處都是撞暈翻不過身來的金龜子。而此刻一隻金龜子被困在車子的前擋風玻璃，阿莉思一路開車，牠都在扣扣扣地撞擊玻璃，阿莉思明明把窗戶都打開了，牠也找不到路飛出去。牠一次又一次地撞擊，鞘翅藍幽幽地發亮。

這幾個月來阿莉思發現自己依賴托托之深：因為托托的關係，她才記得每天早上得吃早餐、準時睡覺，學習做飯。阿莉思也學會了謹慎，因為自己的安全就是孩子的安全。她還得擔心出門會不會遇上該死的酒醉駕駛，把那個稚氣的、溫暖的臉龐，就此撞碎在人行道上；還得擔心學校裡的其他孩子，甚至是老師，因為這麼靠近孩子的人有時往往會做出難以想像的殘酷的事。阿莉思想起自己小時候就曾和同學每天都欺侮一個衣服像是永遠洗不乾淨的女孩，開她玩笑，捉弄她，用便當裡的排骨醬汁把她已經很髒的衣服弄得更髒，好像是為了襯托自己衣服的乾淨似的。

車子經過幾年前被洪水沖斷，改建後往山裡縮了近三公里的一座橋，一陣喇叭聲響，使得阿莉思趕緊把注意力拉回車道上。

幾分鐘後，車子轉過H縣曾經最著名的一段海域。多年前財團硬把山鏟掉一部分，填實打造成樂園，並且在貪污案纏身的縣長支持下，繼續開挖旁邊的山壁。不過在九年多前一次大地震後，多數設施因位移而無法再使用。公司逃避賠償責任選擇倒閉，再加上這幾年水位上升，海岸線內移，遠遠望去還未清除的摩天輪和纜車柱，顯得孤寂無助。旁邊的岸石（原本應該是山的一部分），有釣客坐在那裡放線垂釣，小船就繫在一根纜車柱上。現在這條比較高的路被稱為「新海岸路」。阿莉思遠遠就看見自己那幢獨特的海邊小屋，陽光透過細小的雨絲落在大地上，雖然還是有雨，但這已經是最近難得的好天氣了。

房子就在海邊，只是不曉得什麼時候，海已經那麼近了。

阿莉思打開已經沒有什麼意義的門，環顧她所僅有的一切。沙發、傑克森和她合作的一面壁畫、Michele De Lucchi設計的吊燈、曾經活過但此刻已然枯死的盆栽……房子裡的每一樣東西都是她跟傑克森挑的；而枕頭的凹陷、浴室的小方巾、牆上的童書都有托托的身影。此刻做最後的巡視時，阿莉思卻發現魚缸還沒有處理。一旦自己先死，魚就這樣莫名其妙，毫無抵抗能力地在那裡無聲無息地等待死亡未免太可憐了。她坐在沙發上，想到一個很喜歡水族，叫米奇的學生，說不定他會願意來把牠們帶走。念頭一起，阿莉思卻發現自己已經沒有手機，網路電話又被她切斷了。盤算許久，她決定到學校一趟，把水草跟魚交給米奇，當然，如果他要設備的話，乾脆讓他把整套設備帶走好了。阿莉思坐上車，還好，儀表板上顯示還有三十公里左右的電力。

阿莉思在系辦公室打了個電話給米奇。米奇很快地帶著另一個女孩一起出現，上了阿莉思的車。米奇有著運動員的身材，卻是一副安分委屈的眼神，她印象中米奇是那種典型對文學有熱情，卻沒天分的學生。米奇介紹他的女友叫小潔，是一個眼神調皮，全身都掛滿裝飾品的中等身材女孩，皮膚非常白皙，笑起來也算甜美，不過長相跟大街上任何一個年輕女孩沒有太大差別。她穿了一件非常貼身的，黑色的牛仔褲。她說自己上過她兩門課，不知道為什麼，她有點沒有印象，又彷彿記得這個女孩。整車沿路悶聲不語，小潔和米奇假裝看著車窗外的風景，避免與阿莉思交談。

三個人默默穿過後花園，阿莉思打開門的時候，米奇驚呼了一聲。他趴到水族箱前面，問，「這是高身鯝魚？」

「嗯。」那幾尾魚，是很多年前達赫的朋友復育成功時，除了野放以外留給托托的。

「哇，野溪已經找不到了耶。我可以打開櫃子看看嗎？」

「嗯。」

米奇打開缸下的櫃體，顯得非常興奮，說：「哇，這套缸連冷卻器、酸鹼控制器都有耶。」

「你都可以帶走。」阿莉思對一直哇哇叫的男生感到不耐。

米奇顯得有點不敢相信，再確認了一次後打了手機給同學。不久三個大男生開著一輛休旅車，七手八腳地把整套裝備放上車。阿莉思注意到小潔只是默默地看著掛在房子裡的數位相框，讀書架上的書背。

「妳可以挑喜歡的書帶走。」
「嗯，可以嗎？」
「帶幾本走都無所謂。」阿莉思注意到小潔最後只拿了一本丹麥文版Isak Dinesen的短篇小說集。阿莉思斜著頭問：「妳懂丹麥文？」
「沒有啦，只是紀念啦，丹麥文看起來很特別嘛。」
一群人上車前，小潔走到阿莉思面前，說：
「老師，妳以後還會到學校嗎？」
「應該不會了。」
「嗯，所以以後可以寄文章給妳看嗎？不行也沒關係喔。」
阿莉思點了點頭，又搖了搖頭，她想起這個女孩了，不帶情緒地想起來了。

米奇和小潔回家後，阿莉思無意識地走進托托的房間，倒在那曾經有她熟悉味道的床上，現在不用擔心魚會死了，只要想自己該怎麼死，相對來說，她似乎更不關心自己該怎麼死這一點。阿莉思仰頭朝上，看著天花板上以前傑克森帶托托爬過的山徑地圖，圖也是他們父子畫的，她常常在廚房作菜，父子倆就在房間裡搞些神秘的勾當，登山是屬於他們父子的，這麼多年來，不管傑克森怎麼努力，阿莉思就是不登山，也不信教。
「每個人總能拒絕一些什麼吧。」阿莉思這麼想。

阿莉思永遠記得第一次登山的經驗，說是山並不準確，那不過是石碇附近一個叫「皇帝殿」的地方而已。那時大學很流行聯誼，阿莉思被同學硬拉去參加。阿莉思本來就是不善運動的人，前半段路還好，但經過一個小廟之後，不但要拉繩、踩樹，最後竟走到一個山稜上，兩邊都沒有依靠。當時阿莉思因為害羞而不好意思拒絕大家往前走的要求，勉強走了幾分鐘的路，便開始盜汗恐慌，她沒有像一般的女孩尖叫，引來男伴的扶持，而是默默地不斷流淚。為什麼要到這樣的地方呢？她拒絕一個長相斯文，但腦袋空空（在他的機車上她已經確認過這件事）的男生扶她，獨自一人半蹲半走上了回頭路，從此以後她便拒絕登山。

天花板那幅地圖，畫上了各種彩色旗子，紅、藍色的路線縱橫交錯，不曉得代表什麼意思，還有哪些她從來沒看過的風景？天知道這對父子花了多少時間、什麼古怪心思做這件事。她的眼光循著那些路線走，雖然她不再登山，但也常和托托一起看地圖，擬登山計畫，彷彿在玩一種遊戲……這些地圖她也一樣熟稔，但不知道為什麼，總覺得有些路線畫得不太對，至於哪裡不太對，一時之間卻又說不上來。阿莉思索性躺在床上更仔細地看那地圖，不久便覺得眼花撩亂。漸漸外邊的天色暗了，天花板上的路線慢慢隱沒，阿莉思想著托托坐在高腳凳或踩在傑克森的肩上畫地圖的樣子，終於在沒有時間意識的時間流動中沉沉睡去。

不知道睡了多久，夜裡突然發生了頗為強烈的地震，足以把每個人的童年都喚醒那樣程度的地震。地震開始時阿莉思並沒有真的醒來，因為畢竟已生活在地震太常發生的H縣這麼久了，她遇過比這更激烈的。但一分鐘過後震動仍然持續，且變得更加嚴重，這使得阿莉思的身體一時之間還是反射性地從床上坐起來，直覺地想該尋找掩蔽還是逃出屋外。但隨即為自己這樣的念頭笑了起來。一個都準備尋死的人，何必在乎什麼樣的死法呢？阿莉思再次躺了回去，彷彿聽到一種沉悶卻巨大的轟隆聲來自某處，像是山要開始行動了。這讓她想起童年時遭遇過的大地震。那場地震並沒有奪走她任何一個親人的性命，不過把她就讀的學校震垮了，一位非常疼她的叫林麗娟的自然老師，和上課時坐在她旁邊，常常請她吃零食的，戴著遠視眼鏡，以至於眼睛總是看起來格外大的男孩，死在那場地震裡。前一天下課跟他一起走路隊時，他還送了她五隻蠶寶寶。地震過後五天，可能是因為吃了沒洗乾淨的桑葉，蠶寶寶全都拉出稀稀的黑屎死了。死去的蠶寶寶身體變得乾乾癟癟的。這是她記憶所及，最感切身的兩件事。地震這東西不用奪走你的生命就能讓你感到恐怖，它奪走你生命裡某樣東西，或讓那個變得乾乾癟癟地就行了。

巨大的轟隆聲持續了幾分鐘，然後一切歸於寂靜，阿莉思因為太過疲累，竟又沉沉睡去。阿莉思醒來的時候天還未亮，海浪的聲音非常有恆心地重複同樣的節奏，她起床朝窗戶外一看，發現自己彷彿站在一座海上的孤島上，遠方的浪帶著無數細密的泡沫，非常固執地，一道一道朝陸地而來。

第二章

一天兩次，阿莉思被潮水短暫監禁，幾個小時後重被釋放。大滿潮之際，海輕輕繞過房子的防水溝，環抱著房子，在房子的後門留下各式各樣的物事……。

4 阿特烈的島

霧像是從海洋深處冒出，瀰漫一切，如同卡邦一樣，無所不在。阿特烈一度懷疑自己已置身海底。他索性不划槳了，在這樣的大霧中，划槳有什麼意義？離開瓦憂瓦憂島七天，他非常確信，槳對真正的大海而言，是多麼無力的東西，難怪島民要為出海捕魚的海域，設下一條隱形的邊界，因為一旦超過那個邊界，很可能就回不來了。另一方面，他發現了一個重要的現實，那就是乾糧和淡水都已耗盡。雖然理智上認為已經絕望，擔心自己將和所有的「瓦憂瓦憂次子」一樣一去不回，但身體並未絕望，於是他開始嘗試喝海水。

接近午夜時分開始降雨，雨和霧把海與天的界線模糊了，雨中阿特烈以為自己已經跨越了海之門。島民傳說，在雨與霧的盡頭有一道海之門，海之門外有一座「真正的島」，卡邦和所有的水族神祇居住其上，瓦憂瓦憂只是那個島的影子。平時那個「真正的島」藏在海底，只有在某些命定時刻浮出海面。

阿特烈躲進他自己特製的棕櫚葉遮雨棚，棚內滴滴答答，跟在外頭沒什麼兩樣。他喃喃自語：「大魚逃走了，大魚逃走了。」這在瓦憂瓦憂語裡是算了算了的意思。雖然沒有說出口，阿特烈在心底褻瀆地想，在海上，海比神強大得多，怎麼可能會有神能統治海？海本身就是神。

清晨時分，阿特烈發現他的泰拉瓦卡正在沉沒。他徒勞又必要地將水舀出船外，直到船身幾乎要沒入海中，才棄船游泳。阿特烈是瓦憂瓦憂少年中第一把的游泳好手，他的腳像魚尾一樣柔軟，手彷彿鰭可以迅速分開海水。不過，人在大海裡比水母還沒用，即使是阿特烈。此刻阿特烈使勁地游，連放棄的念頭都消失了，他就像跌進水池裡的螞蟻，既不知道絕望也絕不抱著希望，只是任由身體使出全部的能耐。

雖然在意念上褻瀆了卡邦，阿特烈嘴上仍然祈禱起來：「我們唯一可以讓海乾涸的卡邦啊，即使祢將放棄我，也請讓我的屍骨變成珊瑚，漂往故鄉的方向，讓烏爾舒拉撿到吧。」阿特烈祈禱完後就失去意識。

醒來的時候，阿特烈發現自己仍漂浮在海上，好像剛剛作了一個夢。夢中他幾乎就要跨進一個島，島的邊緣站著一群少年，他們眼神憂鬱，在應該是手的地方長出鰭來，全身斑駁，像在礁石上打滾了一輩子。當他的泰拉瓦卡非常靠近他們時，一個灰髮的少年對他說，「前幾天藍鰭鮪魚通知，你就要到我們部落裡來，加入我們。」其他少年發出憂鬱的歌聲，像一陣憂鬱的海浪拍過來，由於那是瓦憂瓦憂島上的一首出海時常唱的歌，阿特烈不禁跟著唱和起來：

如果海浪打來啊
我們就用歌聲抵擋它
如果颳起暴風雨
我的姑娘啊，妳就要擔心我們變成鮪魚，變鮪魚

少年們的歌聲就像星星一樣撫慰黑暗，像雨一樣憂鬱地淋濕海。這時一個獨眼少年說，「你們聽，他的歌聲跟我們不一樣，唉，他的歌聲跟我們不一樣，他的歌聲像是要擱淺在自己的島上。」這時一陣海浪打過來，阿特烈站不穩，跌出夢境。

醒來後，阿特烈真擱淺在一個島上。島看起來無邊無際，並不是泥土組成，而是五花八門，各種顏色混合的奇怪東西組成的，整座島浮動著一種怪氣味。這時陽光已經出來，阿特烈身上的衣物、飾品都被浪帶走，幾乎變得赤條條，最讓他遺憾的是連烏爾舒拉送他的那瓶奇洽酒也弄丟了，他想著烏爾舒拉的奇洽酒，感到口乾舌燥。還好「說話笛」竟離奇地沒有丟，因為他失去意識時仍緊緊地將它握在手上。「這裡一定是死後的世界了。」阿特烈這麼想。他四處走動，島大部分的地方不太結實，有些地方很柔軟，彷彿陷阱，有些地方甚至可以沉降浮起落差到幾個人深左右。

阿特烈被一種圓圓的，對著陽光會變得異常刺眼，顯現出七彩光芒的東西所吸引。

因為如果拿著它對著自己，阿特烈就會看到一張黝黑、斑駁、充滿傷痕的臉。他想，這麼堅硬的東西難道竟是水做的，否則怎麼能倒映出我的樣子呢？

不久，阿特烈又發現島上到處都是各種顏色的袋子，但跟麻編的袋子不同，這些袋子裡頭都會積水，雖然有的一拿起來水就稀里呼嚕地流出來，裡頭裝有貝、海星和奇奇怪怪的零碎東西。瓦憂瓦憂島上也有這種袋子，老人們都說是白人留下來的，但這些年其實出海也常常可以撿到，居民把這種東西拿來儲水，比石頭還能忍耐時間的考驗。他撬開一些貝，生吞下去，並且試著喝袋子裡的水，那水帶著腥味，卻毫無疑問是淡水，這讓阿特烈感動得幾乎要掉下淚來，有水就能活了。

阿特烈在小小島上的探險一直到日正當中，他又找到一些困在各式各樣器物間的蝦子和魚，一邊生食著這些海鮮，不知不覺就已日落。他撿到不少潮濕、破碎，看起來像衣服一樣的東西，不過都太過柔軟，不像他習慣的麻織品，但似乎曬乾之後可以穿在身上。他也發現一些瓶子，可以漂浮在水上，由於顏色鮮豔，阿特烈蒐集了一些，心想說不定以後有用，可以造成一艘船之類的。

「這肯定是死後的世界，死後的世界誰知道需要什麼？」他把這些撿來的罐子和一些奇奇怪怪的物事堆在一起，祈禱海不要變成雨，明天太陽能把這些東西統統曬乾。

當黑夜真正來臨時，阿特烈判斷自己並未死去，因為瓦憂瓦憂島人傳說的陰間，太陽照耀半年，黑夜統治另一半。而島上感覺起來時間的節奏和瓦憂瓦憂是一樣的。至少這個白天給他的時間感並不像過了半年。海上的黑夜並不像一般人想像中的完全黑暗，星光與月光會透過雲層落下，海面上也會突然而然出現各種奇妙的螢光，甚至刺眼地讓人睡不著。阿特烈坐在島的邊緣，一面被眼前的景色所迷惑，一面迷惘於自己的未來。

月亮開始偏斜的時候，阿特烈警覺到自己似乎不是一個人，他發現四周突然間站滿了夢中曾經出現的那群少年，他們帶著似笑非笑的神情，望著他和他的苦惱。阿特烈擺出瓦憂瓦憂人表示友善的姿態，手掌向上，指尖微曲。當他動念提問的瞬間，一個有一道越過左肩到腹部傷口的少年開口，說：

「你猜得對，我們是鬼魂，不是人，瓦憂瓦憂所有次子的鬼魂都在這裡。」

「你們在等我？」

「嗯。」

「我早該想到，這裡是陰間。或者是陰間的中繼島？」

「海祝福你。坦白說我們也不知道這裡是哪裡，我們飄飄蕩蕩，但從來不知道海上有這麼個島，這個島是新近漂來的。」夢中的灰髮少年說。

「所以你們要把我帶走嗎？」

「不，我們又不是死神。我們只是等你加入我們，不過現在你還活著，我們只好再等下去。」有一道巨大傷口的少年說。

「瓦憂瓦憂的次子們死了也離不開海。」灰髮少年說，其他少年紛紛附和。

瓦憂瓦憂次子的鬼魂們沒有說謊，他們其實也是第一次發現這個島。「我們前幾天才約好在海鳥礁石那邊聚會，準備迎接下一位成員，就是你。那時才第一次發現這個漂流的島的邊緣。你執行離島儀式的那天，我們一起到瓦憂瓦憂島，還聽了老人們唱送別曲，誇耀卡邦的智慧，島的富饒，你的勇敢和烏爾舒拉的美貌。白天我們化身成抹香鯨群跟蹤你的船，直到你的船沉沒。不要怪我們，我們必須遵守不施援手也不刻意毀滅的死去瓦憂瓦憂次子的原則，看著一切發生。沒想到你的體力像魚，就是不死。我們一路跟著你，看到你被一道海流送到這個島上。」灰髮少年似乎是少年們的領袖。

另一個嘴裡完全沒有牙齒，就像一個大窟窿的矮壯少年接話說：「一開始的時候，我們看這個島實在太怪異，還猜想這個島說不定是卡邦設下的陷阱或考驗。」

「不過我們發現一件事。」灰髮少年說。

「什麼事？」

「島一直在漂移，說不定會漂出瓦憂瓦憂鬼魂可以到達的邊緣。」

「瓦憂瓦憂鬼魂可以到達的邊緣？」

「嗯，鬼魂只能離瓦憂瓦憂島一定的距離，那裡有一條看不見的線。」

「你的意思是，如果島漂離你們可以到達的邊緣，而我又還沒死，你們就不會在我旁邊？」

「海祝福你。如果到時候你死了，你的靈魂將變得孤單，只好在失去邊界的大海裡漂浪。」

「所以我該現在跳下水死掉，才能跟你們一起嗎？」

「千萬不要，自殺的瓦憂瓦憂人會變成水母啊，水母彼此間都認不出對方呢，你也不想變成水母是吧？」

阿特烈不想變成水母，但瓦憂瓦憂次子的鬼魂們也無計可施，於是他們一起坐在島上等待日出。日出其實對鬼魂而言已不再具有意義，唯一的意義是當天光的那一刻，他們將暫時潛入水裡，化身為抹香鯨。等到黑夜再次來臨，回復魂魄之身，在海上游蕩，唱歌、發呆，等待下一個瓦憂瓦憂次子的來到。鬼魂化成的抹香鯨，和真正的抹香鯨幾乎沒有差別，唯一的差別是，鬼魂化成的鯨會流淚。

阿特烈只好坐在島上等待，而島默默地以一種無可掌握的，連風、雨、潮水跟夢都沒辦法影響的速度，離開了瓦憂瓦憂次子鬼魂能到達的邊界。三次日月交替後，瓦憂瓦憂次子們的鬼魂浮出海面時只看得見島的邊緣了，他們大聲喊著：「阿特烈！阿特烈！」聲音卻化為飛魚，噗通噗通地掉到海裡。

「只剩下我一個人了。」醒來後，又經過兩次日月的交替，阿特烈終於確認這件事，為了求生他不得不振作起來。他試著捕魚，蒐集雨水，並為自己用各式各樣的東西編織防寒衣物。阿特烈雖然捕魚在行，編織就不行了，他將東西七拼八湊掛到自己身上，就像一隻過分花俏的鳥。

阿特烈找到一種有彈力的棍子，幾天後他突發奇想，將它的一端磨尖，加上撿來的一條很有彈性的東西，竟組成了一支可以彈射的魚槍。他並且用同樣的方式做出一支材料不同的古哇那，比島上的古哇那用起來更堅韌，更有彈性。他也發現了一種比果實還硬，卻有彈力的球體，剛剛好可以用來投擲古哇那攻擊距離之外，正在飛行的鳥。阿特烈的投擲姿勢是從島上一本印著彩色圖案，寫滿密密麻麻「字」的書上學來的（雖然瓦憂瓦憂島沒有文字，但掌地師跟掌海師都有好幾本「書」），裡頭有張圖是一個同樣有著棕色皮膚的人，阿特烈覺得他的投擲姿勢非常完美，那隻手發著光芒。

晚上是阿特烈用特製的古哇那捉水鳥與捉海龜的良機。一開始，阿特烈只能把海龜敲暈，把海龜的脖子拉出來吸血，直到某天他在島的另一側找到一把發亮且銳利無比的刀子（瓦憂瓦憂也有刀子，不過他們用的是石刀），才順利吃到海龜肉。海龜肉吃起來像堅硬的海參，有時被剖腹過後一段時間，四隻腳都還會緩緩划動，就彷彿牠仍在海底似的。

不過後來阿特烈發現，島的附近其實有不少的死海龜。他在殺這些死海龜時，常常可以從牠們的胃裡發現島上那些永不腐化的東西。「難道這些海龜都是吃了部分的島而死的？」阿特烈心想，除了水以外，自己要避免吃島上的任何東西。

阿特烈頻繁潛水後，發現「島底下的島」更是巨大，簡直是座海中迷宮，「就像另一種海那麼大。」沒辦法，阿特烈想不到更好的形容了，對他來說，凡是大的東西都可以稱作海。海底下的漂流物彼此糾結在一起，不過一個大浪來又會打亂這些物體彼此間的排列順序。這是一個不斷變動的半透明島嶼，每天潛水下去，阿特烈都會一時迷失方向。阿特烈盡可能把可能有用的東西從海底搬到島上，放在一起。不多久，島上就累積了不少阿特烈的採集品，有些是實用性的，有些純粹是因為他覺得有趣、奇怪，或者迷惑他的事物。就像在瓦憂瓦憂島上，所有的人都懂得撿拾扇貝，貼在房子面對日出一側的「裝飾牆」上一樣。阿特烈原本把這些東西掛在一座他築起來的「裝飾牆」，不過他發現，牆無法面向日出，因為島似乎在旋轉，太陽每天從島的不同方位上升。

一段時間後，阿特烈開始蒐集一種薄薄的盒子，上頭有的圖像還沒完全被海水腐化，仍然可以看出那是雌性的裸體，她們露出他前所未見的白皙肌膚和雙乳，極其溫柔地看著他。烏爾舒拉當然不亞於這些女人，他發現烏爾舒拉有一半像她們，另一半像瓦憂瓦憂人。不過對此刻的阿特烈而言，似乎每個裸體女性都讓阿特烈陰莖腫脹，想要卡瓦魯魯。他邊想烏爾舒拉邊卡瓦魯魯，常常覺得那或許也是一種愛。

阿特烈也蒐集「書」。「書」這種東西他在掌地師那裡看過，不過書很難找到，通常被保留在透明的袋子裡，才沒有破掉或腐爛。掌地師有幾本「書」據說正是白人留下來的，他說白人稱那些符號為「文字」。瓦憂瓦憂人沒有文字，因為他們認為世界不需要以文字的方式被記憶，生活是一種音響，存在於歌聲和故事之中就可以了。

那些用不同符號，有圖沒有圖的，厚厚一本或是單張的，只要有字的阿特烈都認為那是書。書上的符號或有不同，但似乎都隱藏有一種規律，可能正是阿特烈不明白誰定下了那規律或那規律來自何處，因此對那些符號產生了一種奇異的崇敬感。這個島雖然也有一些阿特烈可以理解的物事，像是樹幹、魚屍、石頭……但多數都是他感官與知識以外的世界，書與上面的符號，是阿特烈最感詫異的，因為符號顯然不只一種。那些白人或另一種瓦憂瓦憂人為什麼創造出這種看起來完全沒有用的東西？他看著那些符號，身體變得灼熱，感到一陣隱約的微微顫抖。

「海神祝福你，卡邦自有祂的道理。」他喃喃自語，並將島上撿到的書疊在一個區塊，由於堆放的地方漸漸變重，有些書遂又沉回海裡去。

一開始阿特烈依靠採集物品的新鮮感來維繫他逐漸腐蝕的心靈，但長期獨處的人必定會知道，時間與時間之間的空隙簡直像海溝一樣，光靠一個人的心靈是無法跨過去的。此刻唯有回憶能填補。在海上身體備受摧折的阿特烈一面靠不想變成水母的意志來避免自殺，一面靠記憶讓自己卑懦地活下去，他用出海的前一夜來排解欲望，父親與老人們的話語來理解海，用記憶中島民的歌聲來理解愛。

阿特烈幾乎都快忘記瓦憂瓦憂島的方向了。

瓦憂瓦憂人在海上如果遭遇亂流或困難，總會閉起眼睛，盡量抬起頭拉長身子，據說經驗豐富的人可以「聞」瓦憂瓦憂的方向。一開始阿特烈還能穿透海腥味和雨味，嗅到強烈的瓦憂瓦憂氣息，但七首歌的時間以後，瓦憂瓦憂的氣息就如游絲，再過七首歌，阿特烈只能粗略地判斷瓦憂瓦憂位在日落的方向了。但所有的瓦憂瓦憂人都知道太陽沉下的地方是會變動的，那不是準確的瓦憂瓦憂島的方向。

這些日子來，阿特烈看遍了各種海上景色，經歷了前所未見的奇異氣候：有時前一刻燠熱如火，不多久便轉為酷寒難當；有時明明正天清氣朗，但不到一條魚上鉤的時間就黑氣遮天，颳起風暴。有時夜晚突然降臨，有時正午過後旋即黑暗籠罩，有時星辰明亮當下太陽突然升起，目不能視。有回他在海上看到九股龍捲風一起出現，雷電在雲中一前一後閃現追逐，陰暗的雲層像是長出了細細的腳，從天降到海上，海水一碰到雲的細腳，急遽上騰，形成渦流。龍捲風一停，暴雨即至，阿特烈不斷祈求卡邦順便將他帶走算了。等到一放晴，阿特烈竟發現海上有一條長長的黑影，他游近一看，才發現那都是不知道何處來的蝶群的屍體，數量之多，綿延漫長，就像他的漂流一樣不知何處是盡頭。

阿特烈漸漸失去了清晨、正午、黃昏、夜晚的概念，放棄了看星星來判斷自己的方向。他任由自己像一片落葉、一尾魚屍在大海上漂流，餓了取食，疲憊昏睡，他甚至一度以為瓦憂瓦憂是他沉痛的幻覺，虛構的故事。不過阿特烈自己知道，他渴望再次見到瓦憂瓦憂，甚至任何一隻鬼魂都好。阿特烈因為知道瓦憂瓦憂的次子白天會化為鯨，因此每每看到鯨的身影，就朝大海呼喊，那聲音連北返的鷹都感到悲傷。如果烏爾舒拉和她的母親賽莉婭在這裡就好了，阿特烈想。因為她們的歌聲是島上唯一可以召喚馬斯馬告（瓦憂瓦憂語中「身體像海一樣的鯨」的意思）的力量，而掌海師則可以依馬斯馬告的游泳姿勢解讀未來。沒想到一天當阿特烈唱完歌以後，真的出現一對馬斯馬告在島附近交尾，並且把島最脆弱的那個部分穿破了一個窟窿。浮出水面時牠們身上掛滿了五顏六色的東西，簡直像來參加某種祭典的神祇。

有一回，阿特烈用他的魚槍射中一條游到島岸邊的旗魚，魚負傷游走，阿特烈緊抓著自製的魚槍，被魚拖到海中。阿特烈正想放棄時，卻因潛入水中速度太快而瞬間暫時失去意識，他的腦要他放手，手卻緊抓不放。這時旗魚游進了島的迷宮裡，時而浮現海上，時而沉入各種島的奇異物品之中。阿特烈不禁又祈禱起來：「我們唯一可以讓海乾涸的卡邦啊，即使祢將放棄我，但讓我的屍骨變成珊瑚，漂往故鄉的方向，讓烏爾舒拉撿到吧。」

不知道過了多久，魚始終逃不出水下的島，牠被許多銳利的東西劃傷，有些雜七雜八的東西則罩住牠的頭，慢慢地魚變得傷痕累累、失去活力。緊拉著魚槍不放的阿特烈趕緊雙手一翻，攀住島嶼的一角，找到被困在島底層的空氣，以本能的求生意志重見天地。他只吃到了旗魚的一塊肉，隔天他繫在島底下的魚，連骨頭都不知所終。

阿特烈想，如果不知道什麼時候才回得到瓦憂瓦憂島，或自己就要這樣一個人活下去，他需要一個更能禁得起風雨的地方。他發現一種藍色的布防水效果極佳，於是搭配一種既柔軟又堅硬的條狀物，為自己蓋了一個小小的棚子。不久暴風雨摧毀了這個小棚子，他遂決心為自己蓋個小小的房子，當然不可能對抗暴雨（世界上沒有這種東西存在吧？）但至少不能那麼脆弱，「居室的脆弱就是男人的脆弱」，有一句瓦憂瓦憂的諺語如是說。他決定挑選那些明顯雨也泡不爛，海也腐蝕不了的東西來組合，他的房子將隨著海潮漂流，說不定有那麼一天會漂回瓦憂瓦憂島去，即使他已經死去，那房子或許還能存在，為他帶回海上的訊息。

開始認真想蓋房子的時候，阿特烈發現這座島提供的不太腐化的材料可真不少，阿特烈用之前搭棚子的金屬物，混合鯨的頜骨與肋骨來搭建房子的骨架，用那種他用來做魚槍的棍子做支架，並且再用用力拉扯都不會斷的彩色物質當成綑綁骨架的材料。一開始他以三個人平躺的大小來架構，隨太陽與月亮不斷交替，房子也漸漸變得有模有樣。阿特烈另外蓋了一間儲藏室，也弄了一個地方儲水，阿特烈叫它「薩克落滿」，意思是海上的井。因為房子就是用島上可以取得的物資所蓋的，因此遠遠看起來就跟島的本身融為一體，彷彿刻意隱蔽起來似的。阿特烈看著房子，覺得自己真是太富有了。

不過阿特烈也發現，不少海裡的生物死在周圍，恐怕都是跟海龜一樣吃掉島的一部分的關係。這使得島有時看起來就像海面上一只巨大牢籠，陰暗咒語、無根之地、眾生墳場。除了少數幾種海鳥偶爾在島上築巢產卵以外，幾乎沒有生命依島維生。而這些吃了部分的島而死的生物們，終於成為島的一部分。他想自己也終於會成為這個島的一部分吧。原來地獄就是這樣，這裡就是陰間。

阿特烈曾看到遠方有遠比泰拉瓦卡巨大許多的船隻，也曾看見天空發出驚人聲響的鐵鳥。他相信那就是掌地師說過的：「白人的地獄之鳥與鬼船。」

阿特烈對另一種人的世界全然無知，據說瓦憂瓦憂人第一次看見白人時，對他們說：「你們是否從天上之路來到這裡？」

彩虹就是天上之路，掌地師說：「唯有靈魂才輕得能走上彩虹。」阿特烈有時看著遠方的彩虹，想著如果真有一天遇上白人該怎麼辦？該怎麼跟他談話呢？他們有沒有可能送我回瓦憂瓦憂島？阿特烈想起掌地師有一次無意間說的話：「白人來了離開，我們以瓦憂瓦憂的律法活著，不需要白人。他們留下來的禮物就是傷害、掠奪，這隻沒有用的手錶，幾本書，以及像烏爾舒拉那樣的女孩。」掌地師嘆了一口氣說：「不過，有朝一日，瓦憂瓦憂會因為其他活在世界上的人而消失了也不一定。」

其他活在世界上的人。也許連他們都忘了他吧。但阿特烈又知道事實不全是這樣，瓦憂瓦憂人都知道他出海了啊，他們只是堅持遺忘他、故意遺忘他。想到這裡，阿特烈覺得這樣活下來比死去還難受，好像被囚禁在一個比原來的世界還要大的世界，施以一種靜默的可怕懲罰。為什麼自己要承受這樣的懲罰呢？這就是萬能的卡邦要做的事，次子的命運嗎？

這樣的痛苦，一直到阿特烈發現了一枝能在「書」上畫圖的短棒子才獲得紓解。其實他早就發現不少類似的小短棒，不過一開始只是拿著短棒在島上東戳戳西戳戳，或者拿來做為架構房子的卡榫。但現在這枝短棒竟然可以在一些東西上留下痕跡，讓他感到驚奇。日復一日，阿特烈要對抗的最巨大的敵人就是沉默。這個島沒有人跟他打招呼，沒有人讚許他的泳技，沒有人跟他決鬥，沒有人跟他比賽潛水。但有了這枝棒子以後，他至少可以把自己所見所思畫下來。

阿特烈默默地蒐集島上的小棒子和任何可以用小棒子塗上的素材，他發現棒子有分粗細也有分顏色，有的用一陣子就畫不出來了。他也發現除了書以外，有不少東西都是畫得上去的素材，其中包括他的身體。一天阿特烈突發奇想，開始在自己的腳底板、小腿、大腿、肚子、胸膛、肩膀、脖子、臉上，以及後背手可觸及的地方畫上某天的所見所聞，圖的上面再疊上圖，而當圖被雨淋濕褪色，阿特烈就畫上新的。

這天清晨阿特烈在島上奔跑，遠遠望去，已經不像是阿特烈了，更像別的生物，比方說，一隻鬼，又或者，一尊神。

5 阿莉思的房子

托托是阿莉思和傑克森認識後的第三年出世的。應該說是意外，或者是命定，因為她和傑克森都沒有想過會有孩子。在心理與生理上都覺得沒有可能，那在兩人的生活計畫之外。傑克森和阿莉思在很多事的意見上不同，但他們都覺得把孩子帶到這個世界，對孩子而言是一種責罰，一種苦難。

托托出生之前，蓋房子的計畫剛好塵埃落定，於是房子得以把托托的未來也估算進去。設計圖是傑克森親手畫的，外觀主要是模仿埃里克．古納德．阿斯普朗德（Erik Gunnar Asplund）的「夏日住宅」，再做一些更動。最大的更動是將「夏日住宅」最右側的房子提高成兩層樓，主屋也相對挑高，因此外觀看起來跟原本像是低伏在森林裡的溫暖房子略有不同。事實上除了外觀以外，房子的結構也並不相同，畢竟夏日住宅不直接面對大海，不用擔心有恆心的大潮和難以捉摸的海風。

那年阿莉思和初識的傑克森從丹麥到瑞典旅行，停留在斯德哥爾摩的第三天下午，特別去參觀了阿斯普朗德的「斯德哥爾摩圖書館」。阿莉思一走進圖書館，就不禁驚訝地深深地吸了一口氣。館內的書架一整排像阿希爾—克勞德・德布西的弦樂四重奏一樣以美好的韻律展開，一層一層，一層一層，彷彿沒有盡頭似的直達天堂。這可能是她看過的，最美麗的一間「書的容器」。

H縣的自然景觀雖然美麗，但人文景觀除了一些古蹟，新的人造建築物都醜陋得很，蓋在可怕新火車站附近的圖書館更是可怕。阿莉思記得臺北曾經蓋出一間不錯的北投圖書館，但只能算是容器，因為內容物實在貧乏可憐。阿斯普朗德實在太瞭解圖書館的意義了，書牆雖然像歷史一樣向你壓來，卻不會讓人感覺傲慢沉重，上方所開的小方窗引入的那一道道光線，讓人在踮腳取書時有一種儀式性的感受，阿莉思取書時甚至覺得自己的手在顫抖，既像光的婢女，又像書的主人。

阿莉思特別喜歡那間彷彿可以扭轉時空的「說故事房間」，它位在一樓兒童專用圖書中心裡，一走進去就彷彿走進精靈國度的洞窟裡頭似的。牆上畫著以瑞典民間故事為題材的壁畫，中間擺著朗讀者的椅子（那是一張很像一坐上去就會編織有魔力故事的椅子），孩子們則坐在兩側的圓弧型座椅，或直接坐在地上。燈光昏黃投射在壁畫上，彷彿風一吹畫裡的精靈就要說起話來了，每個聽故事的孩子眼神都閃閃發亮。阿莉思就是在那一刻，有生以來第一次動了如果有一個孩子也不錯的念頭。

「精靈本來就只出現在這樣的地方，不是嗎？」阿莉思這麼對傑克森說。

傑克森發現阿莉思迷上了阿斯普朗德，靈機一動，問：「明天有什麼計畫嗎？有沒有興趣去探訪附近阿斯普朗德另一件非公共作品，私人住宅？」

「本來有，現在沒有了。」

隔天他們從營地出發，搭了將近兩個小時的公車，從下車的地方再步行十幾分鐘，走進一條林間步道，時值夏日，陽光從林間灑下，路布滿了暗示性的斑駁感，特別是和傑克森走在一起，阿莉思覺得自己又年輕不少，彷彿是靠著戀人的微笑就能編織新生活維生的少女。

森林的盡頭是一條彎曲平緩的上坡路，雖然路程不算短，因為風景優美，不會讓人有疲勞感。草坪從站立的基點隨視野拓展出去，左邊是強硬毫不退讓的岩山，右邊則通往著名的峽灣，正面正是被稱為「夏日住宅」的房屋。雖然屋主不在，阿莉思和傑克森只能保持禮貌遠觀，但她日後回想那一刻，彷彿看到的是生活本身，而不僅僅是一幢房子。

「我以後會住在這樣的房子裡嗎？」阿莉思有點狡猾又帶點挑逗性地問。

「當然。」傑克森若無其事地回答。那一刻阿莉思覺得自己有點不像自己，因為她平常是不可能這樣對一個一看就知道比自己年輕的弟弟這樣說話的。

而現在唯一能安慰阿莉思的就是這幢海中的房子。她回想起自己和傑克森相識的經過，覺得一大部分是她愛作夢的性格作祟。那年夏天她終於拿到無聊至極的文學博士學位後，遞出不抱希望的求職信，帶著帳篷、相機和筆記型電腦，隻身到歐洲旅行。阿莉思其實打算寫一本帶點流浪意味的遊記，開始自己的作家生涯，搞不好很暢銷，就不用到學院裡去了。

從哥本哈根下飛機後，第一站就是市郊的Camping Charlottenlund Fort，這是一個頗有歷史感的營區，裡頭還有用迷彩防水布遮住的古老大砲，甚至還有馬廄，阿莉思本來就準備以這裡為基地，先在哥本哈根待上一個星期。一天晚上，阿莉思錯過了晚班公車的時間，只好慢慢地沿著街道走回去。晚上往市郊的道路人煙稀少，讓她有些心慌。更慘的是她走錯路，以至於要通過一座不算小的公園林地才會到營地。雖然叫做公園，可那真不是普通的大，簡直就像真正的黑森林（其實那正是一座黑森林）。樹可能都已經好幾百歲，甚至上千歲，而且裡頭到處都是倒下的樹，遮住已經不太明顯的路。傍晚的黑森林和白天完全不同，沒有人溜狗，沒有人慢跑，只聽得到貓頭鷹呼嚕呼嚕地叫。正當她感到緊張時，遠處開始出現一小束光，有喀啦喀啦的聲響傳過來。

阿莉思直覺地懷疑起會在這裡出現的人，她不由自主地心跳加快，急著想找到小徑看不到的地方躲藏一下。不料超乎她想像的速度，一個高大、滿臉鬍鬚，卻不脫稚氣的男子騎著單車在她身邊停下。

「嗨。」

「嗨。」阿莉思只得勉強地回答。

「要去營地嗎？」

「嗯。」

「上來，我載妳。」

「不用了。」

「不要怕，妳看，這是我的營地工作證。我昨天看過妳，妳住在Camping Charlottenlund Fort，對吧？妳一個人走會害怕吧。天快黑囉。放心，妳可以信任我。森林認得我的車。」其實阿莉思知道這個季節，天要九點以後才黑，但她仍然心跳很快，這讓她很難判斷自己是因為緊張或是其他原因而不知所措。她看了一眼他的單車，是一輛沒有後座的公路車。

「這車，怎麼載？」

男人從背包拿出一個活動後貨架，裝到座墊桿上，說，「妳不會超過一百磅吧，這東西可以載重一百四十磅，沒問題。」

就這樣，男子把自己的背包前背到胸口，後頭載著行李和阿莉思。阿莉思輕輕把手放在男子結實的腰上，心跳還是沒有減慢。回營地後，兩人又持續聊到天黑。男子到自己的帳篷裡拿了把吉他，唱了好幾首歌給她聽，都是阿莉思這個年紀在成長經驗中印象深刻的歌，直到連遠方的發電風車都看不見，才各自回帳篷休息。

她初步瞭解了眼前這個叫傑克森的丹麥男子（後來她知道，傑克森是丹麥人的菜市場名），果然鬍子只是一種假象，她還比他略大三歲。不過論人生經驗就相反了，他曾騎單車環非洲，駕駛無動力帆船橫渡大西洋，期間並曾因船故障而漂流到不知名小島。他還練八極拳，跟過長跑隊伍橫越撒哈拉，並且在幾年前參與了一項有趣的睡眠實驗。那實驗重做了一九七二年德州Midnight Cave的洞穴睡眠研究，修正了當時的一些實驗條件。他因此在地底三十多公尺的地方，待了整整半年。

「地底的感覺怎麼樣？」

「怎麼樣？說實在的，我倒不覺得像是在地底，反而像是在什麼活的東西裡頭過日子一樣。」

傑克森博學、富冒險精神、對來到面前的困難視為樂趣，這些恰好是阿莉思所居住的島嶼上男性所普遍缺乏的人格特質，這讓阿莉思有點暈眩。特別是傑克森有一雙溫柔且發亮的眼睛。

「你做過那麼多事，現在還有什麼計畫？」

「丹麥是一個沒有山的國家，我打算登高山，所以現在在德國學攀岩。我正在打工準備買一些登山用具，現在每個星期有三天受專業訓練呢。」

阿莉思完全不懂丹麥文，只能用英文跟他交談，兩個人使用的都不是母語，因此談起話來都顯得猶豫。不過關鍵可能不在語言，她覺得跟他說話時常覺得心不在焉、沒有焦點，甚至會想起一些詩句，「For shade to shade will come too drowsily，糟了，」阿莉思想，「糟了，不妙，糟了。」

傑克森也被這個身材纖弱，有時自顧自地說起中文的女人吸引，決定放棄接著到峽灣划獨木舟的計畫。對他而言，遇到阿莉思就跟在大自然冒險一樣刺激、無可預期，而且可能更具有傷害性。傑克森自願當阿莉思的導遊，他背著他的帳篷，她背著她的，這樣的旅行過程讓兩個人都緊張而雀躍，像孩子一樣。三週過去，阿莉思繞了北歐一圈回到哥本哈根搭機，原本他只是送行，但登機時她拖著她的行李箱，他拖著他的，傑克森臨時決定到從未到過的臺灣看看。而阿莉思搭的班機已經客滿，於是變成兩人一前一後回到臺灣。阿莉思到臺北後沒有直奔家門，反而是在機場等下一班從哥本哈根到曼谷轉臺北的班機，那天晚上兩人從出口發現彼此的那一瞬間，心頭的一個懸念已獲解答，再無疑義。

回到臺灣，阿莉思發現滿滿的信箱中有一封是教職通過的通知書，沒有考慮，阿莉思馬上決定準備動身前往H縣。想起自己為什麼只投了這所大學的履歷，又是因為自己愛作夢的性格作祟，一半是因為海，一半是自以為自己可以重拾寫作的夢。寫作當然要選一個看似遠離人群，其實卻是保持適當觀察人群距離的地方。在赴H縣的前一週，傑克森已經和臺灣的登山團體接觸上了，隨即參與了一次大雪山的登山活動。回臺北後，他聽阿莉思說起H縣的種種，決定要和她一起去看看。

阿莉思與傑克森原本住學校的宿舍，不過他們沒有正式婚約，只能分配到狹小的單身宿舍。而且公家機關設計的宿舍通常都不適合人居住，夏天的反潮很厲害，黃昏時連被單都是濕的。從平坦國家來到山之島的傑克森到處登山，並且開始和本地的好友一起練習攀岩，雖然對成為真正的登山家來說，傑克森的起步實在太晚了，不過他似乎以一種能做到什麼程度就做到什麼程度的方式對待登山這回事。

「這地方真潮濕啊，跟斯堪地那維亞完全不同。」

「當然，這是熱帶啊。嘿，你難道都不用煩惱錢嗎？」

「我把稿子寄回丹麥發表在一本旅行雜誌上，暫時沒有問題。妳難道懷疑我是為了騙妳的錢來的？」傑克森眨了眨右眼，阿莉思發現，傑克森沒有完全說實話的時候就會只眨右眼，所以她沒有跟他要雜誌來看，也沒有再追問傑克森的狀況和他的家庭背景。

這樣不是很好嗎？不認識這個人的家庭也可以跟這個人共度生活。傑克森則興奮地跟她分享他開始愛上攀岩登山的理由：「當一個人攀在山壁上，眼前只有局部的天空，腳上能感受到自己微不足道的力量，手指伸進岩質的細縫裡，所有看到的東西、聞到的氣味都無法與別人共享，妳知道嗎？妳會聽到自己的心跳，知道自己的呼吸變得越來越重，而且如果真的在幾千公尺的山壁上登山，真的隨時隨地都可能死去，那種感覺……」傑克森的眼珠閃閃發亮，「就像是隨時隨地可以看到神一樣。」

阿莉思看著他，那雙眼睛曾經如此迷惑她，此刻仍是。但不知道為什麼，原本傑克森最吸引阿莉思的特質，卻變成最讓她掛心的一部分。

日子一久，阿莉思對這個既性感又像隨時會拋下她一走了之的男人產生嚴重的焦慮感，她一面想放棄他，一面又被他每回出現時滄桑、深邃又天真的眼神吸引，幾乎以為自己的心和這間潮濕的宿舍一樣快腐爛掉，不知如何是好。

阿莉思因為長期研究一位H縣的作家K，遂和他年輕的太太變成朋友。K的太太當年是因為採訪作家而墜入愛河的（這是另一個故事了）。是一個說話緩慢，喜歡穿涼鞋、留短髮，不算美卻有一種乾淨的氣質，特別鍾情Paul Auster的女性。她和K相差近三十歲。愛情這東西總讓人做出奇怪的判斷，跨越三十年的性與現實中婚姻的障礙有時也算在內。一開始大家以為兩人只是談談心靈戀愛，但讓人意外的是老作家竟然和太太離婚，和她結婚了。朋友們認為這樁婚姻最後一定是K留下年輕的再婚妻子和一大堆手稿，或妻子不耐和老人長久守在原地，終於從文字的迷障裡覺醒。但眾人沒猜到的是作家的年輕妻子竟早他一步離世。

K的年輕太太和K一起到海邊散步時，被突如其來的大浪捲走。據說是因為前一天海上發生了規模不小的深海地震，所以此地海灘出現局部的急速漲潮。那時K剛好去上廁所，瞬間海水竟漫進觀光局蓋的臨時公廁，直至膝蓋。他從窗口看到遠遠站在海灘上的年輕妻子被突如其來的浪絆倒，然後無聲無息地被帶走，一點痕跡都沒有。

因為現場並沒有目擊者，警方製作筆錄、調查了近兩個星期以意外結案，不料結案第二天K就自殺了。K的自殺方式可以說不特別也可以說非常特別，他在家裡把門窗封緊，然後慢慢地把自己的手稿跟信件一一燒掉，最後吸入自己文字所製造出來的煙霧與廢氣而衰竭死去。

K唯一的獨生子叫文洋，他對父親拋棄母親再娶年輕妻子這件事非常不滿。後來竟形同寇讎，帶著母親離開東部到臺北經營體育用品的生意。K自殺後，文洋和阿莉思討論，決定把父親的財產全部處理掉。

「一樣東西都不要，房子不要，土地也不要。作品集的出版就全權交給教授決定，只要版稅跟賣房子的錢能轉到我母親那裡就行了。」他留下作家前妻的帳號給阿莉思。其實作家所收藏的書問題不大，說服學校空出一間研究室就行了，市區的房子則委託仲介賣掉，而阿莉思自己則愛上了作家偶爾會去，只蓋了一間小小茅屋的海邊次生林地。她把學校的優惠存款退掉，買下這一片地，錢全部轉給作家K的前妻。

因為如此，阿莉思曾看過K自殺前一天的日誌。上頭寫著那天浪突如其來的情形：「那乍看之下不是一種浪，而是突然之間海就默默湧上，就在你還來不及發現的時候，又一聲不響地退回原處，僅僅把一些東西沒收。如是而已。」

那時傑克森跟著一個跨國組成的登山隊去夏慕尼（Chamonix）登冬季的白朗峰，幾個星期後，某天清晨突然出現在宿舍的廚房做起早餐。

「嗨。」

「嗨。」

「培根歐姆，加洋蔥？」

「嗯。」阿莉思已經習慣了這樣的見面，她故意裝成不在意，對自己的軟弱非常生氣。用餐時，阿莉思一面聽傑克森差一點被強光反射導致失明的冒險經歷（她懷疑他是故意拿下雪鏡的，因為一七八六年初次攀登白朗峰的帕卡醫生就差點失明，他總是故意複製這些探險者幾乎「失去生命」的經歷），一面暗示性地引導到關於建築的話題上。

「那你哪時候帶我去夏慕尼。」

「隨時都可以去啊。」

「夏慕尼的房子漂亮嗎？」

「只有妳才夠資格住到那樣的房子裡。」

「你還記得夏日住宅嗎？」她突然切入。

「喔，漂亮又有意思的小屋。」他輕輕地用吻抹掉她嘴角的番茄醬。

「我想蓋一間那樣的小屋哩。」

「真的嗎？」

「我買了地。」

「妳買了地？你的意思是，妳買了一塊可以蓋房子的地？」

地在一片海岸林的旁邊，前面不遠處就是大海。這裡的海岸線主要是岩岸，只有不算厚的土層，所以雖然登記上是農地，但實際上卻很難種出什麼。阿莉思看遍K的手稿，仍然不曉得當初為什麼他會買下這片土地。傑克森站在地的旁邊，信步走向大海，而後突然開始脫起衣服，直到一絲不掛，游入大海，就好像突然發現自己離開情人太久，這趟歸來一定得好好擁抱好好做愛一樣。阿莉思默默在那塊地上看著他淺金色的捲髮在藍色的海中浮沉，彷彿一個隨時會失去的信物。他上岸後深深地吻她，然後說：

「我們來蓋一間像夏日住宅那樣的房子吧。」

傑克森到圖書館借了大量的建築書籍，開始投入研究，幾乎不再登山。阿莉思完全相信，傑克森或許不算天才，但有一種任何事物只要他願意投入，就可以完成那樣的氣勢。這樣的人她真的留得住嗎？

傑克森說，「建築物的外表可以像夏日住宅，但整體的概念必須不同，我要蓋一幢適合這裡的夏日住宅。」因為面對海風，所以他把房子的角度旋轉了一下，具體來說，就是夏日住宅面對峽灣的那一面變成面對太平洋，但稍微有三十度的傾斜，不讓三間小屋直接面向大海。傾斜三十度的原因是，海風非常強悍，再加上陽光在海面上的直接反射，會讓人感到不安，無法營造出早晨從容起床的氛圍。而且三十度的傾斜正好可以讓建築的每個角落都有充足的陽光，卻不刺眼。右側小屋改成兩層樓，上頭那層閣樓再挑高一米，這樣一來，從窗口可以遠眺滿滿的太平洋。

阿莉思聽著傑克森的說明，開始想像自己在這樣的窗口前寫作，她說她要把這面窗子叫做「海窗」。傑克森也決定把夏日住宅中原本阿斯普朗德設定的，三幢小屋之間安排一條小巷的計畫重現，三幢小屋因此彼此之間像是獨立，又有某種默契朋友的存在。「妳住右側那間，左邊那間屬於我的。我把左邊那間稍稍再往後錯開一點位置，這樣一來我也有一個可以看見海的窗子。」阿莉思喜歡這樣的距離感。

主屋則設計成從室外朝室內種滿各種植物的，具有熱帶魅力的客廳。傑克森偷偷去住遍海岸的民宿，信心滿滿地對阿莉思說：「我覺得很多人蓋房子不懂人是『活在』屋子裡的，特別是臺灣有些人蓋房子的時候就是為了當作民宿，因為多數客人都只來『住一個晚上』。但真正要住十年、二十年的屋子不一樣。我想蓋一間我們可以住很久的房子。」阿莉思為著這句話而再次瘋狂愛上眼前這個男人。

由於溫暖的東臺灣並不需要暖爐，因此保留夏日住宅裡著名的暖爐是不必要的，很多臺灣的民宿假裝有燒柴火的暖爐，傑克森覺得既矯情又蠢。不過他在阿莉思的引導下，迷上了臺灣鄉間曾經普遍存在的「灶文化」，因此除了現代廚房以外還規畫了一個傳統灶間。

「這東西真的可以用，能夠做當地傳統料理的房子，才是真正的房子。」傑克森說。

在電路配置上，傑克森更是花了整整一年的時間。他反覆比較不同廠商的太陽能光板，調整角度，讓斜簷上頭可以布滿光板。而突出的光板底下，三間小屋各有一面可以乘涼、沉思、午睡的緣廊。他又上網向德國廠商訂製了小型海水淡化的機器，把屋子裡的管線設計為海水與雨水兩個系統，以應付不同的用途。除了留下觀景角度外，幾個固定距離以外的點都將種上此地的耐鹽原生植物，像是水黃皮、海茄苳，並且計算這些植物五十年間的成長速度，避免樹蔭在成樹後遮蔽到太陽能光板。

一年半以後，傑克森將平面設計圖、3D圖、電路圖、水路圖完成了，一直看著他、聽著他每天拼湊小屋的阿莉思，心底深處始終有一種細微的震顫，一種像擰開水龍頭那樣，有點太過於輕率的幸福感。

房子要動工之前，阿莉思動用了自己所有的條件跟銀行貸了一大筆錢。蓋房子這件事使她可以在令人煩悶，且毫無想像力的學術生活中抽身，讓自己有為某種目標活著的感受。就在動土的那天下午，阿莉思因身體不適而到醫院掛門診，醫生建議她驗孕看看。

阿莉思日後常說托托和她的海上住宅一樣年紀，基本上沒錯。傑克森對托托的到來跟一般當爸爸的人沒有什麼兩樣，他興奮地把左右小屋都增加出一個托托的空間，這意味著父母都可以有和孩子獨處的時光。

托托誕生後，其實海上住宅還沒有完工，三個月後阿莉思已經完成房子的植栽規畫。她把托托放在簷下，在小屋外種起各種蝴蝶食草。她的同校同事，有一個曾寫過一些蝴蝶散文的小說作者M，跟她頗為熟識，因此阿莉思請他幫忙列出適合種在海邊的植物清單，並且教她適當的種植方法。

而傑克森則將已被推土機壓緊實的泥土路鑿鬆，兩側種上防風植物，鋪設出一條通往海邊的林間小路。

不過房子完成的那一年，接連幾個強颱來襲，曾經後退十公尺重建的海岸公路的路基開始被淘空，不久竟發生整條道路崩塌的意外，工務局只好再退三十公尺，鑽過部分山脈，在稍高一點的地方再建一條「海岸」公路。雖然早在島嶼歷史上知名的「八八水災」後，「島在十年後有不少地方會變成海」這樣的議題一度非常熱門，但對許多人來說，畢竟還是「非現實性」的。阿莉思認為，災難帶走的生命，只會讓人誤以為災難是可以對付的。有些人也僅僅是把災難擬人化，說大自然「殘忍」、「不仁」，隨口嚷嚷而已。

聽了阿莉思的想法，傑克森偶爾會對阿莉思宣揚他的丹麥觀點：「其實自然並不殘酷。至少沒有對人類特別殘酷。自然也不反撲，因為沒有意志的東西是不會『反撲』的。自然只是在做它應該做的事而已。海要上升就上升吧，我們到時候搬家就行了。來不及搬家頂多就死在海裡，變成魚的食物。這樣想不是也不錯嗎？」

「不錯？」

阿莉思一開始不太能理解傑克森的說法，畢竟這塊地和這個房子，可是她目前為止所有金錢的投資，還有一部分是貸款哩！但她似乎漸漸理解了。總而言之就把目前的生活過下去就是了，該逃的時候逃，該對抗的時候對抗，該死亡的時候死亡，像一隻雲雀一樣。

而這段時間以來，海像不可預測的記憶，瞬時已經來到房子的面前。去年聖誕節後，讓阿莉思不得不放棄在滿潮時從前門出入。一天兩次，阿莉思被潮水短暫監禁，幾個小時後重被釋放。大滿潮之際，海輕輕繞過房子的防水溝，環抱著房子，在房子的後門留下各式各樣的物事：刺魨的屍體、奇幻形體的漂流木、船艦上某部分的結構、鯨的骸骨、破碎的衣物……。隔天乾潮時阿莉思打開門，得跨過各種死亡的物事才得以出門。

地方政府曾通知阿莉思這房子可能已成危樓，應該搬走。但阿莉思堅持不肯：「房子被沖垮我自己會負責，請你們不要干涉我的自由，我是合法住在這裡的。」八卦雜誌甚至出現過女教授獨居海岸太陽房子的報導，那報導唯一可取之處，是記者寫了傑克森蓋房子時的一些巧思，包括那塊隨著太陽旋轉的太陽能板。

達赫和附近一家酒吧的老闆娘哈凡也為了這事來勸過她幾次；到頭來還是放棄了。

「妳這個人的頭腦真是像山豬的牙齒一樣硬。」達赫說。

「你說得對，我就是這樣。」阿莉思坐在房子裡看著窗外灰濛濛的海，彷彿坐在另一個有生命的生物體內。小屋太美好了。在她生命中，從來沒有過去幾年那麼美好的時光，美好到彷彿一個沒有任何凹陷的玻璃球，一株沒有一片焦黃葉子的鐵冬青。這或許成為它不應該存在的唯一理由。

她終究沒有在「海窗」前寫作，只是靜靜地坐在那裡。海沒有記憶，但也可以說海有記憶，海上的浪與石頭，都必然存在著時間的刻痕。她有時是這麼痛恨它帶給她所有記憶的痛苦，有時又如此相信它、依賴它，就像面對一個沒有魚餌的魚鉤一樣，明明知道會痛楚還是迎上前去。

阿莉思靜靜地躺著，讓眼皮感受遠方的月光，聽著潮汐的聲音，彷彿有玻璃在遠處碎裂。外頭像星星一樣大的雨滴同時落下來，將大地包裹成一個潮濕、不安、湧動的空間。

這天晚上，即使氣象局已經發布年內可能發生大規模地震的預測，當地震來臨的時候，許多人心底都有一種「終於來了」的絕望感。地震的當下房子的每一吋都在訴苦，但阿莉思覺得乾脆將一切掩埋掉算了，一開始並沒有逃走的欲望。後來地震突然變大，才本能地想找掩蔽。又想起自己本來就想尋死，不禁苦笑起來。傑克森設計施工的房子比想像中堅固，地震停歇的時候，阿莉思只發現主樑似乎有點傾斜，但房子就是沒塌。不過到了漲潮時分，海水不但環繞房子，還遠遠地伸展到公路的下方，從公路看下去，房子就如同漂浮在海上了。

阿莉思走到窗邊往外探望，發現倒灌的海水超過半層樓的高度，海浪打上房子的牆，有些泡沫還因此濺到她臉上。她走回樓梯一看，水在室內漫漶成池，魚在她和傑克森一起貼的紅磚地上游著，讓人有一種掉到一個巨大水族箱裡的錯覺。她感到有點暈眩，順手一扶，剛好摸到樓梯旁掛著的那個花梨木畫框，畫框裡一邊貼著托托出生時小小的腳印。那是她提醒自己痛苦、希望，以及倔強的標記。阿莉思發現此刻哀傷以一種奇妙的方式隱匿起來，就像藍色的天空永遠在這個島嶼上空消失一樣。從這層意義來說，阿莉思覺得自己或許已經死了，所以是否尋死已不再重要。

阿莉思在悲傷、浪、房子受到浪與風擊打時微微震顫的複雜衝擊下，幾度難以站穩，她想呼吸一下空氣，遂把頭伸出窗外。這時她發現窗外一塊漂流的木板上，有一團黑影微微顫動著。

好像是一隻小貓。不，不是好像，確實是一隻小貓。小貓正用帶著憂傷的眼望向她，非常特別的是，小貓一眼是藍色的，另一眼是棕色的。

阿莉思拉長了身子伸出窗外，把顫抖的小貓抱了進來，貓受了極大的驚嚇，連威嚇都沒辦法，只是軟綿綿地蜷縮在她的掌中。

「Ohiyo。」她對小貓說。她想起那天早上，她對著傑克森，以及背著登山裝備，像個小大人似的托托，開玩笑似的用日文道早安。貓全身濕透了，不斷發抖，就像一顆活生生的心，讓她以為地震還未停止。

她拿了毛巾把貓擦乾，找了一個紙箱讓牠暫時棲身，並且給牠一些餅乾。小貓沒有吃，只是用憂慮的眼神看著她。這場地震不知道多大，造成多少傷亡？思考能力重新回到阿莉思的身上，但沒有電視，沒有手機，沒有車聲，這裡好像是世界的邊緣，只有阿莉思一人的孤島，一切都無從知悉，無法判斷。唯一能關注的只是眼前這隻小貓。身子乾了的貓似乎知道最危險的一刻已遠離，隨即疲憊地睡著，牠將柔軟的前掌蜷縮在前腹，整個身體捲成一枚蓬鬆的毛球。貓的後腿偶爾會輕輕顫動一下，像夢從哪個縫隙進入了牠的軀體。

突然間從某處再次傳出一陣隆隆隆隆的巨響，可能是餘震吧，阿莉思的身體有了對抗的力量，竟反射性地抱起紙箱，想找一個躲避的地方。

就在幾分鐘前阿莉思仍希望自己最好死去，但此刻，她的身體卻直覺求生了。

第三章

和哈凡談天最大的樂趣，在於她從不評價客人喝酒後突如其來的哀傷，她從不介入，但那對長睫毛底下的眼珠，卻會讓每個人都認為哈凡最能理解自己的哀傷。

6 哈凡的第七隻Sisid

「第七隻Sisid」在海岸一帶頗有名氣，肯定是因為哈凡的緣故。哈凡不算美女？這話不對，只能說這幾年她確實有那麼一點發福了，不過更準確一點說，稍稍有點發福的哈凡仍有某些發亮的時刻，只是一般人不太容易看見而已。

實話實說，雖然哈凡的廚藝頗有特色，她總是以阿美族慣常的野菜入菜，但喜歡的人說好吃，不喜歡的人就評價不高。至於酒嘛，就比較沒有疑義，誰能說哈凡釀的酒不好喝？觀光客到這裡都只能買到新包裝的小米酒、梅子酒……，那些酒用長條形狀的彩色酒瓶裝著，外邊包著漂亮的紙盒。如果要問哈凡，她會說那根本不是小米酒，是巧克力禮盒。如果問了第七隻Sisid的客人，他們會說，那根本不是小米酒，是猴子尿。小米酒就是要放在水壺裡喝，剛吃過飯的碗裡喝，包成那樣怎麼算是小米酒？第七隻Sisid的小米酒帶著一種米香的甜，裡頭漂浮著沒濾乾淨的酒渣，順口又後勁十足，既純樸又剽悍，喝下去之後，好像會在你肚子裡發光發熱似的。

除了小米酒以外，第七隻Sisid還有另一個迷人之處，就是它的窗，或者說，它的海。屋子蓋在omah（海岸荒地）上，建材是附近山上砍下的竹子、九芎、烏心石和石片。房子四面都有窗戶，而幾乎每一扇窗戶，都可以從不同角度看到太平洋堅定的海浪。店裡布置多半是附近部落的藝術家送的。不過如果你問哈凡是哪位藝術家做的，哈凡會說，「什麼藝術家，就是大家吃飽飯沒事搞出來的一些東西嘛，有的還是這邊吃飯沒付錢留著抵飯錢的，什麼藝術家！」

第七隻Sisid的桌上刻滿顧客的留言，還有為數不少的一些三流詩人的詩作，有的俗濫得不得了，有的勉強還可以，有的一看就知道是抄來的。比較特別的是，每張桌子都一定會放上一盤檳榔。如果沒有人吃哈凡就不換，所以到那裡盡量別隨手拿桌上的檳榔起來吃。

除此之外，對一般客人而言，這裡或許根本是有點普通的空間，但不知道為什麼，哈凡穿梭其間時，那個略略發福的身軀就是能讓這個地方出現一種奇妙的魅力，就連因為太少打掃而覆上一層薄薄海砂的地板也讓人覺得自在。對熟客來說，喝了酒以後對著哈凡自說自話，簡直是具有療傷作用的一種儀式。和哈凡談天最大的樂趣，在於她從不評價客人喝酒後突如其來的哀傷，她從不介入，但那對長睫毛底下的眼珠，卻會讓每個人都認為哈凡最能理解自己的哀傷。

不過說真的，大家都覺得哈凡能獨力支持這樣一間店，真是不可思議的事，好像晚上有什麼奇怪的小小人偷偷幫她處理好所有的食物跟瑣事似的。

有時候哈凡聽完客人的抱怨或喃喃自語後會唱起歌來，說來奇怪，哈凡既不會講臺語也不會講英語，不過她好像什麼語言的歌都會唱。沒有人問過哈凡的歌是從哪裡學來的，因為很少人真正記得哈凡唱了什麼歌。那歌聲將歌的本身，完全滲透到聽歌的人的身體深處了。她的歌聲會變成隨風飄去的種子，你根本不知道它什麼時候掉在自己心底的哪個地方，有些客人回到臺北，坐在捷運上，哈凡的聲音竟然能穿透吵雜的捷運車廂，在腦海裡播放出來，於是你就會看見一個人突然對著車窗外掉眼淚。不過哈凡並不太唱歌，如果你要點播，或坐到吧檯說：

「哈凡，唱首歌吧。」

她會說：「我給你一百塊，你給我唱首歌來聽聽。」凡是要求過哈凡唱歌的客人，日後都再也聽不到哈凡唱歌。

第七隻Sisid的客層結構很簡單，大致就是部落裡的朋友、附近民宿的旅客，以及D大的學生和教授。哈凡認得每一個部落朋友，大部分來過的教授和學生，盡量不花氣力記得附近民宿介紹來參觀的客人，但對路過突然決定進來坐坐的客人則大表歡迎。

哈凡自己不經營民宿，並不是因為她只有自己一個人，或她不缺錢。主要是她認為這裡的民宿多半不像民宿，都是臺北來的一些附庸風雅的人開的小旅館。多數選擇這類民宿的客人平凡無趣，嗆俗又囉唆的比討人喜歡的多得多。要不就是任由小孩吵鬧也不喝止的中產階級家庭，要不就是晚上還要唱卡拉ＯＫ的大家族；要不就是剛交往，來度假卻整天幾乎都關在房間裡做愛的小情侶。當然也有為數不少以為來一段旅行就能恢復熱情的中年夫妻，或者是中年的偷情男女。關於這兩者的差別，哈凡一眼可以分得出來。

哈凡不開民宿的另一個理由是，哈凡討厭跟客人合照。一開始的時候哈凡跟客人拍照，一些客人總會把照片拿回去放在網路上，有的甚至還回寄給哈凡。可是當她看見自己跟一大堆其實只有一、兩小時之緣的人合照（忘性極佳的哈凡還常常想不起來他們），會覺得對自己厭惡而心煩。因此，哈凡常對鼓勵她開民宿的熟客說：「我不是開民宿的料，其實大多數民宿的主人也不是，我跟他們的差別是，我知道，而他們不知道。」

平心而論，哈凡也不太喜歡部分Ｄ大的教授和學生，特別是為執行什麼鬼計畫而找上門來的學生。哈凡知道部落裡的老人願意跟田野調查的教授和大學生說故事，其實都是因為寂寞而沉溺在回憶裡的關係，而不是什麼高調的文化傳承之類的鬼東西。是寂寞讓他們的故事像開了水龍頭一樣源源不絕，哈凡因此有時候會想，如果要她寫論文的話，她認為說不定寂寞才是文化的根源。

第七隻Sisid的熟客，阿莉思絕對算上一個。這一年來，阿莉思偶爾會獨自來到第七隻Sisid，但她都是清晨來，沒有客人的時候來。只有極少極少數的熟客知道，第七隻Sisid是不打烊的。這樣說或許不對，應該說哈凡會留下面海那邊的一個小門，熟客隨時可以進來自行倒酒、泡咖啡，只要把手從門洞伸進來撥開門閂就行了。店當然是已經打烊了的。營業外的時間哈凡可能不在或正在睡覺，但「請一切自便，對阿美族人來說，房子就是歡迎朋友的。」這是「第七隻Sisid守則第二條」。第一條是：「酒自己倒。」哈凡認為不知道那扇門是為熟客而留，硬是要闖進來的就算是小偷了。

阿莉思會成為熟客的原因很簡單，從「海邊住宅」到「第七隻Sisid」根本不用五分鐘。最早的時候都是阿莉思一個人來，後來變成她跟傑克森常來。他們總是坐在最左邊窗口的位置，那個位置大家把它叫做「燈塔」。因為哈凡放了一盞像水滴狀的燈，據說那個角度會讓遠方的船，偶爾在視線清楚時能看到。

阿莉思喜歡點salama咖啡，傑克森永遠點小米酒。傑克森一向不吝幫附近多半都是老人的住家整修這兒整修那兒，是一個爽朗又聰明的人。哈凡想，他說不定是第一個會講阿美語的丹麥人吧？也因此，托托出生時整個住在海邊的人都為他們高興。傑克森毫無臺灣人的忌諱，不到半年就常抱著托托到處跑，托托有一雙非常美麗的藍眼睛，但眼神深沉，童真和衰老似乎同時出現在這個嬰兒身上。

傑克森失蹤後，阿莉思仍然偶爾會獨自來到第七隻Sisid，但她都是清晨來，沒有客人的時候來，每次都坐在過去一家人的老位子上看海。有一次真是深夜，可能是怕吵到哈凡，她連燈都沒開。哈凡從房間裡看著阿莉思在黑暗中靜靜地喝著從咖啡壺倒出的，已經冷掉的咖啡，望著海。那個方向當然就是海邊住宅，不，自從海上升了以後，現在被改叫「海上房屋」了。

哈凡知道阿莉思的靈魂掉進陷阱裡頭了，目前做的只有旁觀，搞清楚解開陷阱的方法。她知道這時候不能用力，因為用力拉扯會把她拉得四分五裂。

哈凡考慮了許久，決定穿著睡衣出來跟阿莉思喝一杯。她靜靜地替阿莉思換了咖啡，兩個人在黑暗中連眼神也沒有交會。哈凡拿出一支朋友送的漂流木做成的燭臺，點上了火，兩個人才有了目光的焦點。不曉得為什麼，哈凡感覺得到kawas彷彿就在附近，這讓她心情平靜。兩個人對著火光和海，阿莉思終於開口說話：「哈凡，不好意思，又偷闖進來偷喝妳的咖啡了。」

「盡量闖進來，這裡的東西都是妳的。」

阿莉思的靈魂不在她的身體裡，只是坐在這裡，靠著以前的餘溫在生活。等到完全冷卻的那一天，也許是新生活的開始，也許是一切的結束，就像小米的結穗或凋落一樣。哈凡看得出這一點，她就是看得出這一點。

「哈凡，不好意思，問個私人的問題。妳家人呢？」阿莉思轉了轉手上的杯子。

「不回答也沒關係喔，就當作沒聽到。」

「哈。曾經有過父母，有過愛的人曾經，常常也想到要有一個小孩，不用管孩子的父親的名字。」

阿莉思看著海，哈凡也看著海，她們都知道有時候還是不要看著另一個人的眼睛比較好。「這世界上沒有人是一個人的啊。妳不要看我這樣喔，幾年前啊，唉，還只有四十五公斤呢，那時候我走在路上男人的眼光都靠過來，只是時間過去了，增加的只有體重，其他的都失去了。」哈凡開朗地笑了起來，那樣的笑感染了阿莉思，讓她也跟著勉強、應酬性地笑了一笑。

「不過妳有這間店。」哈凡點點頭。沒錯，以象徵性來說，有第七隻Sisid，哈凡才有了屬於自己的骨骼，自己的想法與記憶。

兩個人喝著salama咖啡，那是使用巴西咖啡豆，加了高粱和哈凡到山上採來的特殊香料植物的咖啡。許多客人第一次喝的時候不太注意，沒想到咖啡像陷阱一樣會吸引人喝下第二口、第三口。喝完的時候，很多人都會拿起杯子聞，那香氣像是混合了雨林、黃昏，與森林大火後的焦味，從此以後這個客人來就只會點這種咖啡了，幾無例外。阿莉思把杯子放近鼻子，原本她的臉是封閉的，像從來沒有打開過的窗子，但此刻稍微透出一點光。

一隻壁虎停在玻璃窗上，原本看著海的哈凡眼睛發亮，好像剛剛從長長的夢境中醒來，就開始唱歌。

史拉和拿高，是阿美族人的祖先
他從很古很古的時候就在貓公山生活
史拉和拿高，是阿美族人的祖先
他們從貓公山下到奇美
拿高所生的孩子
杜買・亞馬斯拉、札勞・芭拿海、卡魯・古烏兒、達邦・馬斯拉
在北方的河那邊
那就是水璉部落　就是那座石頭
在舞鶴
杜買・亞馬斯拉的家，札勞・芭拿海
在奇美
卡魯・古烏兒在太巴塱

我們是阿美族人的孩子啊
你如果嗅到風、順著河流、面對海
就會看到阿美族人的孩子啊

歌詞是阿美語，阿莉思一句都聽不懂，她只是隨著音符在腦中出現了山、樹葉，以及順著谷地的風之類的畫面。桌上咖啡杯旁邊有一小灘水。

地震後有段時間，哈凡沒有再見到阿莉思。其實哈凡並不是沒有「見到」阿莉思，只是沒有和她面對面講話而已，從窗子看出去，哈凡通常可以藉一些蛛絲馬跡推測阿莉思是否在家。比方說，沒有關上的二樓窗戶。一天大清早，她看到阿莉思從窗戶探出身子，然後跳到第一個高板凳上，再跳到第二個、第三個……海水輕輕地圍繞著房子，在房子的牆上留下一條一條的水痕，阿莉思跳到板凳上時板凳搖搖晃晃，像一隻海鳥在強風時想要停在海上。黃昏的時候，阿莉思提著大包小包的東西回來，所有的板凳都被浪沖倒了，不知道漂到哪裡去。她很想過去問問是不是需要幫忙，又想到阿莉思是從不要人幫忙的人，於是她就只是靜靜地看著。阿莉思拉來一塊木板，把東西全都放上去，慢慢地推到窗口，跳進窗裡，再伸出手來把東西一件一件從窗戶搬進去。

這樣的房子還能住嗎？

更讓哈凡感到好奇的是，幾天前的晚上，她才感覺到阿莉思幾乎就像一隻絕望的雲雀，不知道為什麼現在遠遠看去，阿莉思卻有點不太一樣。雖然說不出來是哪裡不一樣，但好像又可以活下去一陣子的樣子。人能不能活下去，其實周遭的人多多少少感受得出來，如果一個人突如其然地死去，一定是周遭連一個關心他的人都沒有。想到這裡，哈凡想找人講講話，但今天店裡竟然連一個客人也沒有。所以哈凡開始唱歌來安慰自己，歌詞是即興作的，關於一個年輕阿美姑娘哈凡的故事。

也許是因為歌聲傳了出去，不久哈凡就看見阿莉思打開窗戶，抱著一隻幼弱的黑白色貓咪，對她招手。

Ohiyo，哈凡看阿莉思的嘴型，似乎正在這樣對她說，不過她不敢肯定。

7 阿莉思的Ohiyo

地震的隔天上午，達赫涉水過來敲了阿莉思的門。阿莉思從二樓探出頭去，達赫鬆了一口氣，站在馬路上的鄔瑪芙則遠遠地朝她招手。

「還好妳沒事，一大早我來兩次，都沒看到妳，發現妳的車子不在，想說應該沒事，但還是不放心，所以就再來看看。」

「很嚴重嗎？這次地震。」

「怎麼說呢，震得雖然不算大，但是很多沿海地方海水都倒灌了，淹水的地方不少，可能是陸地有下沉的現象吧，說要遷村說了十年了，這次說不定是真的要遷了喔。不過氣象局說這不是預測的『大地震』，說不定只是另一次大地震的前兆。這次幾十個人受傷而已，兩、三個人發生不幸。」

阿莉思很想哀傷，但又有一點哀傷不起來。這十幾年來，地震、水災都比以往更頻繁了，有時候原本只是綿綿的細雨，卻在人們連傘都沒有帶出去的時候突然轉為豪雨，明明不該是颱風來的季節，卻一連來三個颱風。原本可以溯溪的地方被土石流掩沒，原本是堤防外側的防汛道路卻變成河道，據出海的漁民說，連岸邊流都因為各處新建的堤防和消波塊，而變得無法掌握，每個季節的水溫也跟以前不一樣了。但我們得適應不是嗎？阿莉思想。

「你要上來嗎？可以從窗戶進來，喔，鄔瑪芙呢，鄔瑪芙上得來嗎？」

「哈，門已經打不開了嗎？妳要不要搬到我那邊……，嗯，我是說，比較安全。」

「沒問題，房子還在，我想留在這裡。」

「嗯。」達赫太瞭解阿莉思的脾氣，對這點他也無可奈何。「那，有什麼需要幫忙的嗎？」

阿莉思想了想：「這樣吧，如果你有到市區的話，多多少少幫我買一點食物，可以嗎？」

「沒問題。」

就在這時候，貓叫了起來。

「什麼聲音？」

「貓啊，一隻黑白貓。昨天早上救起來的。」

「沒事吧？」

「沒事。等我一下。」阿莉思消失在窗口，不久抱著一隻黑白花紋，臉像戴了黑色面罩的瘦弱貓咪出現在窗口。她拉著貓咪的右腳，對著遠遠的鄔瑪芙說：「鄔瑪芙，妳看。說嗨，Ohiyo。」

鄔瑪芙高興地叫了起來：「哇，貓咪！」不管多麼安靜的孩子，看到動物時神采總是不一樣，擋都擋不住的。

「牠的眼睛不同顏色耶！」

「對呀，不同顏色。一邊晴天一邊雨天。如果有去市區，可以順便幫我買一包貓食嗎？鄔瑪芙，妳隨時可以來跟貓咪玩。」

「好。沒問題。我先帶鄔瑪芙去看病，再來看貓咪。鄔瑪芙跟阿姨和貓咪說再見。」鄔瑪芙揮了揮手，說：「真的會來看貓咪嗎？」

「會。」達赫牽著鄔瑪芙，像想起什麼又重複說了一次。「地震隨時會來啊，夏天到了，颱風也會來。房子很危險的，搬到我們部落的事，妳要考慮考慮喔。」

原本以為震後一段時間海水就會退掉，不料沒有。下午達赫帶了不少各式各樣的罐頭食物來，鄔瑪芙開心地和Ohiyo玩了半天，倒是達赫和阿莉思既無話可說，也不知道要做什麼，默默地看著女孩與貓。

「阿姨，兩個眼睛不一樣顏色，看到的世界會一樣嗎？」

阿莉思聳聳肩，不知道該怎麼回答這個超過她知識之外的問題。「有人兩個眼睛看到的是一樣的東西嗎？」

鄔瑪芙像是很認真地思考著這個問題。

接下來的幾天，阿莉思只有等退潮的時候才穿著雨鞋出門取水，為了在漲潮時分也能出門，她在一樓窗外擺了從高到低的幾個凳子，出門時就從窗戶先探出身子去，踩在第一個凳子上，然後跳到第二個、第三個……。阿莉思的影子倒映在無風時的海窪，從水底看彷彿有一隻鳥飛過似的。比較大的問題是，浪來的時候，凳子就會倒，因此進來的時候又得把一張一張椅子重排一遍。一天她發現，凳子不會倒了，原來下面裝上了鐵製的固定腳架，釘在海床的岩石上。一定是趁她出去的時候，達赫偷偷來做的。

其實海越來越靠近這回事，幾年前傑克森早就注意到了，蓋房子時他就曾經測量過，房子離海潮線最近距離大約是二十八點七五公尺，一年過去，海似乎往陸地再侵蝕了一些，傑克森每個月都會丈量一遍，並且說：「照這個速度，海是會過來的。不過等到海淹到房子，我們早就死了。」

沿海的地下水層幾乎都已經鹽化無法使用，大家都花錢買瓶裝水。政府在幾年前補助藉由巨大管線抽取後再淡化的海洋深層水，有的住戶會在自己的房子裡裝設價格不便宜的小型淡化器，不過阿莉思為了抗議政府圖利這些取材於自然、卻從不回饋的財團，堅持不接海洋深層水。一方面是投資海洋深層水的財團，過去就是靠投資水泥、採石賺錢的；其次是一開始拉了一堆專家背書宣稱不會影響海岸生態的海洋深層水，也漸漸被媒體報導出了問題。有的專家質疑，因為擾動了深層海水的結構，海底的鹽分比重、對流狀況，乃至於底層海砂都起了微妙的變化，漁民認為，魚群因此離開了。不過沒有人敢斷言這變化會產生什麼影響，因為生態的關聯性遠比我們想像的複雜。

即使傑克森和托托已經不在一段時間，地震發生之前，阿莉思仍保持每隔一段日子到一處野溪取水的習慣。野溪是M帶著阿莉思和傑克森，去夜拍莫氏樹蛙時發現的，離一家海洋觀光飯店不遠，卻是人跡罕見之處。

M一面跳進山溝裡取景，一面說：「這飯店品味太差了不是嗎？你們歐洲建築不是這樣的吧？唉，有時候想想真可憐，臺灣的孩子住這種品味不佳的度假村，最後就會長成另一個品味不佳的少年，再變成品味不佳的青年，最後又變成品味不佳的大人。明明旁邊就有這麼有趣的動物，都沒有人注意。」

「你太悲觀了。」阿莉思說。

「我不是悲觀，我是憤世。」

「知道就好。」

「不過，關於這飯店品味不佳這事，我完全同意。」傑克森說。

品味不佳又如何呢？顧客不是照樣買單？阿莉思覺得M好像焦慮症的患者，每天都太沉浸於自己的悲觀思想了。他更焦慮的是寫小說，離前一本長篇小說好幾年過去了，M怎麼樣都寫不出下一本東西。她知道他陷入了評論的陷阱裡，太在意那一小撮讀者對他建構世界的意見，也太憤懣於現在的文學環境。阿莉思覺得面對這樣的狀況只有等，別無他法。好的小說家就像脫逃表演者，會從這個困局脫逃出來，不好的作者就困死在水底，任誰也沒辦法救他。

隔天，傑克森和阿莉思又專程跑到那條野溪旁的空地野營。沒有M清靜多了。他們喝著溪水煮成的茶，望著滿天星斗，阿莉思跟傑克森激動不已。自從中國那頭沙塵暴越來越見頻繁，這些年連過去相對清朗的東部高空都布滿微塵，這裡已經很久沒有出現那麼動人、澄澈的星空。就彷彿宇宙仍然仁慈、寬容地看著這個星球似的。

「這個茶是我一輩子喝過最好喝的茶。」傑克森說。

「那我以後就常來這裡拿水回去煮茶好嗎？」

「太遠了。」

「不遠。」

「太遠了。」

「不遠。」傑克森笑了一下，沒有繼續爭辯下去，阿莉思也跟著笑了出來。日後每隔一段時間，傑克森就默默地來這條野溪提水回去。

世界上其實沒有什麼地方算遠，當然也沒有什麼地方算近。阿莉思想著這句突然浮現在她腦海裡的話中，存在的矛盾性。

這幾天，阿莉思和貓之間漸漸建立了一種共度災難的微妙互信，貓開始願意在阿莉思面前肚子朝上熟睡，而阿莉思決定帶牠上獸醫院身體檢查一番。因為地震的關係，除非原本就使用太陽能或風力發電的住宅區，全島的城市有近六成失去電力。雖然已陸續恢復供電，但她在市區內找了許久，才發現一家有備用電的獸醫院。

「很健康，很堅強的貓咪喔，兩個眼睛顏色不太一樣耶，真特別，機率很低喔，我從來沒看過流浪貓是這樣的。」年輕的獸醫師這麼說，然後幫牠打了預防針。

「不過，雖然整體來說並不嚴重，但是這次地震好像也倒了不少房子，小姐，妳家沒事吧？」

「沒事。」阿莉思已經不年輕，但所有沒注意到她脖子附近皺紋的男性，幾乎都以為她才二十幾歲，頂多三十出頭。當然也可能是阿莉思總愛穿著完全無字的白T恤，身材也不發胖，有時候遠遠看就還像個女研究生似的。阿莉思從不為此自豪，看起來二十幾歲實際還是已經超過四十歲，這是改變不了的事實。

阿莉思本想把貓放在獸醫院讓人領養，不過掛號時護士問貓咪叫什麼，她脫口而出說，「我叫她Ohiyo。」護士小姐雖然有點狐疑，但還是請她在病歷表上寫下名字，因為她不知道是哪三個字。Ohiyo，不知道為什麼，寫下這個名字的時候，阿莉思突然有了一種想和牠相處看看的念頭。（雖然後來知道拼音拼錯了，但也就沒想改它。）而當她反覆唸出這個字的時候，箱子裡虛弱的貓抬起頭來像是在回應那個名字，眼裡有一種在陌生環境感到緊張，只信任眼前這個人的意味。而每當阿莉思輕輕地叫Ohiyo，貓的尾巴就會輕輕顫抖一下。在那一瞬間，好像有一種非物理性的物事，動搖了她沉默已久，決意停止的心。

貓打完預防針後，阿莉思買了貓砂、貓砂屋，和醫生處方的飼料，甚至還買了一根逗貓棒。貓咪恐怕永遠不能理解，為什麼植入晶片以後，牠就變成某個人的貓咪，而且從此以後還有了名字。而阿莉思也不能理解，明明前一陣子紛紛「處分」了自己大部分的物質財產，現在幹嘛又為了這個小生命開始替牠購置「財產」。

離開獸醫院時，阿莉思看到醫院的電視正在播放新聞，新聞正在報導地震的後續消息，正如達赫說的，地震專家懷疑這不會是單純能量釋放的地震。下一則新聞卻是介紹了一個阿莉思從不知道的訊息，報導說太平洋上巨大的「垃圾渦流」正在分裂，其中一塊正在靠近此地海岸，阿莉思凝視了那個空拍海上的畫面，覺得真不可思議，報導引述自一個國際媒體的報導，語帶幽默又悲傷地說，那個巨大的垃圾渦流裡，每個人幾乎都能找到自己一生中使用過的所有東西。

回家後，阿莉思到托托的房間找《貓咪圖鑑》。托托出生沒多久就被診斷出比一般的孩子發育更加遲緩，小時候經常發生不明的痙攣，並不是智能有問題，只是直到三歲，托托都很少說一句完整的話。無論是中文、英文或丹麥文都無法表達，只有偶爾會叫爸爸跟媽媽而已。說話對他而言，簡直像艱難地要從喉頭取出遠大於那個的什麼物事一樣。醫生也看過不少，多半表示托托的構音器官是沒有問題的，比較有可能的就是不知名的腦傷，或者是心因性的因素。後天的腦傷肯定是沒有的，而阿莉思和傑克森絕對是模範父母，幾乎寸步不離托托，也從不在托托面前爭吵。那麼，到底是什麼心因性的因素呢？其實托托並不是完全不能說話，他有時會說出些令人驚奇的話來。比方說有一回，他和傑克森登山時抓到一隻少見的黃腳深山鍬形蟲雌蟲，回來後他養了牠一陣子，死去的時候才做成標本。夫妻倆正在吃早餐時，聽見他彷彿對著飼育箱說：我沒辦法看到你看到的東西了。

相對於語言，托托對圖像有極高的敏銳度。阿莉思記得有回全家去吃義大利麵，托托在餐廳的紙桌墊上，拿勾選菜單的鉛筆，把傑克森的登山路線圖，一條一條地畫了出來。阿莉思和傑克森一開始並不曉得那是登山路線圖，但在喝海鮮濃湯的時候傑克森喊了出來，那不是「能高越嶺」的路線嗎？他們兩人因此高興得流下眼淚，並且不讓侍者把髒污的餐墊紙收走，反而帶回家裱褙起來，至今仍掛在托托的房間牆上。

托托從六歲開始常常跟著傑克森登山，但可能還是孩子的關係，他並不像父親熱中攀岩，不過托托的體力算是馬拉松式的，精神力很強悍。另一方面，托托似乎只是想確認他從書上看到的登山路線，和帶著圖鑑到山上辨認昆蟲。有的時候他坐在房間裡，光是看圖鑑可以看上一整天。托托還能用鉛筆畫出非常擬真的昆蟲素描，連觸角上的每一根分岔都畫得一清二楚，而且每一隻都跟真的昆蟲一樣大。傑克森和阿莉思因此盡可能地幫托托買了各式各樣的圖鑑，一列一列地排在書架上，粗估有數百本之多，其中包含了三、四種語言（傑克森會買丹麥文圖鑑）。有一般的《昆蟲圖鑑》、《鳥類圖鑑》、《海星圖鑑》、《蜘蛛圖鑑》，也有頗特別的《足跡圖鑑》、《哺乳類排遺圖鑑》、《樹皮圖鑑》、《蜻蛉目翅膀圖鑑》、《蕨類孢子圖鑑》……等等。

阿莉思雖然對圖鑑沒有什麼熱情，但她總覺得圖鑑是很奇妙的東西，它看起來和她熱中的文學不同，文學無跡可循、重複被視為罪惡；自然科學卻似乎是透過人類天賦的辨識技能，再加上理性創造出的種種法則，把各種生物依據原則歸類，因此，特別強調藉由某些細微的一致性來判分類別。不過阿莉思也直覺式地感到，圖鑑在某個方面也像詩一樣，仔細讀時就可以辨識出人類認識世界的法則，也彷彿可以找到一些洞悉人性的線索。這麼想來，說不定托托日後會變成一個特殊的詩人，他有時不就會對著這些昆蟲，講出一些像詩的句子？

對阿莉思而言，托托好像就是隨著他認識物種的增加而逐漸長大的，每出去一次，托托好像就長高一點點，成熟一點點，開始對那個繁複又極有規律的世界，做出一些試探。於是，阿莉思跟托托讀一樣的書，記一樣的昆蟲。一有問題她就寫mail去問M，M總是以最快的速度回覆她，顯然是個相當寂寞的人。唯一她不能跟的就只有登山了，走走郊山去取水倒還可以，但她對一定高度以上的山有恐懼症。

阿莉思永遠都不會忘記，托托在上小學的第二年發生的那次意外。他在附近草叢玩耍時，被蛇咬中。由於不確認蛇種，他們送托托到好幾間醫院打了解毒針，卻一直未曾見效，就這樣昏睡了近一個星期。阿莉思用盡一切氣力，向她所知的所有的神祈禱，終於他才醒轉過來。有時候，她會以為，托托在那個時候，真的已經死去。很長的一段時間，阿莉思不讓托托接觸任何戶外活動，但這對托托而言簡直如同酷刑。最重要的是，傑克森不以為然。他認為即使危險，也應該常常試著活在野地。

此刻阿莉思翻著《貓咪圖鑑》，就彷彿托托仍在旁邊聽她解釋。圖鑑的分類很有趣，是從被毛長度、臉型，然後做交叉辨識。不過阿莉思翻來翻去卻找不到像Ohiyo這樣的貓咪。會不會是因為太小，身體還沒有出現特徵？當然，也可能像護士小姐所回答的，「就是一隻很普通很可愛的黑白米克斯啊。」米克斯就是混種貓的意思。不過就阿莉思所瞭解的，家貓其實不能分「種」的，畢竟所有的家貓都能互相交配，生下米克斯不是嗎？看來貓的分種不過是人為了要認識貓的世界，或者替貓設定位階，所定下的屬於人的規則。貓的位階畢竟遵循的還是另一種關於貓的位階的法則。

所以一些自然的歸納，究竟屬於自然的規則，還是人的規則呢？

唉，文學的訓練，總讓她掉進這樣的語言漩渦裡。不知不覺中，整個下午除了《貓咪圖鑑》外，幾乎又把書架上的圖鑑翻閱了一次。此刻她突然覺得這個世界建立的方式或許比較接近圖鑑式的。也許年輕的時候自己搞錯了，以為世界充滿機遇的偶然。或許，世界排列得整整齊齊，一切其實是命定的巧合。

隔天，阿莉思整天都坐在屋子裡看著Ohiyo，她從來沒有想過光看一隻貓的動作就能那麼入迷。Ohiyo瞇著眼睡倒在書架上，四肢垂軟地懸掛著；躡手躡腳地靠近一隻從窗外飛進來的金花蟲；睜著異常渾圓的大眼，瞳孔聚精會神地注視著阿莉思……。

「怎麼這麼可愛呢。」阿莉思嘆了一口氣。有一隻貓以後，好像什麼都要改變了，跟有一個孩子一樣。那天晚上阿莉思抱著Ohiyo睡著，Ohiyo枕在阿莉思的腋下，喉頭發出咕嚕咕嚕的聲音，不知道夢見了什麼。但這天晚上，阿莉思作了個夢。

就在一個多月前，阿莉思覺得沒辦法一個人這樣下去了，她因此到日本做了一次「夢境捕捉」的治療。「夢境捕捉」是神谷之康博士在多年前開發出的一種技術，他是日本「國際電氣通信基礎技術研究院」裡，「大腦情報研究所」的知名學者。那時神谷之康和他的研究團隊以「腦部核磁共振技術」為基礎，逐步發展這種夢境探測技術，一開始只能把大腦活動轉錄成簡單的幾何圖像，但漸漸地他能將夢的腦波還原成影像。但並不是像用攝影機拍下的那樣的影像，倒像是電視轉到沒有畫面的頻道所呈現的那種難以辨識的線條。並不是所有人想做夢境捕捉就能做的，必須透過專業醫師的推薦，成為一種療程。因為神谷之康博士就是希望能遏止當時一窩蜂的解夢節目，才進行研發的。

不料這項服務推出之後，更多人在電視或網路上以解讀夢境捕捉的影像開節目，讓神谷之康不得不結合一些政界的力量立法來規定影像的用途。但亂象已經形成，畢竟在這個時代，大家都需要抓住一點東西。

具名介紹阿莉思的是日本東京一所女子大學的翻譯家松阪麗子教授。多年前將M的作品翻譯成日文，就是由她和麗子合作的，兩人因此建立了友誼。兩個對文學異常狂熱的年輕教授非常仔細地推敲兩種語言的差異，麗子就提到她不太能理解小說裡「發財車」這個詞的意思。阿莉思跟她解釋了為什麼臺灣人叫一些小貨車「發財車」，甚至替她問了原作者所構想的車大概是幾c.c.、哪一款的。她也替麗子設想了M小說中男性角色的特點，因為麗子認為，日文裡男性的「我」，比中文要複雜得多。

麗子從另一個學者那裡知道阿莉思的事後，打了通網路電話給阿莉思。一開始阿莉思完全不考慮，但她的一句話打動了阿莉思：「雖然夢境捕捉不能解決什麼事，但是好像有不少人，發現了一些細微的線索或問題，人生才得以繼續下去。」

雖然通信多年，但到東京的時候她才第一次見到麗子。是個圓臉，身材中等，微笑非常日本式的女性。比較特別的地方是她戴了很制式的塑膠框眼鏡（但也可能是昂貴的手工製品，這點阿莉思的判斷有點不足），卻穿了一雙有點性感的網襪，這點讓阿莉思覺得非常不協調。很少很少學者會穿網襪的吧。

夢境捕捉的療程需要一個星期，第一天安排了心理醫生談話，晚上就睡在簡直像五星級飯店的診間裡，不過據說枕頭和床墊都設有腦波感應器。第二天與第三天則完全像旅遊行程，阿莉思再去了一次年輕時去過的代代木公園，上野動物園，她一直想再去一次曾帶托托去過的多摩川動物園，可惜剛好遇上封園演習。第四天就把前三天阿莉思的夢境圖彙整出來了。

阿莉思看到自己的夢境時就後悔了，因為雖然醫師與工作人員均無法辨識出投影幕上那些線條與光點，但阿莉思能。所謂記憶這種東西就是這樣，只有自己有辨識力。原本看完夢境影像後，院方安排了資深的諮商專家面談，但當天阿莉思就告別麗子，搭機飛回臺灣。送機的時候，麗子也沒有特別問理由，阿莉思注意到她換了另一雙一樣非常顯眼的紫色絲襪。

這一夜阿莉思再次重複了那天夢境捕捉時的夢的內容。夢境結束時，阿莉思悠悠醒轉，牆上的鐘才四點左右。Ohiyo仍然非常放心地熟睡著，貓真是需要非常長時間睡眠的生物。Ohiyo旁邊，有一張被牠翻倒的數位相本，不用看阿莉思也知道第一頁是托托嬰兒時期的照片。怕驚醒Ohiyo，阿莉思伸長了手，不過還是搆不著，只能在腦袋裡想像數位相本現在播放的那些她再熟悉不過的畫面。此刻阿莉思不禁想，會不會托托只是被鎖在某個和死亡無關的世界中，像活在照片裡一樣，在那裡，死亡永遠不得其門而入，而托托仍在某處，拎著他的標本箱，尋找著他從來沒有看過的什麼呢？

第四章

賽莉婭年輕的時候就像烏爾舒拉一樣美貌，甚至於更美，因為賽莉婭是更純粹的，瓦憂瓦憂式的美。賽莉婭在瓦憂瓦憂語的意思是：「像海豚一樣優美的背脊」。

8 烏爾舒拉烏爾舒拉，妳真的要往海上去？

烏爾舒拉在阿特烈出海前，就準備好一瓶上好的奇洽酒。奇洽酒是瓦憂瓦憂島的珍寶，它的製作方法是由女性或孩子嚼一種薯類的根莖，讓它在嘴裡慢慢發酵所製造出的混濁酒漿，有時候得嚼上三天。因為每個人的唾液成分和氣味不同，因此奇洽酒的味道會因為嚼的人而有所差異。烏爾舒拉從小嚼出的奇洽酒就是島上著名的香醇，她的唾液融合澱粉後，會生產出一種讓男人魂牽夢縈的氣味，喝了不易醉，卻有一種難以言傳的心悸會伴隨產生，喝過的男人甚至宣稱在某個瞬間，看到了自己的未來。

烏爾舒拉在阿特烈射精後，把為他準備的奇洽酒拿出來，囑咐他到海上要一口一口慢慢喝，就可以回想起她的氣味，她的眼神，她下體的溫暖。

而阿特烈今在何方？

烏爾舒拉是島上男人想望卻又不太敢行動的對象。沒有人知道烏爾舒拉的父親是誰，她的伊娜（瓦憂瓦憂語母親的意思）賽莉婭則是島上最出色的編織者。因為缺少丈夫的庇護，賽莉婭沒辦法分到耕地，而女人也不被允許出海，只好負責一些部落裡的公共工作，部落則提供耕地、魚和其他照護。賽莉婭的主要工作是替島上的人編草鞋，烏爾舒拉常替賽莉婭到林子採藤蔓，到海邊採鹹草。藤蔓是用來編鞋底的，鹹草則用來編鞋面。賽莉婭不只會編草鞋，她還會編魚網，她編出的魚網連最強壯的「伊瑪伊瑪魚」都逃不掉。這些年來賽莉婭所編出來的網，只怕已經可以覆蓋整座瓦憂瓦憂島。

男人常常在黃昏捕魚完回來以後，繞過來賽莉婭家聊聊天，幫忙修補房子，或者留下一、兩尾魚，或者留下海參或美味的章魚。烏爾舒拉到初經後才知道，他們其實是為了賽莉婭的手，而不只是為了草鞋、魚網和說故事的欲望。烏爾舒拉曾聽過男人誇獎賽莉婭的手，「能讓枯草重現生機，能讓暴風停止憤怒」。

賽莉婭年輕的時候就像烏爾舒拉一樣美貌，甚至於更美，因為賽莉婭是更純粹的，瓦憂瓦憂式的美。賽莉婭在瓦憂瓦憂語的意思是：「像海豚一樣優美的背脊」，年輕時她光坐在海邊背對著村落，長髮垂在背脊上，就足以讓整座瓦憂瓦憂島心碎。

烏爾舒拉本來最愛看鷗鳥頂著月亮飛，和蒐集沙灘上剛褪下的螃蟹殼，但現在她就像傷了翅膀的海鳥，看著海卻離不開。賽莉婭完全瞭解烏爾舒拉的心事，她靜靜地看著這個孩子，並且特別注意她的靈魂裡是否出現了小靈魂。沒辦法和心愛的人共處一輩子是許多瓦憂瓦憂女子的宿命，即便如此，如果能懷上心上人的孩子也算是卡邦的恩典。因為孩子可能是男孩，有機會幫她們重新建立起另一個家族。

一天母女倆坐在家門口編著草鞋時，烏爾舒拉開口說話了。

「伊娜，為什麼女人不能出海？」

「這是祖先的規定，自然的律法啊。女人就只能到海邊撿貝類，不過要記得，有刺的貝也不能撿。」

「這是誰的規定，違反了又怎麼樣？」

「我的娜娜（瓦憂瓦憂語裡女兒的意思），妳知道的，違反了就會變成海膽，沒有人敢靠近啊。」

「妳看過誰變成海膽了呢？」

「到處都有海膽啊。」

「不是，伊娜，我是說妳有看過一個人活生生變成海膽嗎？」

「娜娜，沒有人看見的，要變之前會先潛到海裡去啊。」

「伊娜，我不信這個。」烏爾舒拉長長地嘆了一口氣，眼神變得迷離遙遠。賽莉婭看著這個女兒，在心裡頭也跟著嘆了一口氣，想：女兒啊，我多不希望妳有這麼一雙像珍珠的眼睛。

「伊娜，我不信這個。我想造一條泰拉瓦卡。」

「什麼？不行啊，女人是不能擁有泰拉瓦卡的……」

「我想造一條泰拉瓦卡。」

賽莉婭知道，烏爾舒拉確實下定決心時，就像沉到海底的石頭，撿都撿不回來，所以她便不再說話。

當有男人在造泰拉瓦卡時，烏爾舒拉就站在遠遠的地方靜靜觀看。有時候她跟那烈達聊天的時候，也刻意刺探製造泰拉瓦卡的技巧。她知道那烈達深深愛著她，而一旦她懷有阿特烈的孩子，那烈達也有義務照顧她，這也是瓦憂瓦憂規矩。但她並不愛那烈達，她愛阿特烈像伊瓜沙（太陽）的性格，而不愛那烈達像那露沙（月亮）的性格，這是沒有辦法和海抗爭的事。她只是想聽那烈達說說海的故事，多提到一點航海的技巧，所以才接受那烈達在黃昏來找她。

不過跟阿特烈比起來，只有鼻子長得不太一樣的那烈達講得很有道理：「海不是用教的，海是要用生命去學的。」不過即便他愛烏爾舒拉如同愛一尾大魚，他仍不敢違背另一條瓦憂瓦憂規矩讓她上他的船。

烏爾舒拉獨自開始默默蒐集、處理材料，她在離房子一段距離的林子裡布置了一個地方，把還沒有長大，只是胎兒一樣的泰拉瓦卡覆蓋起來，晚上才偷偷地進行她的工程。編織的手工藝難不倒她，她遺傳了賽莉婭的巧手，比較困難的是從林地裡搬出較粗的樹枝。不過這只需要更多一點的耐心和手臂與腿上的淤青就可以做到。烏爾舒拉的泰拉瓦卡逐漸成形，她用海膽做成的銼刀細細修飾，在船身雕出阿特烈航海的姿態。

島雖然小，但烏爾舒拉把一切做得很秘密，沒有人注意到她的航海計畫。那烈達被愛情蒙蔽了眼所以看不見，到烏爾舒拉家的男人情欲在燃燒所以看不見，唯一知道的人則是賽莉婭，不過她選擇沉默。因為她相信烏爾舒拉一定會放棄，因為賽莉婭從烏爾舒拉走路的姿態和氣味判斷烏爾舒拉已經懷孕。她的身體裡已經有了阿特烈的小靈魂，等到她發現這一點的時候自然就會放棄的。

三次月亮生而復死，死而復生的日子過去，這天清晨烏爾舒拉鑽上賽莉婭的床，跟她說：

「伊娜，我明天要出海了。」

「出海？」

「是啊，我的泰拉瓦卡造好了。海的故事我也已經聽很多了，阿特烈當過我海的知識的老師，那烈達也是我的海的老師，雖然我從來沒有出過海。我現在需要妳給我食物和祝福，讓我順利找到阿特烈。」

「娜娜，阿特烈死了。」

「他沒有死，我知道，我感覺得到。」

「娜娜，妳知道妳的身體裡有小靈魂了嗎？阿特烈在妳肚子裡。」

「伊娜，我知道。我想把我肚子裡的阿特烈給阿特烈看。」

「娜娜，妳知道阿特烈人在哪裡嗎？」

「我知道他在海上。」

「海那麼大，妳是帶肚子裡頭的阿特烈去送死。」

「活在這個沒有愛人的島上，伊娜，妳知道跟死去沒有什麼兩樣。」

「所以我不是妳的愛人嗎？娜娜。」

烏爾舒拉並沒有掉眼淚，她就像一艘沉船，變得越來越重，水往裡頭灌，而不是流出去的。

「原諒我，伊娜，原諒我。」

賽莉婭原本可以想辦法讓部落的人阻止烏爾舒拉，但她沒有。她知道那非但沒用，反而讓女兒逐漸萎謝在自己面前。算了算了，卡邦自有打算，祂就是要讓她死在海上，讓海浪做為她的墳丘。

放棄說服的賽莉婭在隔天半夜，和烏爾舒拉合力把泰拉瓦卡推到岸邊，賽莉婭邊推邊覺得自己的靈魂陷到海灘裡，而在月光的照射下，她們赫然發現岸邊有一個人站在那裡。

是掌海師。果然，只要有關海的事，海沒有不知道的，掌海師沒有不知道的。他早就靜靜地看著這一切發生，他掌握這一切，卻不掌控這一切。他默默地走到烏爾舒拉和賽莉婭的身邊，幫助她們把泰拉瓦卡推到海裡，並獨自為烏爾舒拉進行「瑪納」的祝福儀式，他在泰拉瓦卡的船首上，插上了大魚的頭骨。沒有經過瑪納祝福的泰拉瓦卡在海中會瞎了眼，會誤以為自己是一尾魚而不是一艘船。船雖然航行會加快，卻會突然潛入水中，真的化為魚，永遠不再浮上來。

「卡邦說，魚總是會來。」掌海師想安慰賽莉婭，但即使是掌海師也詞窮，只勉強說了一句瓦憂瓦憂諺語。

懷著小阿特烈出海的烏爾舒拉，並沒有受過操持泰拉瓦卡的訓練，因此完全無法對抗風，也沒辦法像阿特烈所說的，「靠罣丸來感受方向」。她放棄方向，而將心託付給卡邦，身體託付給魔奈。或許是因為掌海師的祝福，一連三天，海都非常平靜，簡直就像一片平坦無比的陸地。不過第一次面對真正大海的烏爾舒拉感到迷惘了，這麼巨大、漫無邊緣的海，該往哪裡才找得到阿特烈呢？尋找是烏爾舒拉如此堅強的動力，但尋找同時也是烏爾舒拉讓自己迷失、無法拒絕的念頭，尋找也是烏爾舒拉的葬禮。賽莉婭為她準備的水果乾、魚乾、椰子、麵包果煮成的「海糧」已經快吃完，海草皮囊裡的水也已快飲盡。烏爾舒拉雖然有牡蠣做成的魚鉤，但釣魚並不像她想像的那麼簡單。

而阿特烈今在何方？

或許是由於掌海師的祝福僅及三日，這天海上的天候丕變，颳起了長浪。瓦憂瓦憂次子的鬼魂們原本想現身警告烏爾舒拉應該往右邊划，但因為不是次子，烏爾舒拉根本無法聽到瓦憂瓦憂次子鬼魂們的聲音。於是鬼魂們只好化為抹香鯨在烏爾舒拉身邊游動，卻反而因此掀起了更巨大的浪。

即便連瓦憂瓦憂次子的鬼魂們也不知道，浪再次把這名瓦憂瓦憂少女帶到另一座島上，乍看之下，這個島跟阿特烈所登上的那個島，外表看起來幾乎一樣。運氣非常好的是，島恰好有一個月型的岬角，烏爾舒拉的泰拉瓦卡就恰好卡進這個小小的港灣裡，靜止不動，而烏爾舒拉則像是睡眠般地昏迷了。

此刻她並不知道，賽莉婭在她離開的七天間不斷流淚，最後竟從眼窩流出血來，終於在第七日的黃昏倒在海灘上，像一枚貝，一支不屬於誰的槳。男人們發現賽莉婭時，她的背脊還是像海豚一樣美麗。幾乎全島的男人都來參加了賽莉婭的葬禮，此刻他們心底真的都比死去妻子還要傷心。

但即便連瓦憂瓦憂次子的鬼魂們都不知道，他們看著烏爾舒拉步上的那個小島，和阿特烈走上的那個看起來似乎沒有什麼兩樣（雖然都是像用無數奇怪的東西和在一起的一個島），事實上，卻是朝向截然不同方向的另一個島。

9 哈凡哈凡，我們往下游去

我有時會想，自己繞了這麼一圈，終究還是回到海邊。

十一個月大的時候，伊娜（Ina，阿美族語媽媽的意思）帶著我離開部落到市區找工作，因為伊娜的男人拋棄了伊娜，不知道到哪裡去了。不過這裡能提供的工作不多，不久伊娜就再帶我到臺北了。她一開始打了一陣子的工，兼差幫人家帶孩子，像是到醫院照顧一直流口水的老人，在街上拿著預售屋廣告晃來晃去，什麼都幹過。不過妳不要看一個孩子小小的，開銷真的很大，伊娜最後實在沒辦法了，就只好到卡拉OK裡陪唱。去那裡的都是老人，也沒幹什麼，就是陪他們吃花生米、喝啤酒、聊聊天，也許有的人會偷偷摸摸手，摸摸胸部，摸摸屁股，大概就是這樣吧。然後又過了幾年，伊娜開始和一個喝酒以後總是把她當沙包的男人住在一起，那個時候我已經開始上小學，比較清楚了，我的記憶。我們住在一條溪的旁邊，沒什麼水的溪。聽起來很奇怪是嗎？我們那時候住在一條溪裡頭沒有什麼水的溪邊。

對一歲就離開部落的我來說，部落生活是什麼樣子根本就不知道，每次聽見伊娜提起部落的事，就好像她講的是一個空白的地方一樣。不知道為什麼，伊娜那時從來沒有帶我回部落的打算。有時候會聽她說，部落旁邊也有一條溪，那條溪的水很混濁，所以叫Rita。在臺北住的這條溪，秋天的時候到處都開白茫茫的芒花，伊娜說如果不看遠處的樓房的話，很像故鄉。所以，那個時候我常常瞇著眼看眼前的景色，故意不看遠方的樓房，覺得這樣說不定跟故鄉的景色差不多。

有一回，伊娜心血來潮採了當地的芒草心煮湯給我喝，她說在部落剛生我的時候，一開始奶水不夠，也採過Rita附近的芒草心煮湯給我喝，那時候我還短短的，沒有長記憶。不過不知道為什麼，我一喝，就覺得跟記憶中只喝過一次的故鄉的芒草湯滋味並不一樣。妳一定不相信吧，一歲怎麼可能會記得味道。但我就是記得，我真的記得。

我們家那時候住的房子是廖仔用廢板模蓋起來的。廖仔做粗工，也是卡車司機，沒事的時候就去橋下等看有沒有人要工人，就是有工作就做那種人，當然是沒工作的日子比較多。聽伊娜說是在做伴唱小姐時認識的。在我的印象中，廖仔不喝酒的時候還滿斯文的，瘦瘦小小，不像是做粗工的。不過他喝了酒就變得難以控制，不管什麼事都會把伊娜抓起來揍一頓。

那個時候我總是不瞭解，伊娜也不是打不過廖仔，我們阿美族的女人都很有力氣的，為什麼就要挨打？挨打就算了，為什麼被揍了以後，隔天清晨一回家做飯給要出車的廖仔吃？伊娜也不是沒有能力賺錢養我，為什麼還要跟這樣的男人在一起呢？

那時候我如果心底有不懂的事，都會跑到這個城裡的部落的溪口附近，一塊大石頭上唱歌：伊娜教我的歌、電視上的歌、同學借我的ＣＤ，卡拉ＯＫ裡的歌都唱，我很會記歌詞，一句都不懂的歌詞我都能通通記住。部落裡的人路過的時候，不是我自己誇獎我自己，大家都說我的歌唱得好，好到連小米都發芽了。不過其實部落的人在臺北並沒有種小米，河床上只有芒草。芒草你根本不用管它，它就長得亂七八糟，砍都砍不完。

小學的時候我都起得很早，因為我喜歡繞遠路上學，可能五點多就出門了吧，沒有錶，都不知道幾點。我會用筆在手腕這邊畫一隻錶，把那個針畫在六點十分的地方。那時候我自以為有一種超能力，就是當同學問我幾點，我都能很神準地回答出來。很神準喔，不騙妳，那時候我的身體裡某個地方好像時間住在那裡，它在裡頭走來走去，走來走去。

那時我喜歡看隔壁班一個長得高高黑黑，叫蜘蛛的男生打籃球。他的手腳很長，動作很有喜感，不過其實他打球的時候很認真很帥真的。我到現在都還受不了認真男人的表情，男人胖的瘦的高的矮的，有錢沒有錢都沒關係，兩條眉毛為了想什麼想不通的事所以纏得緊緊的，眼睛盯著手邊的工作不放，那樣的男人最吸引我。我常常看蜘蛛打籃球一直到晚上六點十分，因為這時候蜘蛛回到家差不多是六點半，他爸最晚只能容忍他六點半以前回到家。

覺得快六點十分了，我會假裝看一下錶，蜘蛛就會退場，胡亂地用衣服擦一擦汗。

我們回家的路有一段是重疊的，蜘蛛會遠遠遠地牽著車跟在我的後面，從來不跟我並排走。一直走到岔路時，我會停下來，蜘蛛牽車從我身邊走過，看著我，然後不好意思地笑一笑，說明天見然後回家去。我整天都在等這一段時間，等他笑一笑，然後說明天見。

那時伊娜總要上班到凌晨，順道就為我做早餐才睡。我有時候把伊娜給我的晚餐的錢留下來，去買防曬的東西，覺得自己黑黑的不好看，我想變白一點。吃晚飯的時候就跑到鄰居家吃。鄰居對我很好，還會自己跑來問說要不要一起吃飯，我們那邊都是這樣，小孩子一下子跑到這間吃飯，一下子跑到那間吃飯。我記得那年部落開始傳聞附近要開什麼河濱腳踏車道，房子可能會被拆掉，有不少外地人因此常常跑到部落裡來，說是要幫部落的人對抗政府。

部落裡有一個叫達風的人很熱心，他是大家選出來的「城裡的頭目」。我記得那時他站在臺上拿著麥克風，對著大家說，「其實是都市計畫要更新掉我們，對不對？」臺下的人就說：「對！」然後他說：「我們其實不很怕怪手，怪手得有人開才有用，對不對？」

「對！」

「所以我們比較怕的是人。不管是說要保護我們的人或是要拆我們房子的人都怕，因為他們不會告訴你為什麼，因為他們的為什麼和我們原住民的為什麼意思不一樣，對不對？」

大家都在下面喊：「對！」我到現在都還記得這幾句話。有時候抗議的人辦晚會，他們就叫我上去唱歌。當我唱伊娜教我的歌的時候，老人家、年輕人的眼淚就會像下雨一樣掉下來。

有幾次政府真的斷水斷電，也真的拆了部落的房子，慢慢地也有一些人搬到政府所蓋的「國民住宅」裡頭。我心裡面想，那些抗爭根本沒有用。政府這麼大，我們這麼小。不過政府其實有時候也拿我們沒辦法，部落的人常常在怪手拆了房子以後又跑回去重蓋一間，用撿來的廢板模、競選看板、浪板、鐵皮和漂流木蓋房子。雖然很難看很簡單，不過一樣可以活在裡面。其實那邊住的人來自很多部落，不全是我們阿美族的。伊娜說有很多人是像她這樣的，糊里糊塗地就跑到臺北，連回家的車錢都沒有了。伊娜說，「那些人要我們搬到別的地方去，但我們要搬到哪裡去？住那種不能呼吸的地方我們也不習慣，而且有一些漢人的房東還是看不起我們。」廖仔幫伊娜蓋房子的動作真的很快，這是我唯一可以想到，伊娜不離開他的原因。

有一次大家又回到溪邊重蓋房子不久，廖仔回來的時候，喝得醉醺醺的，把我的伊娜打了一頓，他拿起我放在書架上的《辭海》打伊娜的頭，打她的肩膀。可能是伊娜撞到牆上的什麼東西流血了，頭髮都打結在一起，上面都是紅紅的血。我很生氣踢廖仔，因為那本《辭海》是我考試考得好老師送給我的，老師還說「吳春花長大以後說不定也可以當老師喔。」廖仔竟然就拿那本《辭海》往我臉上打，真的很可惡，妳知道嗎？不過《辭海》打起來很痛很痛，留下一個疤，妳看，雖然淺淺的但是現在還看得見吧？我那時候想可能是因為中文字都很難懂，所以打起來很痛，我到現在唱歌的時候右邊聽不太清楚自己的聲音。那天我第一次聽到伊娜哭。伊娜的哭聲跟外邊的溪水聲混在一起，好像有兩種水在我的心上頭滾來滾去。

伊娜常常對我說，「有時候她很想把這條溪當作記憶裡的Rita，但這條溪不真的是，很像，不過不真的是。」我那時候覺得住在溪邊不是很好，因為晚上如果沒睡著的話就會聽到樹跟石頭的哭聲，風會把哭聲從溪流的這頭傳到另一頭，然後再傳回來，好像是故意要讓人傷心一樣。

那天我沒睡，翻來翻去睡不著。隔天起了個大早，天還沒有全亮，坐到大石頭上面唱歌。大概唱了三首歌太陽才慢慢露出來，突然有一群金色的蜻蜓聚在溪的上頭飛，那種蜻蜓長得就像蝴蝶，平時只能看見一隻兩隻，不太常見的，但是那天出現的是一整群，好像要去上學還是開會。直到現在，我閉上眼睛都可以看到那天那一群蜻蜓每一隻眼睛，蜻蜓的眼睛是綠色的，我常想綠色的眼睛看出去的是不是都是綠色的？

我永遠記得那一天上學時，蜘蛛突然出現在身後，說：「嗨，要上課了。」然後他就放慢速度，牽著腳踏車走在我的後面，跟我講話。快到校門口的時候他趕上我，經過我身邊時邊跑邊騎上車，說：「妳剛剛唱歌真好聽。」然後一溜煙地轉到校舍後面的腳踏車停車場去。他因為站起來騎，所以肩膀一晃一晃好像可以飛起來一樣。他第一次這樣跟我說，「妳剛剛唱歌真好聽」，我覺得快要變成小鳥了。

蜻蜓出現的那天下午開始下大雨，很大很大的大雨，像有人用力從天空中丟石頭下來一樣，一直撞那個鐵皮的屋頂。伊娜那天身體不舒服沒有上班，半夜她開了窗往外看，天空比黑夜還要黑。大概凌晨三點的時候，廖仔專程跑來，他臉黑黑地對伊娜說：「帶哈凡去找一間旅館住，把機車騎走，我這邊有五百塊，妳收拾一下。找到住的地方，打電話給我，我就去。」

「怎麼回事。」伊娜問他。

「不曉得，我怕洪水會來，雨太大了。剛剛我聽到廣播，說雨會一直下，就先趕回來。我看你們還是暫時去住別的地方。」廖仔這樣說。

「我們等你一起。」伊娜說。

「不用，我等下跟莫里一起騎一輛車，妳先走。」

雨最大的時候，伊娜已經帶著我到市區的旅館了。那個旅館還用像古董一樣的熱水壺。我們還沒洗澡，先打開電視看新聞，電視一直跳跳跳，正好在拍我們的部落，大水來了，我們的部落在電視上跳跳跳。

隔天雨還是沒停，伊娜騎了廖仔的車載著我回到部落，不對，這樣說不對，因為部落不見了。原本應該是部落的地方變成一大片的黃水，看不見部落了。大水甚至把右邊的堤防都打破了，所以附近新蓋的高樓的地下室，也都淹水了，水到現在都還沒有退。水根本不管你是原住民還是漢人。警察拉起了一道封鎖線，誰也不准過去。雨實在太大了，搜救隊的行動到下雨的第三天才能全面展開，一具一具屍體被從泥沙、溪石縫裡找出來，因為撞來撞去的關係，很多骨折，身體都破掉了，折了一折，看不出來是一個人了。我跟著伊娜走著走著，她用手摀住我的眼睛，但手指有縫。我從伊娜的手指縫看到一個腫腫的身體穿著蜘蛛的衣服，那個身體的腿斷了一截，變得很矮。不過肩膀很完整，我認得那個肩膀，雖然沒有靠過那個肩膀，但我認識得很熟很熟。那個時候我的血像冰一樣，好像有蟲把心臟吃掉了。我一直哭一直哭，都沒有聲音的哭。

後來雨還是一直下一直下，部落人回憶起來，都說整整下了十天。伊娜一滴眼淚也沒有掉，沿著溪岸不斷地走，她對我說：

「哈凡哈凡，我們往下游去。」她像一頭固執的山豬，比搜救隊員更仔細地檢查溪床石縫和一些比較平的地方。她還替搜救隊員找到了三具屍體，都是屍體，沒有活人了，那天留在部落裡的人，好像都變成了屍體，不過裡頭沒有廖仔。伊娜說也許他不是部落裡的人，所以漂到不同的地方去了。她一直一直走，我走到都要喘不過氣來，跟她說不要再走了不要再走了。伊娜於是跟搜救隊借了一頂帳篷，讓我睡在裡面，又出去繼續走，很晚才回來睡，一大早起來就對我說：「哈凡哈凡我們往下游去。」

我記得是大雨過後的第十五天晚上，伊娜半夜醒來，到外頭去。我感覺到她起床，也跟著醒過來，隱隱約約好像聽到她在跟誰講話。但這麼晚了有誰會在這種地方呢？我鼓起勇氣爬到帳篷掀起來的一角往外看，看到伊娜的前面站了一個人。那個人很高大，雖然看不清楚，但應該是年輕人，又有點像中年人，也有點像少年，他像影子一樣忽然大忽然小。我聽到他們兩個人好像在講什麼。有一瞬間我和他的眼睛對上了，那眼睛，怎麼說呢……啊，我不會說，就好像妳同時被一隻老虎一隻蝴蝶一棵樹一朵雲看到一樣。哎呀，我知道我這樣說很奇怪。

我趕緊滾回原來的位置假睡，滿腦子都是那個男人的眼睛。然後就聽見進帳篷的伊娜掉眼淚了。這是她這幾天來第一次掉眼淚。我坐起來問她怎麼了，她說：「kawas 跟我說話了，跟我來。」kawas 是阿美族語祖靈的意思，伊娜說：「我知道他在哪裡了。」

伊娜牽著我的手，我們先涉過大概到腰這麼高的溪水，然後跳到大石頭上，從這一顆跳到另一顆。那天的月光不是很亮，剛好可以看見石頭影子的程度。如果當時有人看見，一定以為看見兩隻鬼吧。伊娜很篤定在黑暗中跳來跳去，好像長了一雙飛鼠的眼睛，毫不考慮，沒有猶豫。

大概是日出的時候，伊娜站在一顆大石頭上，看著一個黑黑的深潭，然後就跳了下去。我嚇呆了，她黑黑的頭髮散在水裡，好像活的一樣往下沉，裙襬在水面下打開變成一朵白花。我一邊哭一邊站在石頭上等，突然覺得背脊一涼，原來是又下起雨來了。雨珠從我的脖子往下流到背脊，現在回想起來，那個時候，溪流好像沒有聲音。不知道過了多久，裙襬開的花縮進黑暗裡，接著我就看見伊娜的黑髮浮上來。伊娜半睜著眼，喘著氣說：「我…看…到廖仔的……臉了。」伊娜叫我用搜救隊提供我們的對講機通知他們，不久他們就來了。搜救隊根據伊娜的指示把廖仔的屍體拉了出來，原來他卡在深潭的石縫裡動彈不得。搜救隊員把他拖上來的時候屍體已經腫得很厲害，簡直像一隻大山豬。

伊娜問我：「幾點了，現在。」她忘記我沒有錶了。

我看著手腕上自己畫的錶，六點十分，我就跟她說，六點十分。我永遠記得那個時候天空白茫茫的，溪谷起了霧……。直到現在，我跟妳講到這裡的時候，還覺得眼睛都看不太清楚，真的。我那時以為是霧，其實是沙。雨一停太陽出來，土就變沙，我以為那是霧，但走進去還會刮臉。伊娜默默地往岸邊走，我有點跟不上，有一段時間我完全看不到她，以為世界上只剩下自己。

阿莉思喝了一口咖啡，杯子空了，她看著哈凡，突然覺得自己懂了以前讀過的一些小說的樣子。哈凡走到吧檯再替她斟了一杯，想想隨即又搶回來，說：「喝太多咖啡不好，我換酒給妳。」

阿莉思被哈凡逗得苦笑了起來。

哈凡說：「我有時候想，伊娜離開部落的時候，什麼都沒有帶，她應該也把愛這個東西也留在那裡比較安全。那天以後，我才知道人是可以愛一個一天到晚揍妳的人的。」這段話，也許算是哈凡對自己所講的，關於她母親的回憶所下的結論。

阿莉思贊同地點點頭，她並不是贊同哈凡說的那句話，而是贊同自己心裡所想的關於人生的想法，那就是，人生不容你有任何想法。很多時候，你只能接受，像走進一間老闆獨斷地決定菜色的餐廳。低著頭的阿莉思並且第一次看到哈凡的腳。哈凡平常都穿球鞋，或者是靴子，但今天晚上被她吵醒的哈凡只穿著涼鞋，露出了腳的大拇指，那大拇指似乎裂成兩個，哈凡兩隻腳都多了一個比一般人更小一號的大拇指。為了避免眼睛停留在哈凡大拇指的尷尬，阿莉思隨即抬起頭望向窗外，發現窗上停滿了各種色彩的蛾，許多蛾的翅膀上都有大小不一的眼紋，像是在看著什麼似的。

而此刻，她似乎可以看到海上，彷彿有什麼正在接近這個島的海岸。

10 達赫達赫，該選哪條路往山上？

「連我的陰莖都彎不了，還能做什麼！」達赫趕上黑熊，讓自己重新成為整個隊伍的帶領者。達赫習慣對年輕的搜救隊員開無傷大雅的玩笑，年輕的隊員也習慣於這樣的玩笑。因為彼此都知道，達赫會這麼說多半是在搜尋近乎無望，又需要一點突如其來的笑聲來振奮激勵士氣的時候。而現在正是這個時候。

負責判斷方向與形跡的黑熊，眼神有點像被追捕的動物而不是像追獵者，達赫知道他失去信心了。在山上，信心有時候比體力還重要，沒有信心的話身體馬上會感受到，結果就是肢體會開始放棄工作，山馬上知道你畏縮了，很多危險就在這個時候發生。於是達赫默默地走向前去，頂替了黑熊的領頭的位置。他拍拍黑熊的肩膀，示意他退到後頭休息一下。

這也難怪，尋找傑克森的行動已經是第六天，卻什麼都沒有發現。最讓他們感到奇怪的是，附近的山徑都沒有他行走的痕跡。只要一點點痕跡，只要一點點痕跡，達赫就有自信可以判斷出傑克森往哪一個方向。

「達赫，接下來要選哪一條路？」黑熊問。達赫無法回答。他過去可以回答十二個小時前出現在這裡的一隻雄水鹿往哪個方向，面對這個情況，卻沒辦法回答要搜尋的目標往哪個方向？達赫差點生起自己的氣來，但經驗讓他按捺住，生氣只會讓自己失去判斷力。達赫唯一想到的可能性是，傑克森可能在某種情況下，踏空墜了崖。不過此處往下望樹林濃密，至少應該有什麼會被留在樹冠層上，或樹冠層會有被什麼壓過的痕跡才對，斷枝的顏色不一樣，一看就看得出來。但是並沒有，什麼痕跡都沒有。況且，另一支派遣隊伍也已在山谷搜尋過了，並沒有發現什麼。

「會不會根本就沒走這條路？」另一個搜救隊員彎刀問。

「誰知道？也有可能是前幾天雨太大的關係，他媽的，這麼大的雨。」達赫說。

直升機也沒有傳來任何正面的消息，傑克森的發訊器材似乎完全失效，已經接近九天沒有收到訊號了，起先的訊號確實是傑克森登記的登山路徑，但後來就失去了訊號。達赫認為不太可能是發報器故障，有經驗的登山者都會攜帶不只一個發報器，而且發報器是太陽能發電的，以現在的技術，複數以上的發報器同時故障，這機率未免太低太低。

當然不是不可能。不過，達赫也不禁想，這會不會就是那一連串的惡兆所預示的？抑或是後頭，會有其他的噩運？

當達赫收到要組成搜救隊上山的訊息時，正是芒草剛開花後的時節。對布農人來說，這是不宜遠行的季節。臨出門前打電話給阿莉思時又聽到鄔瑪芙打了噴嚏，出門看天候時正好有一群has-has（綠繡眼）往左飛，這是suhaisus hazam，惡兆。幾乎是所有惡兆都集中在這一刻出現了。不過這幾年來，他始終猶疑masamu（禁忌）是否該遵守這回事，畢竟像has-has往左飛這種禁忌，實在沒什麼道理。山上到處都有has-has，牠們又成群行動，又那麼會亂飛，往左飛是常有的事。何況現在都已經是什麼時代了，達赫心裡告訴自己，如果為了這樣的禁忌就停止原本計畫的行動，未免太……他把腦海裡出現的那個字詞硬生生抹去，畢竟自己身為布農，不信禁忌已經是大忌了，何況是想用不敬的語詞來描述。如果父親還在的話，一定會告訴他說，即使他是獲得森林生態碩士的高材生，還是要尊敬山神。

「沒有山你研究什麼森林？森林是讓我們打獵的、尊敬的，不是拿來研究的。」達赫可以想像父親用他宏亮的聲音這麼說。

不過人命關天，達赫還是出發了。對他來說，責任比禁忌重要，縱使遭遇不順遂的事亦然，更何況這趟是為了傑克森……也許，是為了阿莉思。達赫大聲叫喚石頭跟月亮，讓牠們一隻坐在油箱上一隻坐上後座。石頭跟月亮都是達赫養的黑色土狗，月亮長得有點像臺灣黑熊，胸前有一道月亮型的花紋，而石頭則是嘴巴有點歪，那是因為第一次跟獵就被山豬獠牙撕裂過嘴角的緣故。無論比牠強大多少的獵物攻擊牠，石頭總是一動不動，守住自己的位置。石頭和月亮都是達赫在山林裡的忠實夥伴。但此刻，石頭和月亮也在山路間繞行團團轉，偶爾兩隻狗抬頭看天，彷彿牠們追蹤對象的氣味是往天上去了。

有時候人不曉得往哪裡去，也不曉得自己為什麼會往這裡來。達赫想起十幾年前也只是為了小米，才毅然而然搬到這裡。那時達赫剛從國立大學的森林生態學研究所畢業，這在他們部落可是很少見的事。「森林還要考研究所喔，那抓魚要不要考研究所？打砲要不要考研究所？」達赫的好友們紛紛這樣嘲笑他，彼時，原住民最常拿的學位就是跟母語或者是社會學研究相關的，可是達赫只對森林有興趣。

不久達赫決定先去當兵，一回跟連上弟兄到H市出公差喝了酒，大夥起鬨去車站前的一家護膚店「按摩按摩」。大家當然都知道自己並不需要護膚，需要的是廣告招牌上曖昧的「精油排毒」。達赫發現，可能是酒醉的關係，走上陰暗的樓梯時自己心跳得比平常快很多。二樓是一間一間的小包廂，只有很昏暗的燈光，三個朋友一人分了一間，等了大概十分鐘，一個女孩敲了門。「我可以嗎？」達赫其實根本沒有看清楚女孩的長相，就點頭了。

朋友在喝酒時早已告訴過達赫服務的流程：「『美容師』會先用推油按摩，大概半小時到一個小時，會叫你翻過身來。把燈調暗，這個時候就是『重點加強』了。這個時候千萬不要客氣，啊。」

達赫趴在按摩床上，從那個讓頭喘氣的洞口看著女孩從高跟鞋露出的腳趾，那是非常細膩，有點像是刻意被創造出來的腳趾。達赫發現自己的心跳始終慢不下來，很像是被獵人快追到手的水鹿。女孩職業性地問他哪裡來的、做什麼工作，聲音非常輕柔，讓他好像走在沒有路的森林底層一樣。聊著聊著，達赫發現女孩也是從臺東來的。

不過「重點加強」的時候，達赫因為緊張，始終處在一種不夠堅硬的狀態，女孩背對著他，似乎很努力地在套弄著，不過直到鈴響，達赫都沒有射精，也沒有直接碰觸女孩子的身體。從背部看上去，頭髮垂到腰部的女孩可能只有二十歲。不過當聊到年齡話題時，女孩卻很誠實地說自己已經二十八了。

「娃娃臉。」

「對呀，娃娃臉。」

「嗯。妳叫什麼？」

「我叫小米，八號，希望有機會再為你服務。」好像什麼電信公司客服小姐的臺詞，達赫想。這時他才真正看清楚她的樣子。女孩穿著紫色連身短裙，手臂上戴著好幾個手環，看起來就像臺北街頭的年輕女孩，臉型有點圓，卻也不是有太多肉的類型，有一個看起來很倔強的鼻子。皮膚顏色看起來不太像原住民，但眼窩卻像。達赫走之前還是低著頭偷偷看著她的腳趾，以至於看起來更為害羞，像是後悔走進來一樣。真漂亮的腳趾，達赫想。

之後達赫就常常一個人開車到H市，進去店裡就低著頭跟店經理說：「找小米，八號。」漸漸地兩個人熟稔了些，有時小米會跟達赫出去吃個宵夜，遇到討厭的客人也會跟他抱怨。她說有客人會因為沒有「打」出來而要求扣錢，「哪有包生子的，對吧。」小米用不太標準的臺語說，一面掏出菸來抽，或許是長年都在室內工作的關係吧，小米的皮膚比達赫剛認識她的時候白皙得多。

小米通常做的是從晚上八點到凌晨六點的晚班，白天則多半在補眠。達赫原本準備退伍後試著進去研究機構研究布農跟森林的相關議題，後來卻決定回故鄉的小學裡代一陣子的課。到後來，為了能更常見到小米，他竟然決定到H市開計程車。每天清晨六點，他便能順理成章地到護膚店門口接小米下班。

小米一開始堅持不和達赫上床，所有資深的小姐都警告她，絕對不能跟客人發生感情，如果沒有把握玩玩就好，就乾脆連床都不要上，「到時陣哀爸叫母攏無人理汝。」把小米當成妹妹的小玲姐這麼說。小玲姐的丈夫是因為吸毒暴斃的，為了養大兩個小孩，她才走進這行。她習慣在服務客人的時候，把燈調得很暗很暗，眼睛絕對不看著對方。

不過日子一久，小米還是對這個安靜傾聽，從不動手動腳，幾乎每天都來載她下班的客人動了心。小米給了達赫她的手機電話和套房鑰匙。套房就在美容店的附近，小米這幾年的生活，就是從這間套房到美容店的「工作室」，替母親償還父親的債務。有時白天小米補眠的時候，達赫買了午餐回去，靜靜地坐在一旁看著熟睡的小米，覺得拿掉假睫毛以後，小米又變成那個擁有近乎完美，像是剛剛發芽出來腳趾的小米，那是他透過小小的按摩椅呼吸洞，所看到的，只有完美腳趾頭的小米。

開計程車的達赫還是會懷念山，他開始認識一些在登山的朋友，並且加入了救難隊。一旦山上發生事故，達赫就開著計程車上山參與救援，由於山與森林的知識豐富，達赫很快成為這一行的名人，成功解救過不少山難。山難救難隊的成員五花八門，有當導遊的、國中老師的，還有在夜市裡賣牛排、賣藥的小販。一旦收到集合的命令，大家就放下各自的工作聚集起來組成隊伍。閒暇的時候，隊員們就變成山友，裡頭有不少登山界的傳奇人物，有一些是漢人，一些阿美人，一些布農人，一些撒奇拉雅，一些太魯閣。共同的特色就是他們都喜歡山，捨不得為了生計而放棄山。

達赫是多麼懷念那段時光，以至於他根本不敢回想，以免那些脆弱而危險的記憶被打破，或者被自己修改。達赫是多麼懷念那段時光，但他很怕記憶會順道把接下來的時光也連綴起來，所以他盡可能不去回想。

直到這一天的夜裡還是沒有任何蹤跡。對達赫而言，傑克森所登記要進入的這座山算還好，但附近這幾座連峰卻遠比許多名山危險得多。所謂名山不但早被踏遍，固定的山徑上登山客川流不息，而且登山出發點往往已離峰頂不遠，早已失去登山尋找新路徑的本質，變成一種純粹的健行運動。但這群山不同，它們仍保持著一種神秘感、直覺性，像真正的山。達赫常想，進到一座真正的山，尋常的知識是不管用的。搜救時常常遇到不合常理的事，比方說有一回有幾個學生被困在奇萊山，搜救隊沿路一直撿到失聯登山隊員的衣服，但當時山上氣溫其實已經接近零度。一個年輕的搜救隊員問說：

「這是不是代表求救的訊號？」

「不一定。國內外不少搜救記載，迷路的人被找到時，身上的衣物都已經脫得差不多了。這是因為低體溫症會產生一股燥熱感，讓人想脫掉身上的衣服。我認為，這不是求救的訊號，是迷失的信號，失去方向的訊號，快要神智不清的訊號。要趕快。」果然那天找到學生時，每個人幾乎都失去意識，身上的衣服所剩無幾。

達赫有時會參與國際搜救隊的訓練，也聽過國外搜救隊的朋友說，很多迷路的人在連續好幾天和他人失去聯繫之後，會故意避開搜救人員。因為他們已經辨認不出幻覺、錯覺和真實。有人雖然還有生命力，卻不回應喊叫聲，甚至可能躲避搜救人員，就像受驚的獸一樣。因此在搜救過程中，達赫有時以喊叫的方式，有時則默默觀察可能的形跡，並要求所有隊員安靜下來。有不少次他腦中出現彷彿靠近了什麼東西的感覺，不過都沒有持續很久，那感覺就消失了。

幾天後搜救隊無功而返，甚至連屍體都沒找到，這對達赫和阿莉思而言都是沉重的打擊，達赫尤其受不了阿莉思失望的眼神。事件過後的一個月間，一批又一批自願入山的各地搜救人員上山，竟然都沒有更新的進展。怎麼可能？達赫懊惱不已。報紙上以離奇懸案來形容這次的事件，畢竟正常的山難只是人死在山上，總有屍體，但這次就像變成雨水的雲，落到河面上的雨水，無從辨識，無法追蹤。

就像所有的離奇事件一樣，搜救的行動逐漸平息。世界就像一具難以想像的龐大機器，並不會因為某些人的失蹤就完全停止運行。達赫卻因為心裡帶著一個謎團，以及對阿莉思的承諾，決定再上山一次，不過，這次他心底有了新路線，新想法。

相較於其他族群，布農更是山的族群。達赫是次子，承襲了伯伯的名字，Dahu，意思是無患子。無患子是一種平實又強悍的植物，這跟達赫的性格很接近。不過再堅韌的性格，也很難一個人面對鄔瑪芙。達赫想起小米在懷了鄔瑪芙之後，情緒變得很不穩定，她沒辦法去護膚店上班，一個月十萬塊的收入就此停頓。但在這個小城，對還年輕的小米來說，裝飾自己是她生活裡唯一的樂趣，另外一方面，小米在工作的期間，像很多小姐一樣染上了毒癮。達赫幾度強迫小米要戒斷，但小米一面似乎很依賴達赫的溫柔和踏實，一面又覺得自己的人生不僅於此，常常對逆來順受的達赫發脾氣。小米沒辦法忍受這樣的自己，只好偷偷跟一個客人繼續買毒品來忘記自己。

達赫其實不是個堅強的人，但他也不願意自己看起來像一個軟弱的人，只好延長在外頭開計程車的時間來躲避爭吵。有一天回家的時候，他發現摩托車不在，打開門以後聽到鄔瑪芙在嬰兒床裡大哭，但就是沒有人在。達赫看到紙條，上面寫了：「我去臺北了，好好照顧鄔瑪芙」。達赫應該可以輕易地找到小米，不過他沒有這麼做，他到家樂福買了一張兒童安全座椅，繼續開計程車過活，把鄔瑪芙放在前座，一面開車一面對她講話。

聽故事的時候，鄔瑪芙像水鹿一樣的眼睛會閃閃發亮，但故事一停她的眼睛就在一瞬間變成石頭。鄔瑪芙睡著以後，小小的身體在安靜的車內緩緩起伏呼吸，有時會突然改變呼吸節奏然後就大哭起來。雖然還是個嬰孩，但達赫覺得她好像知道什麼，就彷彿一隻受傷的小鳥。達赫每天都擔心這個女兒長大要面對的世界，因為他知道，受傷的鳥兒在真實的森林裡都難逃一死。

達赫一個人走在山徑上，然後漸漸偏離山徑，路漸漸模糊，終於只見獸徑。達赫知道自己走進「山裡」了。不是那些已經被踏實走硬的山路，不是那些登山客綁上繩索，留下塑膠標示的山路。石頭跟月亮時而出現，時而隱沒在樹林裡，牠們會用叫聲來告訴主人方位，對布農人來說，挑選勇敢、敏感的土狗當獵犬是最重要的事，牠們是你孤獨的夥伴，不是只是一隻獵犬而已。父親曾對他說，一定要注意狗的眼神跟尾巴，沒有自信的狗尾巴不翹，不夠聰明的狗兩眼無神，或者就是安靜不下來。安靜不下來的狗，看不透森林的危險所在。

在樹林裡快速移動是達赫的看家本領，達赫常常對朋友開玩笑說，對布農人來說，身高超過一七〇算是殘障，因為太高很難在樹林裡頭穿來穿去。石頭和月亮早主人一步穿過林子，牠們發現了水源，是一條小小野溪。野溪發出清脆的聲響，好像正跟他對話，達赫拿出野炊的裝備，先煮了一壺茶。喝下熱茶後，達赫看著眼前的景致，一時間彷彿忘了他帶上山來的苦惱事物。山裡並不安靜，從不安靜，達赫發現，很多生物找到水源時，都會忘情地發出屬於自己的獨特聲音。

有一回父親帶他到山上打獵時跟他說了個故事，他喜歡跟父親打獵的一個重要原因，就是父親很會講故事。看著他背著槍，邊巡陷阱邊講故事，是達赫最開心的事。有一回他們坐在一條野溪旁休息，父親說：「以前溪是不會講話的，你知道嗎？」

「那為什麼後來話這麼多？」

「其實布農住在深山裡頭，生活太辛苦了，要一直打獵一直種東西都沒有空，所以部落的人都不愛跳舞其實。偶爾唱唱歌，但也沒有人把那些歌記下來。有一天一個男生和一個女生上山工作，那兩個人偷偷喜歡對方很久了其實，他們因為有機會跟對方一起到山裡而感到高興，所以就唱著自己編的曲子，一下子你唱一下子我唱。結果那個溪上頭有獨木橋啊，很窄，他們還是一起過橋。沒有想到這個男生好像不太專心還是女生不太專心，可能在想東想西喔，結果害女生掉下獨木橋，男的想救她，就也掉下去了。」

「死掉了？」

「不算死掉，達赫，你要知道，有時候人沒有活著了，卻不算死掉。這兩個人就像這個樣子，變成溪的聲音了。」

人沒有活著，卻不算死掉？達赫聽不懂這句話。

「聽說，從那個時候開始，溪才會發出這樣沙沙沙的水聲，你聽，是不是很好聽那個水聲？以後布農人上山打獵，或者去耕地的時候，有時候，常常，總是聽那個溪的聲音很久很久。後來就有的布農人模仿那個聲音，這個就是pisus-lig（和音）的由來。」

達赫的父親是一個很好的歌手、獵人，但卻是平地生活的失敗者。他常常憂愁自己控制不住自己，在工廠裡跟人為了小事起衝突。所以他喜歡在假日扛著獵槍上山，去面對山豬，懷念老布農獵人的榮耀與恐懼。達赫永遠記得第一回參與圍獵的時候，父親的眼神。狗群追蹤著獵物，父親則指揮參與圍獵的獵人，散開形成包圍的陣式。達赫的汗一直滴到眼睛裡，以至於他看不清楚路，只好聽著聲音直覺性地奔往自己的站位。他聽見好幾個地方傳出槍聲，槍聲在森林的上空會像鳥兒一樣飛行、盤旋，有時頭也不回地離去。

達赫想唱個歌，旁邊卻沒有人和，唱了幾句就覺得沒有滋味。他拿出乾肉條給石頭和月亮，自己摘了幾根水芹乾嚼提神，和著茶吞下去，石頭跟月亮就是他在森林裡的家人。他考慮了一下，決定晚上到上面一點的地方搭營，那地方離取水處不遠，應該也不會有落石的危險。他轉過頭去對石頭與月亮說，「算了，今天晚上好好睡一覺，明天再找。即使是月亮也要休息對吧。」

達赫看著天空、樹和星星，想起以前部落裡的長老常對他說，「要常跟天空、樹林、雲或者星星說話，因為它們可能都是Dihanin（眾神）變的。如果你不跟它們說話，Hanito（精靈）就會趁只有你一個人的時候出現。」達赫想跟它們說說話，卻不知道該說些什麼。

周遭出現山羌像狗吠的聲音，蟲唧唧群鳴，一些色彩晦暗的夜蛾默默出現，趴在他的夜燈上。過一陣子，達赫發現四周的蛾變得有點多，有些是他孩子時常看見的一種巨大的蛾，他聽過對昆蟲有研究的山友說叫皇蛾，另外一種淡淡水青色的蛾，有很長很美麗的尾巴叫長尾水青蛾，還有一些翅膀上有眼紋，像有無數的眼睛瞪著他，通常是天蠶蛾。這些蛾本來很少飛的，都靜靜地貼在樹幹上，像樹的一部分。

突然之間，達赫覺得有一個細細的影子從遠方慢慢接近，他抬起頭想要看清楚，然後發現，下雨了。每條雨線都發著光，像是月亮化成了雨，落到達赫的身邊一樣。

第五章

天從遠處慢慢光亮，而冰雹在還未熄滅的路燈照射下，帶著一種藍銀色的光芒，就像一枚一枚迷你的隕石搥打整個海岸。

11 海上渦流

早晨起來打掃第七隻Sisid是哈凡一天中精神最好的時候。屋外的海水味混合屋內的草蓆與木椅，發出一種像是餅乾的氣味，這種帶點孩子氣的氣味讓她能夠暫時什麼事都不想。

七月一開始那個週日，第七隻Sisid來了一男一女的陌生面孔。他們打從開店進來，就坐在「燈塔」那個位置上，架起攝影機，整個早上都沒有移動。男的身材高大，穿著好像找不到沒有口袋地方的攝影背心，背著巨大的攝影背包，皮膚黝黑，平頭，單眼皮，直覺上是既喜歡運動又重視細節的那種男生。女的則是化著很濃的眼妝，身形骨感，臉孔顯得不太真實，到這種地方還踩著銀色高跟鞋，好像是只適合在電視裡出現一樣。嗯，好吧，哈凡承認她勉強算是個美女。

女的在坐下後打開電腦，就專注地盯著螢幕，好像從此都不想看自己的搭檔一眼似的。男的架起單筒望遠鏡，和一台刻意把標籤貼上貼紙的專業攝影機。不過哈凡一看就知道他們絕非為了賞鳥。幾個常賞鳥的朋友就提過，因為上游工廠攔水以及污染的關係，溪海交會處的魚已經變得很少很少，這幾年溪口鳥況糟透了。何況從「燈塔」看出去，今天什麼鳥也沒有，只見灰濛濛一片。

「來玩？」

「不，工作，今天的工作是看海。」男子說。

「我已經在這裡看了好幾年，海真是不簡單的東西，請慢慢看。」哈凡打趣地回答。也許他們是來拍阿莉思的房子吧？前幾年還真的有不少媒體專程來拍。她打開音響，放進很久以前一張CD，巴奈唱的〈也許有一天〉。那時候好多年輕人喜歡巴奈，她有一回在海邊，聽到巴奈現場唱歌，心情激動不已。哈凡覺得巴奈唱這首歌的時候刻意放鬆，卻反而有一種沉重的味道，很像那一天其實不會來的樣子。

也許有一天　你也會想要離開繁華的城市

也許有一天　你也會想要看見　媽媽說的那兒時像天堂一樣的想像

男子點了特餐，哈凡把今天的特餐取名叫「三心餐」，用的是林投心、芒草心、月桃心變化出來的菜色。植物都是哈凡前一天採的，主菜可以選擇搭配烤山豬小腿或蒸魚。男子來到櫃檯，遞出一張名片。果然是某個頻道的攝影記者，女的則是外景的採訪員。

「叫我阿漢就行了。」

「我叫Lily。」眼妝很重，睫毛很長，瞳孔是藍綠色的女孩說。

「要採訪什麼呢？我們店可不想被報導。」

「老闆娘妳誤會了……當然這店很好，可以寫一篇報導……不過，我們這次不是來採訪美食的喔。主要是聽說那個海上垃圾島可能會從這個地方撞過來。」

「什麼島？」

「最近新聞有報導啊，也不算是個島，應該叫『垃圾渦流』，咦，妳這裡好像沒有電視？」

「沒有。」電視也是哈凡討厭的東西之一，她也不訂報紙。

Lily眨著她的假睫毛解釋起來：「大概三十年前吧，一些科學家發現，人類丟到海裡的垃圾，因為洋流的關係，在海裡形成一大片的漂浮垃圾堆。很難想像對不對，呵呵，很有趣喔，現在這個垃圾堆就快漂到這邊了。全世界都很注意這個新聞喔，老闆娘啊，妳可要幫幫我們喔。」

「幫什麼？」哈凡實在聽不出來這則新聞有趣的地方。

「讓我們從這裡拍啊，妳這裡的view好，而且我們到時候會訪問妳的看法啊。」

「不，我不上電視。」哈凡搖了搖手，「別的記者也會來這裡嗎？」她擔心地問。

下午以後，附近的旅館、民宿都已經住滿記者，甚至還來了好幾個外國記者，天空偶爾還有直升機、飛行傘飛來飛去。各種膚色、高矮的記者布滿海灘，有的乾脆搭起帳篷。不過哈凡除了阿漢和 Lily 以外，拒絕招待其他記者。如果可能的話，她希望阿漢和 Lily 也離開，但她不是會趕客人的人，她只能拒絕新客人。阿漢和 Lily 聽哈凡說她的這個規矩高興極了，「這樣我們的畫面就跟別人都不一樣了，現在不管報什麼新聞，大家訪問的人一樣，連鏡頭擺的位置也都一樣，搞死我們了。」阿漢說。

一直拿著平板電腦和臺北攝影棚與直升機連線的 Lily 說，「直升機已經在外海探測到垃圾渦流的邊緣了喔，不過因為最近岸邊潮流很強的關係，又把垃圾渦流往外推，所以撞上岸的時間變得不確定。不過我們電視臺那邊來的消息說，根據一些專家推測，在呂宋島形成的低氣壓一旦往北移動，氣流就會把垃圾渦流的邊緣打碎，一部分可能會散布到日本，另外一部分可能會送到這邊哩。」

「搭直升機去拍不就得了。」哈凡說。

「有啊，已經有空照畫面了，不過這幾天海風很大。而且直升機油費並不便宜，不能一直飛，我們要拍的是垃圾渦流撞上島的那一瞬間啊，也要採訪附近的民眾對這件事的看法。」阿漢說，「對了，這附近有沒有誰有船可以包下來出海？」

「也許阿隆可以，我給你他的手機。」阿隆是在海邊一邊雕刻一邊捕魚的年輕人。

哈凡看著這片她熟悉的海，卻怎麼樣都難以理解 Lily 和阿漢所講的事，就像她小時候不能理解的一道算術題。我們曾經丟棄的物事，以為大海能夠消化的物事，原本隨著海潮流走了，現在，竟然又緩緩地流了回來。

「那房子還有人住嗎？」Lily指著「燈塔」那個座位看出去的角度，哈凡不用看就知道那是阿莉思的房子。

「當然有。」

阿莉思已經漸漸習慣海潮帶來一些她不能理解的物事。

撿到Ohiyo以後，阿莉思的生活像是黑暗中打開的門露出一道光。每天早上，她總是被牠的咪咪聲叫醒，阿莉思倒完飼料，就開始坐在「海窗」的寫字檯上發呆，或者胡亂地，沒有目的地寫點東西。不是用電腦打字，而是寫在一本筆記本上，與其說是在寫作，不如說她是在向大海進行一種儀式，像是禱告，也像是請求。Ohiyo的出現似乎給了她一種信念，那就是如果Ohiyo都能遇見她，托托說不定也會遇上別的什麼，最終收留了他。這使她一時打消了尋死的念頭。

一開始的時候，她一度想把Ohiyo讓給更適合的人認養，或送到動物收容所。但每次把牠裝進從獸醫院買來的寵物外出袋後，就忍不住又把牠放出來，摸摸牠的頭，讓牠火燄般的舌頭舔舔她的手。牠好像知道摸牠的這個人需要牠，肆無忌憚地在她寫作時坐在她的膝上，有時更誇張地趴在她的筆記本上，怎麼趕都趕不走。這小傢伙就是知道阿莉思不忍心將牠推開。阿莉思只好繼續寫些什麼，或是怔怔地看著海。海的顏色，真的跟自己年輕的時候比較起來差很多呢，現在變得灰一點，暗一點，而且很少有純粹從海發出的光芒，就像路上偶爾會遇到的，結婚一段時間以後，開始發胖的絕望中年婦女。

有時候阿莉思想著想著，或寫著寫著就趴在桌上睡著了，Ohiyo總在某個時間點，抖抖身子，往窗外跳去。一開始的時候，阿莉思怕牠一去不回，後來發現牠不但也學會了跳板凳登岸的絕活，也學會游泳。阿莉思從往後門的窗口看著牠，看到牠頭也不回地鑽進草叢裡消失不見。不知道是不是湊巧，阿莉思容忍自己獨處的極限大約是兩、三個小時，超過這個時間點，尋死的念頭就會重新回來，而Ohiyo總是恰好在阿莉思開始動念時，輕輕巧巧地出現在她的眼前。牠的喵喵聲恰如其分地擋住了阿莉思離世的念頭，就像是有人刻意地替她把往死亡那個方向一道看不見的門上，拉上門栓。

進了學院以後，有很長一段時間為了寫作效率，阿莉思都用電腦打字，後來口說輸入變得流行，阿莉思也跟著用。因此，一開始回復手寫習慣的時候覺得很彆扭，而且很多字都忘了怎麼寫了。更麻煩的是刪改，不能只按del鍵就把一切消去，有時候一頁快寫完，卻又整張紙揉掉。不過阿莉思反而喜歡這種感覺，文字必須在她的腦中停留較久的時間，然後才被一筆一畫在紙上漸漸成形，好像從泥土中窸窸窣窣長出來的草莖，然後被自己用割草機啪啪啪地打掉，等待它重新長出來一樣。阿莉思試圖回想自己年輕的時候為什麼喜歡寫小說，卻怎麼樣也想不起來，也許那感覺已經像臺灣這幾年許多種候鳥一去不返。看到自己慢慢變成一種生產文字的機器，阿莉思這幾年來變得非常壞脾氣，總把這股怨氣發在讓她審查的一些論文身上。寫這種東西竟然還敢領薪水，可惡！她總是這麼想。久而久之，阿莉思在學術界便以莫名其妙的苛刻聞名。「稿件不要交給她審查啊。」大家都這樣耳語，於是，她在學術圈便被隔離出來，就好像特別凶猛的魚被放在水族箱裡的另一個壓克力隔離箱一樣。

幾天前阿莉思決定寫點什麼時，到市區一家新開的書店找適合的筆記本。電腦盛行後，好像筆記本這種東西並沒有減少，大家還是喜歡買一個小本子放在哪裡寫點東西的樣子，所以店裡有各式各樣的筆記本。她看上一本藍色封面的筆記本，上頭什麼字都沒有，就只是純粹的藍色筆記本。但裡頭的「紙」摸起來很特別。她問了店員，店員解釋：「這是從德國進口的筆記本喔，很特別噢，妳可以再買這種用植物提煉出的有機藥水，寫完了以後，想擦掉哪裡重寫，用這種藥水一擦就掉，一點都不費力呢。這種紙張是用麻的纖維製造出來的，有傳統紙的質感噢。」

「這假紙做得竟然跟真紙這麼像。」

「不，不，小姐，這是真的紙噢。」

嗯，也對。先是有了紙的概念，於是把其他東西做成的「像紙的東西」都視為假的紙，或紙的替代品了，也許是自己陷入了這樣的思維。阿莉思覺得這種新紙張跟整個世界的構成似乎有哪裡相似，不過想不出來。一直到她開車回家時，突然有一個念頭闖進她腦海裡。大概二十年前，這個島開始各種什麼「綠活」、「慢活」的宣傳，但其實就像每隔一段時間就會流行新的事物一樣，島民的本質就是追逐新的事物，並不是為了那種事物的意義而去追求，而是因為那是「新」的。這是「新的」，對島民來說，「新的」就像一句咒語，像一隻魔笛，大家都跟隨「新的」。這紙好像也提供了各種「新的」念頭的短暫停留。但又不是數位式的停留，是真的一筆一畫，彷彿真的被需要似的文字生產出來，彷彿真的要被永遠留下來的那種樣子。

「對，就是這點像。」

阿莉思一口氣買了好幾本這種筆記本。坐在海窗前，阿莉思有時候模仿《愛麗絲夢遊仙境》寫一首像老鼠尾巴的詩，有時候畫畫正在熟睡的Ohiyo，有時候抄托托的昆蟲觀察筆記。曙鳳蝶（梨山）、歪紋小灰蝶（九份二山）、彩豔吉丁蟲（梅山），漆黑鹿角鍬形蟲（神秘湖），望月鍬形蟲（拉拉山）……阿莉思發現，蟲的名字有的時候還真有魅力啊。而且這些蟲名對她而言，漸漸不再陌生，她幾乎把牠們都背起來了，就彷彿她腦袋裡有一座森林，有一座山。

今天阿莉思則嘗試再寫寫小說，她一度想，可以重複在這種紙上寫無數篇小說，一篇小說寫完了，把它擦掉再寫另一篇，有一天讀到的人會以為自己只讀到一篇小說，其實是無數篇小說。不過此刻，她腦海裡只有一個開頭：

眼前的森林是前所未見的森林，就好像是被寫在書裡的森林，真正長成一片的樣子。

就只寫到這裡，阿莉思就無法前進了。不過她也無所謂，反正她已經不為什麼而寫了，況且，說不定這樣一行字也可以稱為一篇小說。於是她放下筆，把頭往窗戶探出去，想感受一下今天的天氣。一探出去，竟發現有不少人在她家到第七隻Sisid之間正在搭帳篷，還有人把攝影機對準她家。她覺得不可置信地看著這一切。攝影機發現房子裡頭的人探出頭來，好像發現了什麼新獵物似的，很有默契地轉了過來。

阿莉思突然之間陷入一種恍惚的狀態，她感到白晝的色澤和海上光線的反射，形成一種奇異的震顫包圍著她，讓她無所適從，胸口有什麼想要跳出來。一閃神間，她突然縱身從窗口，海豚般跳了出去。

達赫最近無論到哪個地方，總會想起那天在山上看到的景象：被乳白色的霧籠罩的溪谷，不知道從某處，像雨一樣出現的年輕人。

人真的還能「回到」山的某處嗎？他看了看身邊的鄔瑪芙，她正把她的髮夾取下，檢查瀏海是否整齊，非常專注，心無旁騖。

達赫算是這家「老山東」麵館的老主顧，一如往常，達赫點了乾拌麵和貢丸湯，鄔瑪芙則點了牛肉湯餃。鄔瑪芙的輪廓還是布農的，皮膚卻非常白皙。達赫想，像鄔瑪芙這樣的孩子，出生的時候就是在城市裡了，看的電視、接觸到的其他孩子都是混雜了臺灣、美國、日本和韓國或其他一些國家的流行資訊，打扮跟生活方式都是從網路上學會的，從這層意義來說，他們這代布農或許已經跟上一代是不同的人種？鄔瑪芙重新戴上髮夾，開始把桌緣當成琴鍵，滴滴踩踩地彈了起來，達赫等她彈到一個段落後問：

「什麼曲子？」

「快樂的鐵匠。」

「快樂的鐵匠啊。」

幾年前達赫跟著現在教育的潮流，也把鄔瑪芙送去學琴，這是鄔瑪芙看起來最有興趣的活動。不過達赫自己對音樂一竅不通，既不曉得〈快樂的鐵匠〉是誰的曲子，甚至腦海裡也想不起任何音符，想想自己認識的人當中也沒有鐵匠，為什麼鐵匠會快樂，而不是悲傷的鐵匠呢？他覺得他看過電影裡的鐵匠好像都是悲傷的，至少打鐵時的表情是悲傷的。何況現在根本沒有鐵匠了也不一定。

電視機裡，美麗的主播正在用她的標準國語報導一則奇妙的新聞，聲音開得很大，不過喇叭好像壞掉了，反而劈劈啪啪得聽得不是非常清楚，只是隱隱約約聽到關於垃圾、海島、太平洋這些字眼。主播的聲音也很尖銳吵雜，不曉得為什麼，現在電視臺都偏向錄用聲音比較吵雜的主播的樣子。

小店裡到處都油膩膩的，不過達赫覺得，這樣的店的小菜反而最好吃。只是這家店主根本是道道地地的本地人，不是什麼老山東，純粹因為兒子娶了一個山東媳婦以後才改名的。那個媳婦來了以後這家店的餃子口味就變了，後來達赫才發現是餃子皮變了，餡料倒是沒變。

達赫找到遙控器把電視的聲音關小一點，打開桌上黏呼呼的報紙（現在也只有這種地方還會有報紙），發現剛剛主播播報的新聞是前一陣子的頭版新聞。標題是「危機！垃圾渦流即將包圍臺灣」。

〔本報訊〕臺灣要被垃圾包圍了！一九九七年，海洋學家莫爾首次發現北太平洋有面積遼闊的人造塑膠廢棄物，堪稱世界最大的垃圾堆，也有人稱它是垃圾島、垃圾渦流（trash vortex）。這個垃圾渦流因為水下洋流的關係始終滯留原地，範圍始自美國加州外海五百海浬處，一直延伸到日本海岸。

莫爾回想當年他發現垃圾渦流的經過時說，當時他正要參加洛杉磯到夏威夷的遊艇航海比賽，前一天無意中駕著私人船隻駛入「北太平洋渦流區」，他以為自己掉到什麼四度空間。該處海域因為幾乎沒有風，高壓系統極為強烈，以至於洋流緩慢，航海人通常避開當地。莫爾發現自己置身垃圾之中，船隻走了一天又一天還沒走完，垃圾不斷從他的船舷旁通過，大約七天才通過這個巨大的垃圾渦流區。莫爾相信，當年就有超過一億噸的垃圾漂浮物正在北太平洋地區打轉，以夏威夷群島為中心，分為東、西兩大塊。現在更形巨大，至少已達到兩億噸的規模。

莫爾發現北太平洋垃圾渦流之後，從家族的石油產業繼承到大筆遺產的他毅然放棄經商，獻身環保，成立了「亞爾蓋利塔（Algalita）海洋研究基金會」。他表示，對抗垃圾渦流和人類覺醒對抗地球暖化具有一種隱喻性的意義，他願意帶頭打這場仗。

「亞爾蓋利塔海洋研究基金會」前研究主任艾利克森表示，以往垃圾進入大洋渦流區後會自然分解，但是部分塑膠產品，或複合材質的東西耐受力極強，以至於目前在北太平洋垃圾渦流裡還找得到五十年前的成品。許多研究基金會投入大筆公益基金研究這個垃圾島的組成成分，並且試圖發明一種溶劑以便能在海上就「消滅」這些垃圾，不過都功虧一簣，因為溶解物會產生各種劇毒，可能會加速垃圾渦流附近海域的死亡。

科學家分析，垃圾渦流兩成來自船舶及油井，其他的則來自環太平洋陸地。它呈現五花八門的半透明狀，而且位置就在水面底下，以至於人造衛星拍攝不到，有些部分只能由船舷往外才能看到。小的塑膠分子的作用就像海綿，會吸住許多流到海洋的人造危險化學物質如碳氫化合物及DDT。接下來那些東西會進入食物鏈。人類曾在死掉的海鳥體內發現簡易香菸打火機、牙刷、塑膠針筒，而海鳥與海龜會誤以為那是食物而加以吞食。艾利克森說，人類垃圾進入海洋，再進入海洋動物體內，最後則重現於人類的餐盤，事實就這麼簡單。

而在經營十餘年後，「亞爾蓋利塔海洋研究基金會」已然倒閉，垃圾渦流仍然存在。它分裂成幾個部分，其中一部分正朝北太平洋西側，我們的島，臺灣漂流而來。環境資源部幾年前曾與美國商討執行海上打撈，或促使垃圾渦流轉向的工作，但範圍實在太大而徒勞無功，況且撈回來的垃圾也不知道該埋到哪裡。此刻垃圾渦流正隨著黑潮接近東海岸，環境部警告，沿海居民或許應該考慮撤離，因為沒有人知道多年來在海上無法分解的垃圾渦流裡，含有什麼樣的傷害性物質。

這真是不可思議，達赫想。他對鄔瑪芙說，「有一個垃圾島往海邊漂過來了耶。」

「什麼垃圾島？」

「就像這樣，」達赫拉了拉塑膠桌巾，「我們把這類的東西丟到海裡面，慢慢在海裡變成一坨，多到變成一個島了耶。」

「我的拖鞋也掉到那裡去了嗎？」

「也許喔。」

「你的望遠鏡也掉到那裡去了嗎？」

「很可能喔。」

「媽咪的髮圈也掉到那裡去了嗎？」

達赫沒有回答。很小的時候，鄔瑪芙有一回不知道在什麼地方找到一個髮圈，達赫一看就知道是小米留下來的，他漏扔掉，或者是刻意漏扔的一個小東西。鄔瑪芙問他是不是媽媽的，他說不是。鄔瑪芙說是，他說不是。鄔瑪芙說：「就是。」不等他的回應，便把髮圈收起來。不過在上次水災之後，髮圈就不知道漂流到哪裡了。達赫以為鄔瑪芙已經忘了那個髮圈。

而說到望遠鏡，達赫又再想起那天的情形。

在帶阿莉思走一次搜救路線後，達赫突然有走另外一條路線試試看的直覺。那天他獨自上山，一直遇到不順利的事，最讓他在意的就是跟了他十幾年的望遠鏡，竟然在他整理背包時一閃神掉到溪谷裡去，那可是他學生時代硬是好幾個月吃泡麵才買下來的名牌望遠鏡。由於掉落的地點貼著山壁，看樣子是找不到了。達赫決定提早休息，拿出在山下採的檳榔葉來，先將兩端朝內折起，用瑞士刀各穿一個洞，並且把竹片削尖，穿入洞口，就完成一個臨時的盤子。由於在路上已經順手採了一些箭竹筍，達赫把筍殼從尾端折下，以較粗的筍頭當捲軸，把殼獰剝下來，想煮個湯。

就在他正要升火的那一刻，似乎看到一個人影往溪谷邊走去。

通常這種情形石頭跟月亮都會追上去的，可是那天兩隻狗卻動也不動，好像沒有發現一樣。達赫喝了一聲，兩隻狗才大夢初醒。達赫並沒有用跑的追前面的影子，他怕對方如果是登山客，可能一時被嚇到反而發生危險，因此試圖跟前面的人影對話：「朋友！沒事啦，我只是到山上打獵的，一起喝杯茶吧，我有帶好茶葉上山喔，也有酒喔。」

他緩緩帶著狗接近人影，卻發現人影似乎刻意跟他保持距離。看起來是一個中等身材的男子，但也像是個體格強健的年輕人。其中幾度達赫想放棄，想說不過是個人罷了，可能跟他一樣習慣一個人在山上了，何必去打擾他？但當他停下腳步時，他卻很肯定地感覺到那人對著他招了招手。這次比他更早下了決定，石頭和月亮先跟了上去，使得達赫也只得跟上去。

男人的影子、石頭、月亮、達赫，這個追逐的隊伍於是形成這樣的排列默契。大約半小時後，影子鑽進了一處矮灌叢裡。達赫離他大概十幾公尺的距離，僅能從月亮的微光裡辨識出他的動作。走到矮灌叢前時，他猶豫了一下仍然是鑽了進去，這時跑在前頭的石頭跟月亮好像如夢初醒一樣狂吠了起來。雨開始越下越大，劈啪劈啪地打在樹冠層上，達赫趕緊穿上防雨外套。

灌木叢即使對布農來說還是太矮了，達赫以手撐地才得以鑽過。近乎是匍伏前行了一段路，才得以直起身子。此刻，月亮恰好被烏雲所遮蔽，黑暗中他覺得自己來到了一個巨大的岩磐底下。由於月亮和石頭不知道跑到哪裡去了，達赫先用手確認前方的路是否平整。不料就在他的腳尖前面，竟有一個成人張臂寬的大洞，旁邊則是巨大的一株檜木樹根，樹蔭讓整個洞口不易被發現。因為沒有光的關係，洞看起來深邃、無盡。而一時呼吸調整不好，雨水從達赫的鼻孔跑了進去，讓他嗆到了一下，咳到胸口發疼。那個引誘他的影子是否是為了要展示這個洞？

達赫大聲叫喚回月亮與石頭，不多久牠們就出現了。達赫決定先回營地，準備好岩釘和縋繩、頭燈，他覺得他得下到那洞裡頭去。

「爸，你看。」鄔瑪芙把達赫從回憶裡拉出來，指著電視。

達赫往電視上一看，那不是第七隻Sisid嗎？達赫一眼就看出來，那是從「燈塔」那個座位拍出去的視野。

然後攝影機一轉，畫面掠過阿莉思的房子，大約停留了幾秒鐘，房子朝向第七隻Sisid這邊的窗戶有人探出頭來，那是阿莉思。

似乎連思考的時間都沒有，畫面裡的阿莉思就從窗口一躍而出，掉到海裡去，從電視看上去，幾乎沒有激起多少水花，就好像一隻海豚的完美表演似的。

阿特烈用唱歌來計算離開瓦憂瓦憂島的時間。據掌海師說，瓦憂瓦憂島人曾為所有的星星寫歌，因為星星實在太多了，所以瓦憂瓦憂的歌也沒有人真正學得完。如果有人聲稱自己唱了一首新的歌，那人必定說謊。因為瓦憂瓦憂人認為歌本身早已存在，只是突然被想起來怎麼唱而已，所有的歌都是舊歌，這是為什麼有時候你聽到一首陌生的瓦憂瓦憂歌曲也會掉淚的緣故。

這段時間，阿特烈在太陽一生一死之間，便唱一首瓦憂瓦憂的歌，唱到後來阿特烈都忘了唱了多少的歌，哪些是父母和部落的人所教的，哪些是阿特烈突發奇想，隨口哼出的。那些歌綿延漫長，就像大海。阿特烈唱歌時，常想如果烏爾舒拉在就好了，她一定會應和，然後他們就能唱出新的歌。漸漸地，無意間，阿特烈發現，自己竟有時會捏起喉嚨，扮演烏爾舒拉的聲音，回應自己的歌聲。一旦歌聲停止，海風的聲音讓他覺得自己像個空無一物的洞穴，沙灘上的螃蟹所脫掉的半透明空殼。

同時，阿特烈發現自己的身體正在起變化，他的牙齦常常出血，關節疼痛，游泳時不像以前那麼順利，有時甚至會感到暈眩，以為自己回到陸地。（在海上阿特烈從不暈眩。）

幾天之後，阿特烈發現右腳長了一個膿瘡。那個膿瘡恰好長在他所畫的瓦憂瓦憂島的位置，他因此認為是個惡兆。由於最近天氣漸熱，近午時分即使躲在「房子」裡，仍感異常酷熱，更糟的是整個島被陽光曬得發出一種刺目的光，到處瀰漫一種難聞的腐臭氣味。那氣味和海的腥味融為一體，阿特烈因此不斷嘔吐，導致身體虛弱。阿特烈也發現，島上的昆蟲變得非常多，到處都是蒼蠅跟蚊子，海流也變得不太穩定。

難道是島正在接近另一個世界？

阿特烈從掌海師那裡早已知道，這世界還有另一個世界，這幾天他腦中一直浮現自己正在接近另一個世界這樣的想法，他一面壓抑這種想法，一面又期待這個可能性：他正在接近白人來的地方，接近地獄之鳥與鬼船來去的地方。但問題是那個世界是否仍是卡邦統治？這點阿特烈可一點都沒有把握，也沒有人可以請教。因此當阿特烈發現偶爾有人登島時，不論離他所在的地方多遠，他都選擇潛入島下暫時躲避。阿特烈在島的各處都挖了一個又一個可以直通海底的「井」，以便可以在最短的時間中隱身。但阿特烈偶爾仍會想像自己被另一種人抓走的情形，這念頭像一種疾病緊緊地攫住他。

最近地獄之鳥與鬼船出現的頻率實在太高了，幾乎天天都可以看到。阿特烈甚至在海底遇過幾次全身用黑色衣服緊緊包住的「人」。阿特烈不知道他們是否看見他，只是不斷找掩蔽，他的泳技遠勝他們，但他們手上拿著發光的物體，像海蛇一樣在水底竄射，阿特烈懷疑自己可能在某個瞬間還是被看到了。他們在找我嗎？不可能的，這世上只有瓦憂瓦憂島人知道我的存在，不是嗎？不，卡邦也知道我的存在，海也知道。阿特烈想。

阿特烈的不安在今天達到高峰，他太虛弱了，全身發燙，幾乎連站都站不起來。他直覺到有一隻翅膀在頂上的地獄之鳥發現了他。地獄之鳥在島上掀起一圈又一圈圓弧型的風暴，最後竟然得以停靠在島上西北方，阿特烈知道那個地方，那是整個島最堅實的地方之一，大概要走一天一夜才能到達。雖然距離阿特烈的藏身之處有點遠，但他曉得說不定很快他就會被發現。隔天果然有聲音從那個方向傳來，他鼓起最後一絲氣力，順手拿起一把魚槍，撥開他在房子附近挖的一口「井」，潛入海中遁逃而去。

這時候，海上瞬間落下冰雹，巨大的冰雹落到海中將跳出水面的魚擊昏，不多久大海滿是魚屍和昏迷的魚群。阿特烈在滿是魚屍的海上潛流，彷彿自己也成了一尾巨大的魚。

〈漂離瓦憂瓦憂島〉，王富生

12 另一個島

這一個夏天終究會讓島民記憶深刻，因為那個陰沉沉的夏日，那個睡眠與破曉的邊界，海岸邊的小鎮竟然下起冰雹。由於彼時正好是天光快要出現的前一刻，許多人都是從最深沉的夢裡醒來，走出房門或站在窗戶邊，充滿疑惑地望著窗外縮了水似的世界。天從遠處慢慢光亮，而冰雹在還未熄滅的路燈照射下，帶著一種藍銀色的光芒，就像一枚一枚迷你的殞石搥打整個海岸。雖然冰雹下的時候明明發出驚天動地的聲響，打在鐵皮屋頂上、柏油路上、海岸石階上、路燈上、停在街邊的汽車上……，但不知道為什麼，大家回憶起那天的場景，卻往往像默劇一樣，對聲音全無記憶。

第七隻Sisid的屋頂瞬間破了幾個洞，以致剛破曉的陽光射進屋內，一道光束照在哈凡的咖啡壺上，彷彿是光把咖啡壺砸破了。在海濱紮營的記者不少人被砸傷，比較資深的記者，其實都被安排住在市區飯店裡，因此紮營的多半是資淺的年輕記者。不過一個在報導時總愛比手畫腳，像是面前有一桌麻將的資深主播，那天不知道為什麼沒有回五星級飯店，她穿著前一晚的衣服，一走出帳篷就被冰雹打暈，同事趕緊送她去醫院。這個事件後來變成八卦週刊追蹤的話題之一。後來聽說這位原本聲音聒噪的女主播醒來後變得異常安靜，講話輕輕柔柔，理序分明，不久就被革除了電視主播的職務。

而當時整個海灘的記者都一面閃躲冰雹一面連線報導，因此全國觀眾看到的畫面都顯得有些狼狽，攝影機晃來晃去，記者們舉著各種東西一面保護頭頂一面對著鏡頭講話，許多觀眾看晨間新聞時覺得既震驚又好笑。

冰雹來得急去得也快，因為這場冰雹，所有的人都錯過了海上垃圾渦流隨著幾道巨浪打上岸邊的瞬間，那奇妙的景象就在冰雹最急的時刻發生。不過也因為這場冰雹，讓海岸邊的記者們都逃回道路上連線報導，因而得以逃過一劫。因為就在冰雹剛停的瞬間，天空中的雲不斷排列組合，白色與鉛灰色、紫灰色的雲堆疊成更巨大的雲，那雲就像飄移的神話、過度鋪排的詩句，讓人泫然欲泣。許多海岸部落的居民回想，都說那是他們前所未見的雲，比任何颱風來臨前夕的雲彩變化更令人驚嘆。就在眾攝影師捕捉這個奇景時，一道巨浪在微弱晨光的襯托下，朝岸邊而來。許多人解釋這就是為什麼他們在回憶裡下冰雹時彷彿無聲的緣故，因為相較之下，冰雹的擊打聲音雖近，卻遠不如後者所暗示的力量那麼巨大。那聲音像是天空發出來的，像是大地發出來的，像是尚未沉落，亙古未曾發出聲音的月亮，將積存的聲音一次展現出來……而當你發現那是大海發出來的聲音時，浪已到眼前。

忙著連線播報冰雹的記者當時正處於高亢的興奮狀態，大浪突然就在他們眼前把海岸邊的一切都席捲而走，記者們一時之間都恍恍惚惚，腳上好像戴了枷鎖。

原本正為了能捕捉到冰雹穿屋而進畫面的阿漢和 Lily 興奮不已，不過哈凡看著遠方的海直覺到今天有什麼不對勁，要他們趕緊到閣樓上躲藏。不多久他們就見識到這位阿美族女性的敏銳直覺，因為浪突然間像改變了海的高度一樣瞬間漫進房子，幾乎把整座第七隻 Sisid 往海裡拉去。不過第一次海沒有得逞。但哈凡知道浪不甘心，因此在海水退去的瞬間，她立刻要阿漢背起顯然已經失去理智，不斷哭泣的 Lily 往岸上跑。阿漢丟棄了身上多餘的裝備，只提起一台手提攝影機，背起 Lily 往岸邊跑。

哈凡隨手抓起櫃檯上一張她與伊娜的合照奔跑離開第七隻 Sisid，就在那一瞬間，第七隻 Sisid 倒了一面牆，正是和海上房屋相對的那一面。哈凡的草藥罐、珍藏的咖啡、釀小米酒的酒槽、床、一大堆的信紙、從臺北那處河岸撿回來的石頭，統統傾倒而出……。不遠處海上房屋，像是呼應似的，最前面那間屋子也半塌下來，屋裡的東西也被傾倒出來：托托的照片、一整個書櫃的書、Ohiyo 的小紙箱、傑克森的登山繩、阿莉思年輕時自己印的第一本詩集、來不及丟到資源回收桶的舊衣物，和浪拍打上來的各式各樣發臭的塑膠垃圾混為一體，像是世界把被遺棄的事物集中到這裡來。

巨浪其實只出現了一、兩波，隨即恢復平靜，又把海灘還了回來。但整個海灘面目全非，堆滿了各式各樣特異的物品，令人誤以為自己正登上一個遠方的星球。阿漢一到岸邊確認Lily沒事，把她交給一些聚來圍觀的部落居民照顧後，馬上拿起攝影機拍攝這片異境。鏡頭在經過海上房屋附近時，拍到了一隻死去的白鷺，阿漢給了牠一個特寫，以前常參與鳥會的他發現竟然是一隻罕見的唐白鷺，阿漢因此私心地把鏡頭在那裡停留得久一點。這時一隻全身濕透的黑白花紋貓咪，從倒下牆的縫隙裡鑽了出來，從鏡頭的左側奔到右側。

阿莉思不在畫面裡，她才剛剛從病床上醒轉過來，恰好目睹這一幕，她只猶疑了幾秒鐘，旋即推開一個剛進門的小護士，像是看見什麼似的，往醫院門口奔去。

第六章

毫無預警地，哈凡唱起歌來，那歌聲很像是一種植物的哭聲。

13 阿特烈

走在山徑上時，阿莉思一直以為自己聞到一種氣味。什麼樣的氣味呢？有點像混合陽光的熱氣，海水的侵略性，魚腥味與粗野的麝香⋯⋯這種種相反的，絕不可能混在一起的氣味，所產生出來的一種氣味。

阿莉思知道那是少年的味道，那味道太強烈了，以至於少年其實不在旁邊，都彷彿還聞得到。Ohiyo 一直在阿莉思的懷裡掙扎，怕一放下牠又跑走，阿莉思因此緊緊抱著牠，放慢步伐。貓咪真是柔軟的小東西，抱著她讓阿莉思想起幼稚園時在路上撿回家的一隻黑色的小貓，當時她偷偷養了三天，第三天回家時，發現貓咪已經不見，但爸爸跟媽媽、哥哥都沒有人承認是自己丟掉貓咪的。阿莉思因此拒絕吃飯，嚴重到昏厥後被送到醫院打營養針的地步。一直到一天夜裡，阿莉思發現病床旁邊的媽媽不斷流淚，祈求菩薩，她才決定開始吃稀飯。貓咪終究沒有回來，後來她在路上看到任何一隻黑色的貓咪，都以為是那時候被丟掉，或者是走失的那隻。

好不容易走到可以看到海邊住宅的地方，少年遠遠地就看到人群，並指給阿莉思看。那都是一些記者跟清灘的群眾。阿莉思猶豫了一下，站到附近的一處高點，找到自己顯眼的黃色汽車。

「看來是達赫幫我充好電了。」阿莉思自言自語地說。

阿莉思深深地吸了一口氣。短短時間以來的命運轉折，好像有什麼東西在她後頭推著她似的，山徑非常濕滑，下著極其微細的雨，肉眼幾不可見。一群綠繡眼從阿莉思和少年的右前方飛過去。

阿莉思試著回想那天看到攝影機對準自己的窗口時，自己究竟發生了什麼事？並不是生氣，也不是逃避，更不是真的想結束自己的生命……那時她還在等 Ohiyo 散步回家呢。當有一個什麼理由讓你願意等待的時候，活著是很重要的。也許只是突然之間無法控制自己的身體而已。

阿莉思向來如此。大學時有幾次發生過類似的事，一回只是因為情人節等不到對方，自己就迷迷糊糊地付了賬，出門時竟往咖啡店的落地窗撞上去，把店裡所有的人都嚇壞了。回家後，她又迷迷糊糊地把瓦斯開了以後沒關，把家人也嚇壞了。因為阿莉思的激烈反應，男友不久就提出分手。母親記得阿莉思小時候和阿嬤的感情好，於是決定讓她暫時到阿嬤家去住了一段時間。

直到此刻，阿莉思都還不明白那天男友為什麼沒赴約，連男友的樣子也記不起來了。反而是住在小漁村的記憶留下來。只要一閉上眼，漁村裡的小路，路盡頭面海而建的媽祖廟，縱橫著牛車軌跡的泥灘，帶著腥味的海風……就會迎面而來。這會不會就是自己後來堅持住在海邊最早的理由？

小時候母親回娘家的時候，阿嬤常帶著阿莉思去收蚵仔。她會把蚵架上的蚵仔剝下來，放進粗編麻繩袋裡，然後一袋一袋放上牛車。牛車在泥灘上走跟柏油路上走的感覺完全不同，好像輾過的是非常柔軟的，活著的東西似的。很久以後阿莉思才知道，那跟走在森林底層的感受非常類似。

那時候已經有一家石化工廠在南方的另一個村落造陸進駐。石化工廠蓋好了以後，阿嬤的蚵田年年淤積，海上偶爾浮著一層油，天空總是霧濛濛的。阿嬤幾天就要牽著牛，走進冰冷的海水看看蚵田或收蚵。收蚵是很艱難的肉體勞動，冬季的海風又非常刺骨，但回程坐在牛車上，滿車的蚵仔讓牛車的軌跡比出發時所壓的那兩道深得多，心底就有一種穩定滿足的感受。收好蚵仔以後，整個下午阿嬤都坐在椅子上「剖蚵仔」。看起來那麼堅硬的蚵仔，裡頭卻是軟軟的。那幾個月阿莉思習慣吃蚵仔湯、蚵仔煎、蚵仔酥、蟳仔，還有後院種的地瓜葉，就這樣一天一天過了下去，男友的臉就這樣在某個時間點消失不見了。

阿莉思日後回想，或許自己的性格就是在那幾個月悄悄地有了改變，結束休學回到學校，同學們都覺得她變了一個人。

傑克森和阿莉思開始蓋海邊小屋的那年，哥哥打電話來說阿嬤過世了。

「什麼原因呢？」

「老了啊。」

「老了啊。」阿莉思像是複誦了一次。其實阿嬤被肺病和腎臟病所苦，已經十年了，村子裡的人，多半是這樣離世的。阿莉思和傑克森因此找了個假日專程開車回去那個小村落，車子一開進到村子裡時，發現那裡幾乎已找不到打開的門扉。從海灘可以看到，靠北的地方後來又蓋了另一座石化廠，雖然隱隱約約記得許多人抗議了好幾年，工廠最後還是蓋成了。阿莉思還留有那年住在阿嬤家的記憶，還沒蓋石化廠時，冬天有不少賞鳥人都聚集在那裡，縮著頭站在望遠鏡後頭，像在期待著自己的人生會有什麼變化似的。不過後來聽M說，連鳥也改變了方向。

工廠雖然需要人手，卻不需要老人。阿莉思還記得有一回回來小村莊看阿嬤時，她一一細數鄰居罹患的病症。那天一向話不多的阿嬤不斷說話，好像怕一停下來就會中斷了似的。阿莉思聽著聽著覺得，那些比阿嬤更早離世的老人，恐怕是因為寂寞，才引發其他的病症的。

傑克森站在沙灘上，被沙掩埋的蚵架只到他的小腿肚，阿嬤的房子和牛寮跟海灘上的空蚵架，像一群沒有紀念任何事物的紀念碑，慢慢被羊齒和沙土侵占，既沒有人接手，也沒有人清理。

傑克森說：「這裡看起來曾經是一個可愛的小漁村呢，現在只能拿來拍電影了。」

阿莉思瞪了他一眼，說：「其實，這裡是被人搶劫了。」可能是因為站太久，離開的時候她的腳陷在泥灘裡，在傑克森的幫忙下才拔了出來。遠方的煙囪，忽忽地冒著黑煙。阿莉思突然想起來，以前阿嬤都穿一種腳姆指分開的，叫做「踢米」的鞋，才不會陷在泥灘裡。

那天跳下海以後，阿莉思感到頭似乎猛烈地撞擊了一下，手和腳瞬間都麻了，海水非常非常冷，眼前一片黑暗。醒來後第一件事，她第一個想到Ohiyo。這時恰好電視上的新聞畫面，停留在滿目瘡痍的海灘上，阿莉思一眼就看到Ohiyo。

「牠在找我吧。一定是這樣的，Ohiyo正在找我。」阿莉思拔下點滴，真的很痛，她向來怕打針，如果是醒著的時候醫生說要打針，她一定翻臉。阿莉思先跑了一段路，刻意繞路拋開護士，到門口時故意裝得像一般病人一樣走出門，還好阿莉思身上穿的是自己的T恤，不過卻不是她跳出窗外時穿的那件。

一定是達赫拿來的，達赫知道我不愛穿醫院的衣服。阿莉思想。她跳上計程車後，卻發現自己身上沒有錢，心底暗自擔心，希望達赫會在海上房屋那裡。不過司機開到附近，看到海灘的混亂狀況，竟然不跟她收錢。

「小姐，妳住這邊喔？這邊不能住人啦。房子都淹在海裡了，算了啦，車錢不用了。」

「不行，我只是身上剛好沒帶錢而已。」阿莉思堅持記下車號跟電話，說：「明天就寄給你！」

走近海上房屋時，月亮和石頭最早發現阿莉思，牠們的吠聲引起達赫和一些警察的注意。達赫趕緊走過來，他的襯衫非常皺，眼袋很深，看起來像是一個不幸福的人。一些不知道是警方還是救災單位的人員，正在替海上房屋拉起黃色的封鎖線。

達赫說：「剛剛他們清出一塊空間來，專門放從海上房屋掉出來的東西，妳的東西能找到的都在那裡，我有盯著。」他沒有問阿莉思為什麼會出現在這裡，阿莉思知道，他向來如此。唉，達赫，難道你不知道女人不喜歡全無束縛嗎？

空氣中有一種阿莉思沒有聞過的腥味，可能是海藻和那些被海浪沖上來的東西混合所發出來的。

「你有看到Ohiyo嗎？」

達赫搖了搖頭。阿莉思不知道他是忘了Ohiyo是什麼，還是真的沒有看見牠。村民都聚在海灘討論，幾個人遠遠地揮了揮手跟她打招呼，說不出他們是難過還是心情低落，像是已對這些事有了心理準備似的。

其實沿岸這一帶，幾年前海水開始上漲後，就只剩海上房屋和第七隻Sisid沒有往山上搬，因此海邊的住家已經很少了，大家都盡量離海遠一點，好像海變成一種瘟疫。

但其實山上也不見得安全，因為蓋海濱大型遊樂場和飯店的時候，把山的順向坡都挖鬆了，幾處公路邊坡每每在大雨後就崩落，就像達赫曾說過的：「這裡的山好像隨時要跌倒了。」

阿莉思走近海上房屋，海巡和警察一直過來想詢問一些事，但她完全置之不理，故意只對著達赫講話：「哈凡好嗎？」

「沒事，暫時住我叔叔家。妳也可以去住那裡。」

阿莉思沉默了一會兒，「達赫，你能幫我個忙嗎？」

「沒問題。」

「我需要把車子充電，充完電以後你能幫我停在這裡嗎？我再來開？」

「當然，不過妳要跟我說要去哪裡。」

「嗯，再說，我會找機會告訴你的。海邊的朋友都好嗎？」

「都好。不過大家都在擔心這次的冰雹和浪是一種惡兆。」

一種惡兆，惡兆已經夠多，太多了，多到已經不能算是一種惡兆。阿莉思從地上撿起一個從房子掉出來的，跟傑克森在奧斯陸買的藍色旅行背包，開始裝一些可能需要的東西。穿過封鎖線，在一面牆倒下的海上房屋旁邊，阿莉思撿到家裡的醫藥箱，並且很幸運地撿到抽屜裡的皮包和卡片，剛買回來的Ohiyo睡墊，存有托托照片的防水硬碟……撿著撿著，覺得自己的人生掉了一地，眼淚就快掉出來，她趕緊說說話來轉移自己的注意力：

「是怎麼回事？那些東西是哪裡來的？」

「從海上來的啊。垃圾渦流帶來的，妳記得前一陣子一直報的那個垃圾渦流的新聞嗎？就是全世界丟的垃圾，在海上因為洋流的關係，慢慢結合在一起……」

「啊，我想起來了，新聞還滿大的，政府不是說要處理嗎？」

「妳相信政府？」達赫好像突然想到什麼，拍了一下大腿說：「啊，Ohiyo是那隻妳撿到的黑白貓是嗎？」

「對呀，我還以為你記得。」

「唉呀，妳突然出現讓我一下子放鬆了，剛剛沒聽懂。我想到了，好像有一個攝影記者拍到牠。」

「對，我在醫院看到了，新聞有播到那一段。」

「我去找那個記者，他前一陣子都待在哈凡那兒，我認得他。」達赫跑進人群裡。

阿莉思看了一下第七隻Sisid的方向，房子好像很怕冷似的孤立在岩磐上，那可是哈凡前半輩子的心血，就像海上房屋是她的一部分一樣。

達赫回來後，阿莉思的東西也收拾得差不多，一個高大的平頭男子跟他一起回來，點點頭相互打招呼後，他打開攝影機的monitor。畫面裡的Ohiyo在滿是垃圾的海灘上邊走邊咪咪叫，看起來有點緊張，這就是電視新聞剪的那一段。接著是電視上沒有播出來的，Ohiyo一路從海灘跳到馬路上，朝著阿莉思常去取水的那條路走去，消失在草叢裡。

「我很喜歡貓，而且這樣畫面看起來比較有張力，所以就跟拍了一下，看起來是往那邊去了。」

「謝謝。達赫，我要走了，我去找牠。」

「我跟妳去。」

「不用不用，這裡需要你，如果可能的話，你幫我再收拾一下掉出來的東西。還有，照顧好哈凡，看看海邊的朋友需要什麼幫忙，唉呀，我真囉嗦，你已經在做這些事。」

「嗯。那妳要跟我說妳會在哪裡，我不能這樣就讓妳走。」

管區警察想阻止阿莉思，於是她轉過頭用企求的眼神看著達赫。

「我手機給妳。」達赫靈機一動掏出手機，然後幫阿莉思擋下警察：「沒事沒事，讓她先走，反正沒事，她看起來好好的，我會叫她去警察局登記財產損失。」警察都認得達赫，就揮了揮手，不再計較。

達赫轉頭對阿莉思說：「如果我打給妳，一定要接，好嗎？」阿莉思點點頭，快步離開現場，月亮跟石頭跟了上來，一直不肯離開。

阿莉思喝退牠們：「回去！回去！回海邊去。」

阿莉思走在取水的小徑上，一面喊著「Ohiyo、Ohiyo」，彼時天空已經有點昏暗，而且開始降下細細的雨。她把背包套上防水雨衣，自己也穿上防雨外套。路上非常濕滑，但這條路阿莉思已經走熟了，一心想著得趕快找到Ohiyo，否則晚上太冷了，恐怕牠會發生意外。阿莉思邊走邊喊，走到山徑的轉角處時，發現邊坡的土石崩落了好大一塊，整條路幾乎都被掩沒。由於天還未全黑，估量了一下形勢，阿莉思嘗試翻過土堆。不過土堆實在不低，於是阿莉思便試著往旁邊的草叢鑽過去。這時她聽到啪啪啪的翅翼鼓動的聲音。

幾秒後，大概有幾十隻……不，大概有幾百隻可能原本藏身在草叢裡的蝴蝶還是蛾，被阿莉思驚起，既散漫又像有組織似的往土堆的另一側飛去，由於天色已暗，顏色看不太清楚，只知道每隻像是都有巴掌大。由於事出突然，阿莉思忍不住尖叫了起來。在這同時，她聽到咪咪的叫聲，和像是山羌的叫聲，那叫聲如此之近，簡直就像從她腳下的土堆發出的一樣。

跌坐在地上的阿莉思努力拉開纏住她的藤蔓和草莖，繞到土石的另一邊，便先看到從草叢裡鑽出迎面而來的Ohiyo。然後她的心突地一跳，就看到躺在地上的，膚色彷彿泥土的少年。少年顯然被土石壓住，此刻動彈不得，眼神非常驚恐，淚水開始在眼眶聚集。

阿莉思腦中浮起一個影像。有一回達赫的陷阱抓到山羌，他和傑克森先把山羌擊斃，再輪流把死山羌背下山來。他們給阿莉思看山羌落入陷阱後的照片，由於腿斷了，當時仍未死的山羌的眼神有一種絕望之情，阿莉思感覺得到牠的求生欲望。那天阿莉思拒絕為他們做晚餐，她對男人對這些事無所謂的樣子感到生氣，為他們把照片當成戰利品和有趣的話題感到生氣。

而少年此刻的眼神，就跟那頭山羌一模一樣。

14 阿莉思

當阿特烈看到那個女子出現在面前時，他想起掌地師教過他的吼叫儀式。掌地師說，如果遇到不能理解的東西，就用心臟旁邊的力量吼叫，因為聲音來自真心，邪靈就會退避。阿特烈試著吼叫，但一叫心和腿就開始痛，好像有人拿著一把石刀把靈魂剁成魚漿似的那種痛。因此叫了幾聲以後，阿特烈竟哭了出來。

掌地師說：「眼淚一掉下來就是屈服，就是求助，一切儀式都將失效。」

不過女子一開始好像也被阿特烈的吼叫儀式嚇到，發出尖叫後跌下土丘，然後又爬回來抱那隻在阿特烈眼中看起來頗為古怪的動物。不久女子可能發現阿特烈傷害不到她，開始檢查他的狀況。她發現了阿特烈的腿被壓在石頭底下，露出了憂慮之情。過一段時間，她給了一個很勉強的微笑，像是要解除阿特烈的緊張，然後開始幫他搬走腿上的石頭和泥土。可能是痛也可能是什麼莫名的原因，阿特烈的眼淚一直掉一直掉，就像被阻止回到海裡的海龜一樣。

對阿特烈而言，女子和他過去想像，以及在書上看到的白人樣子並不一樣，是另一種好像水母般的透明皮膚。女子的個子不算高，甚至可能比阿特烈矮一點。阿特烈脫困以後，女子一直講話，比著手勢，但他一句都聽不懂，唯一可以肯定的事是，從她的動作跟語氣裡，阿特烈猜測，女子對他應該沒有敵意。阿特烈試著講了幾句話，她也聽不懂。於是他開始模仿剛剛躺著時，為了避免疼痛而臨時學的鳥的叫聲，來表達感謝。阿特烈噘起嘴，讓空氣通過嘴唇和喉頭，發出時而嘹亮時而低囀，表示感激的聲音。女子驚訝地看著阿特烈，就好像看到一隻會說人話的鳥一樣。

「所有的聲音都是共通的，就像所有的海浪都是共通的一樣。」阿特烈永遠記得掌海師曾經這麼說，毫無疑問，掌海師真是個智者。

阿特烈還留有自己為了怕被人發現而潛入海裡的最後一段記憶。那一刻他的身體異常發熱，相對之下海水是冰的，所以跳進海裡的時候，阿特烈反而覺得好像被冰冷的海水燙到。他拚命游拚命游，好像一隻被鯊魚盯上的受傷的梭子魚。不知道游了多久，胸口疼得不得了，靈魂要從喉嚨跑出來了。這時一股巨大的力量從阿特烈的背後湧來，他直覺是一道大浪，趕緊放鬆身體，任由身體在浪頭上翻滾。阿特烈清楚地看到浪把自己往陸地推，腳下、腋下、背上、眼前盡是島嶼上奇奇怪怪的東西，他被包裹在這樣的島和海的混合體裡頭，就像自己本來就屬於島的一部分一樣。

撞上陸地的時候，阿特烈以為自己的靈魂會離開。不過很幸運地，浪退去的時候，靈魂還在。他躲到一個大石頭裡面，那石頭非常奇怪，是中空的，附近都是類似的石頭，好像石頭跟石頭也會彼此模仿一樣。可能是泡在水裡太久，身體越來越冰冷了，阿特烈直覺地想朝陸地跑，心想這樣才有活下來的希望。遠遠的地方聚集著一群人，穿著奇怪的服裝，帶著奇怪的工具，阿特烈小心翼翼地避開他們，盡可能模仿草的動作移動。

在草叢裡，阿特烈才第一次仔細打量這個地方，真是奇特啊，一邊的陸地非常非常高，再過去可以看到更高的陸地，好像通到天上似的。跟掌地師講他一定不相信，不過，掌地師也掌管這邊的地嗎？他知道這個世界上，還有這麼大的一片地嗎？

阿特烈開始往高出來的那片地的上頭跑，跑著跑著，覺得身體快要不屬於自己的。就在一條魚上鉤的時間裡，他突然覺得有什麼東西重重地壓在自己的腿上，很快就動都不能動了。

「我被地抓住了，很多石頭抓住我，令人尊敬的卡邦啊，請拯救我。」阿特烈喃喃自語地說。

被地抓住的這段時間阿特烈只能側躺在地上，動都不能動，他想起瓦憂瓦憂老人教過的驅趕痛苦的方法，那就是冥想自己成為一條魚。老人們常說魚是最不怕痛的生物，被魚鉤勾住的魚還能奮力潛到海底，和漁人搏鬥很久的時間，直到生命消逝。人如果被魚鉤勾住，怕是一眨眼就會屈服了吧。

「瓦憂瓦憂人要像魚一樣，一直到血都流不動了才能屈服，因為瓦憂瓦憂也是海的子民啊。」掌海師這麼說。

阿特烈躺在地上的時候仔細地觀望了這個世界，這個世界和瓦憂瓦憂在顏色、味道和聲音都不同，當然更和海上島嶼不同。原來世界是這個樣子，穿過一個什麼東西，就會變成一個有點像又不太像的世界。阿特烈為自己能悟出這樣的道理感到欣慰。

然後他就聽見女子的腳步聲，然後他就看見女子。

替阿特烈解除了地的束縛以後，女子對他反覆說了一些話。從手勢上看，阿特烈猜她是要自己留在原地等她的意思。阿特烈留在原地不是為了等她，事實上是不得不留在原地，因為腿斷了，腿斷了的人，哪裡也去不了。不但哪裡也去不了，腿斷的人沒有一個能成為好漁夫，潛水也會受到阻礙，「我已經不再可能成為好的瓦憂瓦憂人了」，阿特烈想。這種感覺真像被古哇那抓住的鷗鳥一樣，不再有希望。

15 達赫

在冰雹穿過屋頂打到屋裡的那一瞬間，哈凡覺得身體發熱，連骨頭都起了雞皮疙瘩，這跟當年在臺北那場大水前一夜的感覺一模一樣。她轉頭一看，那兩個記者竟然蠢蠢地留在原地拍攝，哈凡不假思索地吼他們上閣樓。兩人還一副不明所以的樣子。

「快啦，快啦，快來不及啦。」哈凡對他們喊。然後大浪就來了。

哈凡的經驗告訴她，通常第二波浪才是最巨大的，因此第一道浪一走，哈凡就要他們趕緊往馬路上跑。阿漢拿起攝影機，背著Lily，頭也不回地涉水往岸上走。哈凡跟在後頭，浪就在身後，再次默默地湧上來。

這次浪的聲音就讓人無法移動了。

站在路基被淘空大半的馬路上，哈凡回頭目睹第七隻Sisid傾倒了一面牆……牆像是配合海浪的退去一樣倒下。

「伊娜呀，伊娜呀。」哈凡對著海喃喃地說。

那年大水過後，哈凡的伊娜帶她回東部，不過兩人終究沒有回去部落，決定留在市區。哈凡的伊娜去應徵了按摩小姐，在市區租了一間套房。每天哈凡起床時，伊娜會弄好早餐等她，因為剛剛才回來，哈凡的伊娜髮型跟前一晚離開家時一模一樣。

有時候哈凡會想，生活真的像很多人講的那樣，是可以選擇的嗎？失去伊娜以後，如果哈凡不選擇和伊娜一樣做按摩小姐，自己還能做什麼？何況，如果不是那幾年的時間，就憑哈凡，哪能這麼快存到錢，把第七隻Sisid蓋起來？人活著有時候是一種交換，用我有的換你有的，用我未來的，換現在沒有的東西。有的時候換來換去，又換回自己原來換出去的東西。哈凡有時候這麼想。

親眼看到第七隻Sisid倒塌的時候，哈凡竟然一滴眼淚都沒有掉，大概是已經有預感吧，這屋子，總有一天要還回去，還給海算是最適當的。

當天達赫幫哈凡把第七隻Sisid裡掉出來的東西整理了一下，又去幫阿莉思把車子開到學校充電，再開回來停。然後走到哈凡的旁邊坐下，遞了一個便當給她。這段時間哈凡的視線一刻都沒有離開那個原本是房子的地方。達赫問：

「妳有地方住嗎？」

哈凡搖搖頭。

「暫時住我那邊，我搬到臺東那邊的一個布農族的部落了。部落裡的人試著蓋傳統家屋，我也蓋了一間，蓋好以後暫時沒人住，我可以先去住那裡，妳跟鄔瑪芙住我們叔叔阿怒家，有冷氣，比較舒服。如果阿莉思回來也沒有地方住的話，我請她去那裡住。」達赫一口氣說。

哈凡搖搖頭，說：「我可以去住旅館。」

「別跟錢過不去，重蓋要一段時間的，省點錢，說不定第七隻Sisid可以重蓋。」

哈凡沒有點頭也沒有搖頭。

「我們還活著，對吧？」達赫開始動手把蒐集起來的物品堆放到車上，然後替她打開了副駕駛座的門。許多年後，哈凡覺得那個動作對她太重要了，那時候的她沒辦法替自己決定什麼，得靠別人替她開門才行。

他們沿著海岸線往南開，哈凡朝駕駛座的方向，越過達赫憂鬱的側臉看到窗外的海，才發現那個什麼垃圾渦流幾乎把整條海岸線都覆蓋了。太陽照在那上頭，發出躍動的光點，好像那上頭鑲了寶石似的。達赫一路上都沒有跟哈凡講話，他的女兒鄔瑪芙則睡倒在哈凡亂七八糟的行李上。

快到鹿野的時候，哈凡說：「還好咖啡機還在呢。」達赫笑了出來。

「你為什麼要回部落？」哈凡問達赫。

達赫說：「離開部落很久了，一開始的時候是想到城市去讀書，讀完了書想回來部落教小學生，沒想到又愛上我太太，所以又離開了部落。」達赫靜靜地跟哈凡說了他和小米的往事，車燈在長長的公路上幾乎筆直地往前探去。

「在這裡開計程車還是賺多一點，但最近想，算了。部落的好處就是，不管你什麼時候回去，大家都歡迎你，不管你做什麼，都勉強活得下去。剛好我有一個叔叔阿怒，他年輕的時候也去城市讀了碩士，有一年回部落的時候聽說一塊很美的部落的地，有財團要買去蓋靈骨塔。他就想辦法跟朋友借了一些，跟銀行貸款了一些，把地買下來。他在裡頭弄了一個叫『森林教堂』的地方，讓遊客來旅行，他就教他們布農族怎麼種小米、打獵跟蓋房子。已經有一段時間了。有空回來的時候我就幫忙，現在乾脆搬回來住，鄔瑪芙也有小朋友一起玩。」

「你沒跟阿莉思提過？」

「還沒。前不久決定的事嘛。」一切都剛剛開始發生。哈凡這麼想。

到部落時已經是晚上了，達赫輕輕地把鄔瑪芙搖醒，部落的朋友為大家張羅東西吃，不只是哈凡和達赫，一些到附近海岸淨灘的族人都回來了。

這時一個結實、矮小、像帶著童年的笑容活到現在的中年人，走過來拍了拍達赫的肩膀，達赫遂把哈凡介紹給他。

「阿怒，布農人。」達赫指了一下哈凡：「哈凡，阿美人。」

阿怒很健談，他成功地讓陷入憂鬱，什麼都不想聽的哈凡聽他的演說，談當年為什麼會辦森林教堂，經歷了多少困難，到現在還欠多少錢，銀行老是要來查封他的房子之類的事。

「好幾次，我的房子都快被拍賣掉了。」

「那為什麼沒被賣掉？」

「沒人買啊，誰要買這個地方啊，這地方只有布農人願意住啊，哈哈哈，算銀行倒楣。貸款給我的那個銀行的行員啊，聽說後來被開除了哩。哈哈哈。」哈凡不禁跟著笑了出來。

「借錢給阿怒的人，只有兩種人，一種是好人，一種是笨蛋。」達赫說。

阿怒喝醉了以後躺在地上一動不動，親戚朋友們紛紛回家。達赫帶著哈凡到客房，兩個單人床的房間，哈凡睡一個，鄔瑪芙睡另外一個。

夜裡哈凡躺在床上始終睡不著。沒想到鄔瑪芙也睡不著，她坐在床上，看著外邊的月光。

「哈凡阿姨，妳要不要到森林教堂走走？」

「教堂？現在？」

「對啊，現在。」

「有鑰匙嗎？」

鄔瑪芙很驚訝地看著哈凡。「森林怎麼會有鑰匙。」

走到路的盡頭，繞過一處可以看到溪谷的高地，站在一個有兩株巨樹的地方，鄔瑪芙說，「這就是門口。」哈凡才發現自己完全搞錯了，原來森林教堂只是一塊林地，沒有大門，沒有圍牆，兩人站在它的前面，彷彿變成兩隻動物。

「我還以為是真的教堂哩。」

「什麼叫真的教堂，教堂還有假的嗎？」

「我不是那樣的意思……」哈凡說：「裡面有什麼？」

「有會走路的樹。」鄔瑪芙說。

16 哈凡

「有一個女孩，每次到田裡去都一定提著大籃子，她都不准別人偷看，很神秘。不過她的鄰居覺得很奇怪，為什麼女孩在田裡工作的時候，都會有一個英俊的男子幫忙她耕種？所以偷偷地告訴女孩的伊娜。」

「她種什麼呢？」

「小米吧。」

「我爸說在這裡小米都不用種，撒一撒種子就好了。」

「大概是女孩那邊的地還是要種吧，比如說撿撿石頭，翻翻土之類的。」

「我猜她一定不承認有別人。」

「對，鄔瑪芙聰明。女孩的伊娜怎麼問，女孩都不承認，伊娜就猜女孩的籃子可能有一些古怪。有一天，女孩因為生病而躺在床上，就隨手把籃子放在枕頭邊，好奇的伊娜趁著女兒熟睡時掀開籃蓋一看，裡頭竟然有一條長兩呎，寬七吋的魚。」

「那是多大？」

「這麼大。」哈凡用手比了比魚的長度，鄔瑪芙顯然覺得還算滿意。「我爸釣過比這個更大的魚。」

「她的伊娜就把魚拿去煮了，自己吃掉，再把魚骨頭放回籃子裡面。女兒醒來，發現魚不見了，就去問伊娜說，『我的魚呢？』伊娜很大聲很大聲罵她：『你這個不孝女，前幾天搗麻糬沒有菜吃，妳竟然還自己偷偷藏了一條大魚，氣死我了。』」

「女孩很生氣吧，因為媽媽誤會她。」

「她可能是生伊娜的氣，也可能是其他原因。總而言之，女兒聽了非常傷心，就吞下籃子裡的魚骨頭，然後就死了。原來那個英俊的男人，就是魚變的。」

「為什麼不會是一個英俊的男人變成一條魚呢？」鄔瑪芙說。

「有道理。這是伊娜講給我聽的故事，我忘了這樣問她了，鄔瑪芙真聰明。」

達赫在一旁不禁笑了，阿美族跟布農族都一樣愛編故事。小時候達赫曾經問父親：

「你聽的故事是誰講的？」

「老人講的。」

「老人聽的故事是誰講的？」

「比老人更老的老人講的啊。」

「可是，比老人更老的老人也曾經是小孩對不對？」

「對。」

「所以他們也聽故事。」

達赫的父親想了一想，說：「達赫說得對。比老人更老的老人，也都曾經是小孩。故事可以帶小孩到他們還沒有去過的地方，也可以跟他們講比他們更老的人發生的事。」

達赫發現，鄔瑪芙聽哈凡說故事時非常專注，這是她聽其他人講話時沒有的神情。她好像特別信任哈凡。哈凡來住的第一天，達赫原本有點擔心，隔天聽說鄔瑪芙半夜時帶她去森林教堂，達赫卻放心了。因為他知道，那裡頭的樹會喚醒恐懼、尊敬和謹慎，看過那些樹的人，不會想尋死的。

這幾天達赫來回部落和H市不知道多少趟了，海岸線的腐臭味越來越重，而且走在海岸線旁特別感到悶熱。沿著東海岸，有很長的一段海岸早就被堆滿消波塊，所以清理起來格外困難。一些環境團體運作東部的幾間大學、高中投入海岸清理的工作，一路上都看到年輕人接力運送垃圾。不過車輛根本不夠，看起來幾乎不可能在短時間內恢復舊觀。

達赫的國中同學阿力在一家海洋深層水公司擔任基層主管，他也到現場來勘察。戴著新型防毒口罩的他對達赫說：「我跟你說，雖然報紙還沒報導，但其實我們公司大概百分之九十以上的機具和管線都毀了。垃圾渦流這段時間已經覆蓋到管線上，我們放了海底攝影機下去，看到你會嚇一跳，海底完蛋了。」

「比縣政府說的嚴重？」

「達赫，你頭殼壞去啊，縣政府怎麼可能說實話。說真的，我很擔心老闆跑路，然後把管線棄置在太平洋裡，就不管了。」

「別人不敢說，我相信你們老闆絕對敢。」

「幹，搞不好有一天連縣長也跑路哩。」

對沿岸的居民來說，海曾經具有喚起恐懼和改變生命的力量，但現在它缺了牙，變成一個精神耗弱的老人。風將一些較輕的、已經被太陽曬乾的塑膠袋吹起來，好像一種花，氣味腐臭不堪的花。住在H市的那段時間裡，他總覺得自己變成半個阿美人，此刻他心底不禁擔心起阿美朋友們未來的生存問題，和已經搖搖欲墜的漁撈文化。

阿力隨手拿起地上一根可能漂流了數十年的硬塑膠管，說：「其實玻璃瓶什麼的還好處理，但這些早年做的硬塑膠管根本不知道該怎麼辦。你知道嗎？前幾年政府雖然投入大量經費削減垃圾渦流的垃圾，但其實是個幌子。為什麼呢？因為垃圾清除後要埋在哪裡？整個島的焚化廠、掩埋廠，和比較先進的分解廠，根本不可能消化這些垃圾。你以為宜蘭、臺北會那麼大方接受這些垃圾嗎？他媽的。日本跟中國已經在踢皮球了，不過垃圾很公平，現在洋流已經把垃圾渦流打碎，大家都會收到屬於自己的那一份。」

那天黃昏最後一趟車時，達赫發現阿莉思那部鮮黃的車子並不在原地，可能是已經開走了吧。恰恰好手機響了起來，達赫一看，是阿莉思打來的。

「達赫，你的獵寮可以借住嗎？」

「可以啊，可是獵寮沒用很久，沒有壞嗎？」

「沒壞。謝謝啦。」

「妳要住那裡？」

「嗯……算是吧。」

「不太舒服吧，那邊。」

「不會，沒問題的，我有帳篷，各種登山的東西也很齊全，不用擔心。對了，哈凡還好嗎？」

「還好，不過，第七隻Sisid倒了。」

「我看到了。海上房屋也會倒吧。」

「嗯，也許吧。時間一到什麼都會倒的。妳現在在哪裡？」

「在你的獵寮附近。」

「我可以去幫妳嗎？」

「不，幫個忙，不要。達赫，你聽我說，我想要靜靜地過一段時間，時間一到我會去找你的。」

晚上回到部落，鄔瑪芙跟達赫說她今天早上又帶哈凡去看會走路的樹了。「白天跟晚上不一樣。」所謂會走路的樹其實就是榕楠樹群，特別是白榕。因為榕的氣根會從枝葉垂降到地面，變成支撐根。以前部落的人會用榕樹做為地界，但後來竟發現這種樹「會走路」。

「明年春天，包準妳嚇一跳。」

「你說樹林裡。」

「對。」

「會有蝴蝶。」鄔瑪芙插話。

「對，會有蝴蝶。這裡冬天會聚集一些種類的紫斑蝶，有一段時間，到處都是金色的蛹。再過一段時間蛹羽化了，哇，整群蝴蝶翅膀疊著翅膀，看了很感動。」

「真的，那明年真要來看看。」

「妳可以住下來啊。我們部落也缺人手，現在專程來這裡的觀光客不少，我們靠這片樹林和那座山活了下來呢。」哈凡沒有接話。話說出口以後，達赫有點覺得太莽撞，不過也沒有辦法，已經說出口了。

幾天後，達赫在晚上一個人到森林教堂前的傳統屋整理時，遇到睡不著的哈凡。他們一面把玉米綁在窗邊晾乾，一面閒聊。由於整個星期達赫都在海邊協助清運垃圾，因此疲憊不堪。哈凡似乎感受到這點，說：

「很累對吧。」

「嗯。」

「很累的人身體會發出一種氣。」她把手放上達赫的肩，開始為他按摩起來。

「真的？沒聽過這種說法。」

「我是專業的，哈，我以前在H市當過按摩小姐。」風吹過森林教堂，嗚嗚嗚的聲音很遠都聽得到，達赫的背也感到有風吹過，筋脈整個被舒展開了。「我是真的學過按摩的喔，伊娜教我的，後來也跟很多店裡的小姐學。用手可以感覺到很多東西，像關節、筋那些地方，可以感覺像是有氣泡的樣子，好像什麼活生生的動物會在裡頭跑來跑去。按摩的人要用手指頭、手肘、關節，想辦法把那個擠壓，或者弄鬆，不騙你喔，有時候還會看到黑色的氣從身體跑出來。不過吸了那樣的氣以後，隔天自己的氣色就會變得很糟。」

「真的？聽起來很玄。」

「這是真的，不玄啊。」

「客人都是什麼樣的人啊。」達赫明知故問。

「男人啊。都是來打手槍的，按摩是順便啦。」

達赫沒想到哈凡這麼直接，嚇了一跳。確實，H市的按摩小姐分成兩種，一種是純粹的按摩小姐，不過更多的是另外一種，小米就是另外一種。達赫心裡所想的，想必是被哈凡看了出來，不禁臉紅了起來。

「唉呀，沒什麼啦，也是靠自己的勞力賺錢啊。」

「也是。」達赫不知道該如何反應，所以笑了一笑，說：「其實我也去過。」話一出口，覺得自己好像又說錯話了。

「你說過啊，那天，開車的時候，你提到小米。」

「我說過了喔？哈，我跟妳提到小米喔？」

「嗯。對了，你知道阿美語哈凡的意思？」

「知道啊，我那時第一次到第七隻Sisid去的時候，就想說真巧。阿美族語裡，哈凡也是小米的意思。」

毫無預警地，哈凡唱起歌來，那歌聲很像是一種植物的哭聲。歌詞是哈凡隨機做的，阿美語的歌詞。

一種像米粒大小的，不小心就會被遺忘的東西，
風一吹就會掉落的東西，
被埋在八月的雨的下面。

你經過的時候，
我腕上的錶正好是六點十分，
那是小米正要發芽的時刻。

第七章

「當別人問，今天海上天氣好嗎？妳聽到了，妳聽到，都要回答很晴朗。」

「即使下這麼大的雨也要這樣回答嗎？」

「是。」

17 阿特烈的島的故事

「我叫魯思・加德曼・阿特烈。」我說：「妳可以叫我阿特烈。」

「我叫阿莉思。」我猜她是這麼說的。

阿莉思帶來一些食物跟一個臨時的房子，那房子有點悶熱卻可以不用淋雨，有點像是我在島上自己做的房子。她給我的傷口抹了奇怪味道的藥，並且叫我吞下另外一些。她住在木房子裡，我住在臨時的房子裡。原本她要我住在木房子裡，但木房子比較好，她救了我，我不能住比她好的地方。這樣不合瓦憂瓦憂的道理，不合瓦憂瓦憂規矩。一開始，她完全聽不懂我講的話，但漸漸地我們懂得對方話的鱗片、話的尾巴、話的魚眼睛。

那隻奇怪的黑白色動物叫做「貓」，阿莉思叫牠「Ohiyo」。我想問她，「那是什麼意思？」她猜中我的問話以後講了長長一串話，不過並不難猜，就是早上起來以後看見另一個人，問候對方的意思。

「Ohiyo。」我學著講，覺得舌頭有點彆扭，貓聽見我叫牠，卻反而頭也不回地走開了。

「你們呢？瓦憂瓦憂人怎麼說？」我猜她的意思是這樣的，我已經告訴她我們的島叫做瓦憂瓦憂。

「i-Wagoodoma-siliyamala。」

「什麼意思？」她動了動肩膀，我猜這跟瓦憂瓦憂規矩一樣，就是聽不懂的意思。

我用手指著遠方的海，然後用兩手平平地展開，表示海很安靜。今天海看起來安靜而神聖，好像一隻熟睡的動物，死去的鯨。「今天海上很晴朗。」

「i-Wagoodoma-siliyamala。」

「i-Wagoodoma-siliyamala。」她複誦著對她的舌頭來說有點難的一句話。

阿莉思好像不是很習慣這種生活，我常常發現她晚上沒辦法睡著。她有一個奇怪的盒子，按下去後會把世界的一部分收到裡頭，就好像一隻會記憶的眼睛一樣。她用那個把花、蟲，和一些鳥的「影子」收到盒子裡，然後拿書去比對。那些書裡，也會有她看到的「影子」的「影子」。我也想畫那樣的圖，像真正的東西的影子那樣的圖。

她也帶來了叫「桌子」和「椅子」的東西，放在木房子外面，天氣好的話，她就坐在那邊用「筆」（我終於知道在島上我拿來畫圖的小棒子就叫做「筆」）寫很像是書上的字，一寫就很久很久，這個時候，她的眼睛在作夢。

我問她在寫什麼，她說自己在「寫一個故事」。
「寫故事要幹什麼？」
「寫故事去救一個人。」我猜她是這麼說的。

她喜歡看我皮膚上的圖，然後問我是什麼意思。我解釋給她聽每一張圖的故事，肩膀上的故事，背上的故事，手肘的故事，但我不知道她究竟聽懂我的故事沒有。身上的圖有的已經很淡很淡，我就畫上新的圖，左邊肚子的圖就是畫她救了我的那一天。我用她給我的筆，畫我被地抓住的時候，眼睛裡面的她，和她背後的樹。她看著圖的眼神很傷心。

她給我吃我從來沒有吃過的食物，我也慢慢熟悉山的樣子，所以腳開始好一點點的時候，我試著用木頭把房子改造得大一點。我在房子的外面加了一個棚子，這樣的話即使下雨她也能寫字了。

有時候Ohiyo一大早會帶回螃蟹、老鼠之類的東西，放在木屋前面的臺階上。我想是獻給阿莉思的意思吧。

阿莉思不寫字的時候喜歡跟我說話，一開始的時候我們都不知道對方在講些什麼，但漸漸地越來越能「感受」到對方在講些什麼。她講她的故事，我講我的故事，瓦憂瓦憂、烏爾舒拉、我的母親、掌海師和掌地師，和擱淺在沙灘上的鯨。她有沒有聽懂，我覺得沒關係。因為對瓦憂瓦憂人來說，話可以用聞的、用摸的、用想像的、用跟隨一尾大魚的直覺那樣緊緊跟隨。

我喜歡講我的故事，也喜歡聽阿莉思講她的故事，她的聲音，和她摸Ohiyo的表情。阿莉思的表情有時候讓我想起我的伊娜，有時候讓我想起我的烏爾舒拉。所以，一天又一天的清晨，雨不是那麼大，我們一起坐著看海的時候，我會跟她說，「讓我跟妳講一些瓦憂瓦憂島，讓妳心中長出瓦憂瓦憂島的樣子吧。」

我們的島是勇士之島，是夢的匯聚之地，是魚群遷徙的中繼點，是日落與日升的座標，是希望與水的停息處。我們的土地由珊瑚所紡織，海鳥的糞便覆蓋其上，卡邦用祂的眼淚凝成一個小小的湖泊，我們仰賴那個湖泊維生。

最早的時候，所有事物都互相模仿，島模仿海龜，樹模仿雲，死亡模仿出生，因此萬物沒有太大差異。而我們的族人原先居住在深海中，並且在海溝中建立了一個城市，卡邦將一種螢光蝦賜予我們做為食物，讓我們不虞匱乏。但我們是海中最聰明的種族，我們發現海中有許多東西都比螢光蝦美味，於是不斷繁衍、任意取食、遷徙、擴建城市，毫無節制，幾乎把附近的水族趕盡殺絕，終於觸怒了卡邦。

卡邦決意懲罰我們。一天夜裡，大洋兩側的海底火山爆發，海中揚起的塵埃淹沒了城市，我們的祖先因此浮上水面。但這時托斯托斯魚群游過，牠們的魚鱗非常閃亮，幾乎把祖先們的眼睛都弄瞎了，瞎了的祖先們不知道該往哪裡去。族裡只有少數人沒有瞎，他們負責照顧瞎了的族人。其中勇士沙里尼尼叉到一隻托斯托斯給族裡的老人食用，卻發現牠每一片魚鱗都有非常清楚的卡邦的印記。這時族人才想起，一定是族人觸怒卡邦了，祂才用這種方法懲罰我們，現在只有請求祂的原諒，事情才有轉機。勇士沙里尼尼決意獨自游去雨和霧盡頭的海之門，穿過門那頭據說有一座「真正的島」，是卡邦的居所。沙里尼尼想到那裡向祂祈求，希望獲得寬恕，重新賜予族人生存之地。

沙里尼尼游了幾千個太陽一生一死的時間。他的皮膚脫落，聽力喪失，背鰭破損，彩虹卻永遠在遠方。一切盡知的卡邦終於被沙里尼尼感動，於是決定再給族人一次機會，祂說：「我可以允諾你們一個島，但你們的族人人數不得超過島上的樹。而你們將失去在水中長期生活的能力，失去廣大無邊自由的海，你們將體會被海所囚禁的孤獨、飽嚐溺死的恐懼。海將從盟友變成殺戮者，供給者變成仇敵，但你們仍得仰賴它，信任它，崇拜它。我的子民啊，我的歌聲仍將變成雨水，凝視化為閃電，而意念亦如海水無處不在，我講過的每一個話語都將變成海裡所有的生靈，監看你們、諭示你們。」

於是，我們的祖先從海底搬到海上，住進瓦憂瓦憂島，而這段話，便成為我們海祭最重要的禱詞。

不知又過了多少年歲，一天，一隻巨大的鳥飛到島上，用嘴喙梳理自己的羽毛，掉下了七隻小鳥。這七隻小鳥各自帶領一個家族，教導我們祖先在陸上謀生的新技能。鳥離開的時候，各留下了一顆眼珠，要七個家族分別看守。在一個雷電交加的日子裡，七顆眼珠同時裂開，兩顆各孵出一隻手，兩顆各孵出一條腿，一顆孵出頭，一顆孵出軀幹、一顆孵出生殖器……七顆眼珠拼湊成一個黝黑、高大，面色憂愁的男子，男子自稱掌海師。

掌海師天資很高，眼睛像魚一樣在睡覺時也不會闔上，他在潛水時記下了海底的山脈與谷地的脈絡，巨大海藻森林的分布，並熟知每一顆瓦憂瓦憂島附近可以在潛水時吸到岩縫空氣的石頭。他甚至能測知海的心情愉快或是悲傷，興奮抑或憂愁，預言降雨跟海流。他每天繞島步行三周，宣稱要仔細聽到每隻海鳥、每道海風、每枚貝殼帶來的訊息。他曾說，每隻擱淺的鯨都會留下可貴的遺言，那事關島的命運與未來。他知道每一片海與海岸都有它獨特的氣味、影子和光，他的知識來自遷徙的水族，所以無遠弗屆；咒語像每根羽毛一樣獨一無二，無從模仿。由於海浪帶來的訊息細密微弱，因此掌海師常常站在海邊，像樹一般枯立，不喝水不進食也不微笑，被陽光曬成黃色的頭髮閃閃發亮。

但從那時開始，掌海師就不是世襲的，而是教導的。掌海師與掌地師的孩子不能稱他們的父親為父親，因為掌海師是島的掌海師，不再是一個家族的，幾個孩子的父親。掌海師與掌地師可以選擇島上任何一個孩子，教導他自己所有的本領。因為孩子不一定會長大的緣故，所以他們也不會只選一個孩子來教導。我的父親就是掌海師，為了成為掌海師要接受掌海師一切的訓練，我和孿生哥哥和島上另外五個孩子一起接受掌海師的訓練，學習關於海的一切。

我的父親自幼就少了一條腿，但他天性聰穎，在許多族人不看好的情況下，仍獲得上一代掌海師的青睞。他自知殘疾，所以加倍努力練習泳技，直到另一條腿長滿藤壺。他用一根鯨魚骨當作拐杖，即便只用一條腿，他的泳技在島上無人可比，彷彿那條腿就是他的尾鰭。

據說每一代的掌海師，接任後同時都從前一代掌海師身上接受了一幅海圖，那幅海圖直接藏在背上的皮膚之下，是智慧所累積，卡邦所示現。它會隨著時間的更移變化，顯示出每時每刻瓦憂瓦憂島附近的海象。不過，島和掌海師都得在承受極大的痛苦的時候，海圖才會浮現。當瓦憂瓦憂島無法撈到漁獲，面臨饑荒時，掌海師就會獨自到無人之處，思考一種受苦的方式，當靈魂接近死亡的時候，那張海圖就會浮現，漁夫們就能根據海圖捕到魚。

每年洄游魚群來臨之時，掌海師會帶領七個部落的代表漁船在海上進行海祭。掌海師面朝下漂浮在海上一日一夜，跟海底的水族溝通，並且感謝牠們犧牲自己養活瓦憂瓦憂人。而各部落代表的瓦憂瓦憂漁夫則輪流撒網，卻不得網住任何一尾水族，以代表不濫捕的誓約。

掌海師理解海的一切事務，不過多數時間他講話顛三倒四，像海浪一樣，常讓人無從捉摸。族裡的老人說，最早的掌海師模仿海鳥的聲音創造了瓦憂瓦憂語，他能形容上千種海浪，從細褶多紋到斷斷續續，像鯨油一樣滑膩還是綴著星光的泡沫，是風所吹致的長浪還是魚群游過的臨時暗流，是從淺灘誕生還是來自深海火山。海浪的形狀繁如水族，海鳥的聲音則高於常人的頻率，因此對一般人而言困難非常。使這樣的語言能夠被理解的則是掌地師，他是語言的獵人、舵手、馴服者。

小的時候父親告訴我，很久很久以前，掌地師就是掌海師。直到有一天，某任的掌海師生了一對雙生子，兩個嬰兒同時從母親的產道鑽出來，沒有先後。一個雙眼墨藍，一個雙眼深褐。他們同樣聰明、機警，卻有不同的天賦。掌海師知道光理解海的訊息並不足夠讓瓦憂瓦憂人好好生活，所以卡邦賜給了他兩個孩子，沒有一個是次子。藍眼珠的那個繼承了父親的不羈與海的知識，褐眼珠的那個則宣稱掌握了把海變成陸地的法則，他找到一種異常堅固的透明瓶子（後來我擱淺的那個島上，到處都是這種瓶子），共有三個，他在瓶子裡裝滿了處女的陰毛、豬的腸子、島上最肥沃的一塊土壤。他帶著瓶子到海邊，獨自繞島走了九十九次，在那段時間裡，星辰全然不動，海上沒有暴風，植物卻在島上得以憤怒生長。掌地師宣稱，島已經夠大，物種已然繁衍，瓦憂瓦憂人不該再貪圖什麼。他把瓶子摔碎成像魚的眼睛一樣一顆一顆的珠子，同時訂下一條律法。由於島可以生養的地方有限，一個家庭只能擁有一個男丁，次子必須在滿一百八十次月圓的年紀時，單獨乘泰拉瓦卡出海，永不回頭，即使是掌海師與掌地師的子嗣也一樣。

除了語言的天賦，掌地師很會畫圖，他畫出的圖都彷彿是真的發生過的事。或者是，真的發生過的事被他畫下來以後，靜止不動了。掌地師也擅長蓋房子，他教瓦憂瓦憂人運用草、魚皮和泥土，並且用魚膠黏著。魚膠是用魚眼珠、魚皮、魚骨、魚鱗，熬煮到變成樹液那樣的顏色。可能是其中有魚眼珠的關係，黏著的部位無論是反射日光或者月光都會閃閃發亮，彷彿有靈魂藏在其中。瓦憂瓦憂的房子，只有極少數地方才用木材，因為木材太珍貴了。掌地師常常提醒我們，島並不大，珍貴的樹往往長得很慢，因此它們比人更有智慧，不應貿然砍除來做只有自己可以使用的東西。

掌地師最常使用的一個詞就是「葛思」，這個詞在瓦憂瓦憂語裡有很多種意思，不過主要用來形容不懂的東西。他常說，葛思葛思，葛思葛思，掌地師說世界上到處都是葛思，即使對掌海師與掌地師也是一樣。

離開瓦憂瓦憂島的那天，掌地師與掌海師——我的父親、先知、智者，共同來主持我的離島禮。因為我是次子，瓦憂瓦憂的次子代表冒險、無法長大、神的祭品。

意外地，我擱淺在葛思葛思島上。葛思葛思是我替那個島取的名字，意思就是有很多不可理解東西的島。我在葛思葛思島上看到了無限的葛思葛思，甚至目睹過一個島的生成：起先是海上冒著黑煙，接著聞到刺鼻的硫磺味，岩漿持續噴發數十個日月交替的時光，海水滾燙、嘶嘶作響，火山灰四處飛揚，然後閃電從雲朵間打下，一座新島遂浮在波浪之上。

以卡邦之名發誓，我真的目睹過一座島的誕生。

不知道過了多久，葛思葛思島一直漂流，直到接近你們的島，我發現有人登上了葛思葛思島，趕緊潛入水中，結果被海帶到你們的島。並且幸運地遇到妳，我的恩人。

在漂流的那段日子裡，我一直問卡邦為什麼我是次子，而我的哥哥是長子？為什麼一對孿生子因為降生在這世界上所差距的那短暫時間，命運截然不同？當母親懷我們的時候，不就已經意味著「我們一起在這世界上」？哪裡有什麼長子跟次子的分別呢？我知道，這問題沒有答案，就像瓦憂瓦憂話所說的，沒有人知道沒有上鉤的魚之前是在海的何處。我就是次子，已然隨著葛思葛思島漂流至此，這是沒辦法改變的事。

18 阿莉思的島的故事

少年和我以前遇過的人完全不同，他像是從書上走下來的，或者是從另一個世界走到這一個世界來，有一種既古老又新鮮的氣味。因為腳傷還沒有完全好，他的活動能力有限，多數時候他總是保持沉默，只是坐到大石上遠遠地看著遠方只露出一角的海。有的時候則完全忽視我的存在，陷入一種嘆息、呻吟、咯咯歡笑的奇異狀態。語言是一堵牆，我沒辦法很快瞭解他講的所有東西，反而多半是藉手勢和表情的幫助，才能知道對方在說什麼。我想這樣溝通都是很粗淺的，和一個跟自己語言截然不同的人，透過音調、神情和手勢表達意思，實在有限。我突然有一種比彼此沉默更孤獨的感覺。

瓦憂瓦憂，那是少年說他來自的一個島。我很肯定他也跟我講到了為什麼他會離開自己的島，隨著垃圾渦流來到這裡的經歷，他好像以為垃圾渦流是一個島，像瓦憂瓦憂一樣，他叫它「葛思葛思島」。不過我聽不懂，他解釋的「葛思葛思」，在瓦憂瓦憂語裡頭的意思是什麼？

我無法辨識他的語言，那些情節，故事裡最關鍵的地方，雖然我試著盡力專注地聽他講話，但還是時時得跳過一道又一道巨大的山溝。

但一開始我就聽得懂他說，「我叫阿特烈。」

那天我回到讓阿特烈等我的地方時，卻沒有看見任何人。就在我幾乎要放棄尋找時，阿特烈突然從一棵樹後面走出來，彷彿他是樹的一部分。我被他嚇了一大跳，看來他是在確認我對他沒有傷害性，有沒有帶更多人回來，才願意出現。我幾乎忘了他其實帶著嚴重的腳傷，即便如此，他似乎有一種隱身於野地的能力。

他忍耐痛苦的能力也非常驚人，我年輕的時候受過護理的訓練，不用看也知道腳踝部分的骨骼可能移位了，可能有些地方還斷了。但回來的時候發現移位的部分已經被調整過了，應該是他自己忍痛把脫臼的骨骼拉回去的。我原本要扶著他到達赫的獵寮，但他堅持自己一步一步地跳過去，他就像是受傷的野獸，仍對周遭保持著戒心。我用簡單的工具固定了他受傷的腿，然後給他一些維他命補充體力，一些消炎藥預防感染。

達赫的獵寮離我和傑克森買下來的一塊小小耕地非常接近，以前假日的時候，我們有時會到這裡種種菜，晚餐則和傑克森在獵寮裡吃。安頓好阿特烈以後，我又跑了一趟海邊，看看房子的情形。

海變成一個新的海，雖然遠看過去仍然是藍色，甚至因為垃圾的關係變得多彩，不過每天和海一起相處的我感受得到海的情緒，此刻的海就像是用憂鬱和痛苦打造出來的一樣。

我在市區吃飯時看到M在報上的投書，他認為這次的事件是一種「償還」，其中幾句話是這樣寫的：「媒體報導這件事彷彿讓這個島嶼成為受害者，島嶼變成一個人的代稱，完全不提其實垃圾渦流的形成我們也有份，而且以島的大小來看，恐怕還真是滿大的一份。過去我們迴避了發展必然付出的成本，而讓其他貧窮的地域代我們承受，而今海終於把利息的賬單送了過來。」

我到賣場去走了一圈，買了一些乾糧和另一個可以收到車子裡的帳篷，一不小心天色已經暗了，我急急地走進山徑，雖然有手電筒，但腳還是常常踩空。心裡正焦急的時候，突然一個影子從旁邊的樹間閃了出來，我心跳了一下，隨即發現他走路的樣子一跛一跛的，是阿特烈。阿特烈轉身往前走，始終讓我看得到他的背影，這個少年在帶我路。

有天我正在桌上寫稿，腿傷漸漸痊癒的阿特烈從地上撿了一顆石頭，若無其事地坐在門口。突然間他全身的肌肉緊張起來，奮力一擲，讓人以為他把自己身上的某種物事都擲了出去。他擊中一隻綠鳩。我花了一段時間，跟他說我們不需要殺鳥，我還有錢，足夠買食物，他似乎不是非常明白。夜裡他常常警覺地注意山上的各種聲音，就像一隻等待獵食的獸。

有時候他會看著遠方，像是專心在聽遙遠星辰的聲音。有時候他會擺出一個奇怪的姿態，右手掌朝天，左腳微微曲起。我問他在做什麼他也不回應，彷彿自己成了一株植物。

最令我驚訝的是，阿特烈似乎能模仿所有鳥類的叫聲，即使是他沒看過、聽過的鳥出現在獵寮附近，只要那隻鳥叫個七、八聲，阿特烈就能模仿得極像，把鳥都愚弄了。有一次他坐在路旁不過聽了一分鐘冠羽畫眉的叫聲，拉開嗓子，就像他全身都是人類，只有嗓子是冠羽畫眉似的，連雌鳥都像是愛上他，而飛了下來。

對一群人而言是能溝通心意的語言，在另一群人耳裡聽起來就像是角鴞或山羌的叫聲，或許我們傾力學習鳥鳴，就像我們學習法語或俄語一樣，比方說每天上兩堂鳥鳴課，持續下去，我們終究得以和鳥溝通？想到這點，我學瓦憂瓦憂語的信念變得更強了。

然而要理解另一種語言是一條漫長的道路。有一回我問他瓦憂瓦憂島在哪裡？阿特烈似乎無法理解，他張開一個手掌加上另一個手掌的小指和無名指，好像在暗示某個數字。我突然想到，把筆和畫紙拿給阿特烈，要他把瓦憂瓦憂島畫出來，他神情專注地獨自畫了起來。原本我只期待他畫出一個簡略的圖，不料阿特烈卻異常投入。

他有時用指頭，有時用牙齒，有時用眼淚畫圖，畫完一張後又跟我再要了一張紙，看來是準備一張一張地拼下去。我看了第一張，那是一個老人，像水母漂一樣浮在海上，旁邊有一艘一艘的小船。我看不懂那是什麼意思，但決定明天到市區買一本畫冊給他，這樣他就不用畫在身體上了。而我將有一本瓦憂瓦憂的故事集。

也許是因為我認為他無法完全理解我講的話的關係，許多時候，我反而願意對他說話，就像對一扇敞開的窗戶說話。

這裡也是一個島，叫做臺灣，很久很久以前，也有人叫它福爾摩沙。你看，這就是臺灣的空照圖，你沒看過照片吧，啊，對了，說不定葛思葛思島上很多照片，照片浸了海水褪了色，都分不清什麼是什麼了吧？空照圖的意思就是像鳥從雲的上頭，看到臺灣的樣子。你看島的這邊面對海，這邊面對海，這邊也面對海，這邊還是面對海，四邊都面對海，所以叫島。因此，認真說起來，人類無論轉向哪一個方向，永遠都面向海。

我的科學知識不太好，不過以前上學的時候讀過地理，根據地理學家的看法，島是六百萬年前到兩百萬年前才接近今天這個樣子的，你能瞭解兩百萬這個數字嗎？很久很久以前，嗯，很久很久以前。地理學家是什麼？這樣說不知道會不會冒犯，不過我覺得，他們有點像是你說過的，瓦憂瓦憂島的掌地師。

認真說起來，像我這樣的人類算是很後來才住到這個島上的。以前有很多人喜歡打這樣的比喻，如果以時鐘走過二十四小時來看，人類的出現不過是即將接近午夜的前幾秒。我們現在把那些最早居住在這個島上的人稱作原住民，我的好朋友達赫和哈凡就是臺灣的原住民，雖然他們不同族，但他們來到這個島的時間，比我們早一點。

你上岸的這個地方在這裡。

我十幾年前搬到這裡，到這邊的大學教書，我們學校就在離這裡不遠的地方。你看到那幢倒掉、被海沒收的房子嗎？以前我跟我先生、孩子住在那裡。但是我本來不住東部的，我本來住在島的北邊，一個叫臺北的地方。更早以前，我的父母都是住在島的西邊。我父親曾去日本當過少年工，他老家住在一個叫做龜山的地方，母親的娘家在一個叫芳苑的地方，她一輩子相信媽祖。父親因為跟家族鬧翻，沒有繼承到土地，所以一個人上來臺北獨自謀生，母親在家裡的蚵田再也沒辦法養活家裡以後，到遠一點的工業園區打了一陣子工，又因為公司裁員，最後才到臺北。至於他們兩個怎麼認識的，坦白說我也不知道。聽我媽說，年輕時候他們搬了不少次家，簡直可以說到處流浪。哪裡可以養活自己，就搬到那裡去。

我父親跟母親都不在了，我不想談他們怎麼離開的，我也不想談我的哥哥，那會讓我不開心。你知道不在的意思嗎？瓦憂瓦憂人是怎麼稱呼死去的人的？死掉、沒了、去世、不在人間？什麼？伊娃苦寂？

（我開始吹起托托的吹氣地球儀，這東西做得很巧妙，只要吹氣到一定的程度就能變成比例接近的地球儀，而且上頭的字與顏色會在黑夜發出螢光。我努力地把原本乾癟的地球吹鼓，地球逐漸膨脹成形。）

你看這個球，這就叫地球，我們住的星球，不，不是我的，是你跟我的，你看，我們住的地方就像天上的星星一樣，只是我們住的這個星星叫做地球。這個球是我們所生活的這個地球的模型，我買給我兒子的，晚上會發亮呢，因為上面塗了一層夜光的塗劑。這個世界上有的東西會發光有的不會，有的像月亮有的像太陽。你們怎麼叫那個？那露沙？太陽呢？另外一個，白天出現的那個？伊瓜沙？

我們住的地方只是一個小小的島。有時候我覺得，島的大小不是自己決定的，兩百年前剛到這個島的人從這裡走到這裡（我用手沿著中央山脈指向東海岸），可是要好幾個月，賭上性命的，也許，某種程度上，就像你漂流到這裡來一樣。事實上，不少人真的就是搭著船漂流到這裡的。我常常想，如果一個小鎮一個小鎮慢慢走，一個部落一個部落慢慢走，這個島就會變得很大。談戀愛時，我跟我當時的男友傑克森說過這樣的話：這個島會變成今天這個樣子，說不定是因為島上的人都想很快到島的每一個地方去的緣故。

你漂流到這個島的那天，正好遇上了地震，而且出現了少見的大浪。你們島上有地震嗎？地震？有吧？一定有的。地震在這裡是常有的事，很快還會有颱風來喔，現在要傷腦筋了，颱風一來的話，帶你來的那個垃圾渦流，恐怕會包圍整個島。

我猜你頂多十幾歲吧？我也有個孩子，如果現在還在的話，也十歲了。不過最早的時候我本來一點都不想生孩子的，因為不曉得孩子要面對什麼樣的未來，我不想讓他去接受一個，已經被我們搞得亂七八糟的島。不過最後還是有了個孩子。

我們的島最近變得很會下雨，在沒有颱風的狀態下，有些地方也會突然下起一天幾百公釐的雨，夏天變得很熱而且很長，而且一天裡好像多半會下一陣雨。我的朋友M有一次跟我說，他的一些鳥友發現有的候鳥會認不出海岸線，變化太快了，牠們降落的時候都猶豫不決。雖然很抱歉，但這就是我們的島。

我還帶了這個給你看，這叫數位相框，放出來的這個叫做照片，裡頭的照片都代表了以前的畫面，很有趣吧，哈，對你來說。這是我父母，這是他們最後落腳的地方，叫中華商場。小時候因為家境不好，我父母都拚命賺錢讓我和哥哥念書，他們認為念了書就有出息。我爸在這個商場裡的一家電氣行當學徒，常常跟著老闆到處跑幫別人修冷氣，這段時間我媽就到市場賣雞蛋糕。我爸的老闆讓了三樓的一間房間給我爸媽和我們住，大概就跟這個獵寮一樣大小吧。我媽要我們留在家裡念書，只有假日的時候才讓我和哥哥去幫忙顧雞蛋糕的攤子，我跟哥哥都很喜歡烤雞蛋糕，一邊烤熱了翻到另外一邊。很香很香，下次我買給你吃。

你看，這就是我家，我們只有一張床，爸爸媽媽和我們都睡在同一張床上，小時候我常常幻想有一天能離開那個家。

這就是傑克森，我的先生，這是我孩子，叫托托，這個時候，他還是嬰兒。

你們的島有山嗎？我們現在在的地方就叫做山，照片裡頭那個高高尖尖的地方，就叫做山。

這張地圖是「實境觸感」的喔，你摸摸看這裡，有沒有感覺突突的，毛絨絨的，濕濕的，有的地方還有硬硬的感覺？以前的地圖畫個尖尖的東西就說是山了，你摸到了，這種感覺才叫山。臺灣這個島雖然小，但這些山可是不得了。我的丈夫跟兒子都很喜歡爬山。有一天他們父子去爬山了，再也沒有回來。

前陣子，我的一個好朋友達赫找到了我的丈夫傑克森的屍體，但我的兒子完完全全地失蹤了，像被風吹到森林裡的一片葉子，再也沒有出現。他們本來想去山裡一段時間而已，沒想到被山留住了。我有時候會這樣想。

這段時間，我一個人住在那間房子裡，最早叫它海邊住宅，後來海上升了，別人叫它海上房屋，現在我叫它阿莉思的島。

說真的，失去兒子比我失去母親時要難過許多。你母親一定也很傷心吧，我兒子如果還在的話，幾年後說不定就像你這麼高了。說起來，我也是次子，如果你不介意把女人也視為一個人的話。

啊，好久沒有這種沒有雲的天空了，今晚的那露沙真亮真美，瓦憂瓦憂島的人也看得見同一個那露沙，你在葛思葛思島上看到的也是這個那露沙，你知道嗎？阿特烈。

有時候說著說著，我會以為他能完全聽得懂我的話。不是語言意義上的懂，而是其他的什麼。

有天清晨他看見我，對我說：「Ohiyo，早安。」（這是我教他的）我則對他說：「i-Wagoodoma-siliyamala。」（今天海上很晴朗）我們漸漸習慣使用對方的語言，或者是雜揉兩種語言。

我發現嘗試跟阿特烈講話以後，他似乎很常重複問候的話語，他會不斷問說，「i-Wagoodoma-silisaluga？」（這是問候語的問句，意思可能是問「今天海上天氣好嗎？」）另一個人就得回答，「i-Wagoodoma-siliyamala。」（今天海上很晴朗）。一開始的時候我很感狐疑，因為又不出海，問海上天氣好不好有什麼意義？但他還是回答：「很晴朗。」有的時候，其實天氣一點都不晴朗，正下著雨，遠遠地、浪冷漠地看著島嶼。但阿特烈總是微笑著回答：「很晴朗。」

可能是我給了他屬於自己的紙跟筆，阿特烈顯得非常高興。那天他一連問了我五次「今天海上天氣好嗎？」我都很有耐心地回答他。不料不到三分鐘，阿特烈再問了第六次「今天海上天氣好嗎？」我只好再回答一次「很晴朗。」但不到五分鐘，阿特烈便再問一次。

我並沒有故意不回答他，而是我的思緒飄到另一個地方去了。沒有收到回應的阿特烈竟出現一種類似屈辱的神情，彷彿被好友拒絕，因此質疑我。

「妳，要回答，很晴朗。」

「我剛剛已經回答過了。」

「當別人問，今天海上天氣好嗎？妳聽到了，妳聽到，都要回答很晴朗。」

「即使下這麼大的雨也要這樣回答嗎？」

「是。」

「即使不想回答也要這樣回答嗎？」

「是。」

我們兩個人都看著遠方的海，雨像是從那裡慢慢慢慢地被帶了過來，偶爾海上出現一波又一波的長浪。經過了十道浪的沉默，阿特烈又問了一次，今天海上天氣好嗎？

「很好。」我回答，並且第一次想到可以回問：「今天你的海上天氣好嗎？」

「很好，非常晴朗。」阿特烈如是回答。

不知道為什麼，我們兩個人的眼淚一起流下來。

〈兩人都有著各自的眼淚〉，王樂惟

19 達赫的島的故事

開始「分類」這些「垃圾」時我驚訝極了，有的時候會撿到一些破碎的，稀奇古怪的東西：像是摩托車車殼、嬰兒推車、保險套、針筒、胸罩、絲襪……，我常會想，原先用這些東西的是什麼樣的人呢？而他們又是在什麼樣的情況丟掉這些東西的呢？我記得當兵的時候，有一次同僚打賭如果對方敢穿胸罩上刺槍術，就請全連喝飲料，我真的穿了，全連都笑翻了。晚上跟朋友溜出來買宵夜的時候，我把那個粉紅色，有蕾絲邊的胸罩揉一揉丟到海裡。有時我胡思亂想，會不會，它又隨著這堆垃圾漂回來了呢？

我發現不少人被新聞報導誤導，以為只有塑膠製品不會腐爛，這幾天我觀察，其實不少標榜可自行分解的產品耐力也相當驚人。而且還有不少東西是被包在塑膠袋，或保麗龍裡頭的，所以格外完整。我撿到的被分類為「完整有價物品」的東西就包括戒指、眼鏡、手錶、手機……，聽說甚至有人撿到「金子」！這是為什麼最近海灘上多了那麼多外地人的原因，他們以為能從這些東西裡找到什麼寶物。不過我更擔心的是，有些原本靠沿海耕種和捕魚的部落居民，這段時間也只好依靠撿海上垃圾維生了。職業不是那麼容易擺脫得掉的東西，一旦習慣了某種生活的方式以後，就很難逃出去了。這是小米告訴我的。

我跟小米在一起的時候，也曾經帶過她來這個海灘散步，有一次她一邊的耳環掉了，我們在海灘上找了又找，結果沒找到，還連另一邊也掉了。我吻了她沒戴耳環的耳朵，她瞇起眼睛，像快要睡著的貓一樣。那耳環還在沙灘的某個地方嗎？我這樣想。

有的時候我們也會撿到一些被困在垃圾堆裡的動物，有些魚好像在塑膠袋裡生活很久了，還曾經發現過幾乎完整的鯨魚骨骸。最常撿到的就是死海龜了。有一般蠵龜、綠蠵龜、革龜……，海龜的肉通常都已經被吃掉了，只剩下一個空殼。收到通知前來的海洋動物專家在海灘上就地量這些海龜的殼，牠們短時間內不會腐爛的外殼，到頭來成為曾經活著的證據。

說起來這些垃圾好像是帶著某些故事漂流在海上的，因為每一樣被拋棄的東西都有故事。

這個星期以來，海灘上聚集了各種專家，有洋流學家、潮間帶生物學家、塑化物學家……。今天還有一組從德國來的垃圾專家，據說是專程來「研究」我們分類好的垃圾。因此這些刻意被留下來的樣本要把尋得地點、重量都標示得清清楚楚，用標籤貼上去。聽說那位垃圾專家曾寫過一本書，從德國魯爾工業區的一處掩埋場來討論德國的文化史，所以他也建議，應該要把這些垃圾以「功能性」來區分，而不是以回收價值來區分，因為這些垃圾恐怕是未來世界文化史的重要材料。

不過我們的官員好像核准了垃圾專家可以取走定量的樣本，但拒絕做過細的分類，因為不趕快搞定選舉就快到了。有的長官私下跟我們講說，只要分成尚可回收有價的，跟毫無價值，可焚燒或不可焚燒的就行了。分好了趕快丟。「垃圾就是垃圾，分類了還不一樣是垃圾？研究這東西有什麼用？」他們這樣說。

雖然目前看起來「還我福爾摩沙」（政府宣傳全民一起投入「淨灘」的愚蠢口號）的工作如火如荼地進行，不過我聽過一些來現場的專家評估，海岸要一百年以上才能恢復舊貌。我是很懷疑是不是有「舊貌」這樣的東西，像第七隻Sisid，算不算這舊貌的一部分呢？

妳知道那個海洋作家L老師嗎？他常常到第七隻Sisid那裡附近，對吧？前幾天還帶了學生和義工開始採集死在海灘上的蝦、海膽、海參、陽燧足、寄居蟹、螃蟹這些生物。他說很多從來沒見過的種類，都因為這次的大浪和垃圾渦流的衝擊而上了岸。我問他日後海還會恢復舊觀嗎？他說沒有什麼舊觀可言了，一切都變了。

我說那跟我父親教我的不同，我父親以為世界上只有兩個東西是不會變的，一個是山，一個是海。

對布農人來說，沒有打獵技能的男人是不算男人的，泰雅族叫我們「影子」，就是因為我們打獵的技術很高明的緣故。但我父親常說，打獵一開始並不是學打獵，而是認識山。

他說，日本人為了怕布農人團結起來抗日，所以把布農人遷過來遷過去，甚至改變了我們的農耕方式，讓布農人開始種植水稻，就是不讓我們懂山。習慣了種水稻的生活以後，獵人的地位就變得低落了，布農人就越來越不懂山了。山不會保護不懂山的人。

我的父親說，布農小孩很小的時候就開始被教導各種山的知識，直到可以參與打獵那年的射耳祭，就很像是一個獵人的資格考試。

我永遠記得第一次可以參與打獵那年的射耳祭，在祭場的中間，長輩把六個野獸的耳朵分成三排做成靶，最上頭兩個是鹿的耳朵，中間是兩個獐的耳朵，最下面放的是山羊、山豬耳，各一個，山羊的耳朵毛毛的，小小的，非常可愛。射的時候，其實讓我們站得離耳朵很近，對已經受過弓箭訓練的布農小孩來說幾乎是不可能射不中的。我父親是部落裡的神射手，箭也準槍也準。從小我拿弓箭的時候，就常被說很有我父親的架勢。老人輪流把小孩抱到靶的前面，「鬥」一聲箭就穿過鹿耳，老人把我哥哥抱到靶的前面，「鬥」一聲箭就穿過鹿耳。輪到我的時候，我信心滿滿地拉起弓，瞄準鹿耳朵，但放箭的那一剎那不知道怎麼回事弓垂了下來，竟然「鬥」一聲射中了山羊耳。

山羊的耳朵毛毛的，小小的很可愛。我射中它了。

大家都嚇呆了，我的父親臉色也變了。為什麼呢？因為射耳祭只能射鹿耳與獐耳，如果射錯射成山豬耳，那麼以後見到山豬會害怕。如果射錯成山羊耳，那個小孩以後會像山羊一樣老是走到懸崖峭壁的路上。

我射中了山羊耳朵。好長一段時間父親都不跟我說話。我那個時候以為他在生我的氣，後來我才知道他是為我擔心。

我父親是獵隊的Lavian（領頭者），獵場很大，邊緣堆有用Badan，就是那個蘆葦草做的標記。我雖然是我父親的兒子，但是Lavian並不是兒子可以繼承的，要看年輕的獵人在打獵啦，合作啦，領導能力啦很多方面的表現，只有表現得最好的年輕獵人，以後才有機會當上Lavian。雖然射中山羊的耳朵，但是進到獵場以後，我還是一直都是表現最好的，不過我覺得父親總是非常非常憂慮，他覺得射中山羊耳朵的噩運還沒有應驗。

有一次，我們圍獵一隻很大的山豬，那隻山豬很有名，因為牠從我們的手上逃走很多次，殺過很多條獵狗。有一次牠甚至於吃了我父親好幾顆子彈，還是順利逃走了。我父親說牠是Hanito，射牠的時候不能看牠的眼睛，不然就會被迷住了。

那次圍獵的Lavian還是我父親，天還沒有完全亮的時候，獵人們圍在空地上，等待我父親灑酒唱歌。

「什麼東西到我的槍口前？」我父親唱。

「所有的鹿都到我的槍口前。」其他的獵人唱。

「什麼東西到我的槍口前？」我父親唱。

「所有的山豬都到我的槍口前。」其他的獵人唱。

我們的槍上都充滿了酒的香味。往獵場去的時候，我聽到父親對叔叔低聲說話，彷彿是說自己得到了夢兆，但是不知道為什麼，灑酒祭祀完就忘掉了。叔叔安慰他說忘了夢是常有的事，何況沒有夢或忘了夢是不用退出獵隊的。

我們那次進行的是Mabusau，Mabusau是一種打獵的方式。先由Lavian判斷山豬躲的地方，然後讓狗把牠趕出來，大家再分頭包圍起來。差不多天剛亮五點的時候，狗發現了山豬的味道，像發瘋了一樣一直叫一直叫，父親遠遠地看草動的樣子，就知道是很大的一隻山豬，而且很可能是那頭像惡靈一樣的山豬。他判斷山豬逃的方向後，把獵手們分配追獵的路徑都一條一條地點出來，我被分配到最靠左邊的一條路，因為我在山裡還是孩子，一切都還要學習。我一面跑著一面聽狗叫的聲音和草動的聲音，樹的味道和影子在我的旁邊咻咻飛過。然後我突然間被什麼絆倒因此滾了幾個圈。我趕緊撿起獵槍、按著獵刀繼續往前跑。

不知道為什麼我起身的時候什麼聲音都聽不見了，森林變得安安靜靜，就好像這個世界上從來沒有聲音一樣。我停下來仔細看風的方向和遠方草動的方向，突然一條影子從我的前面掠過，快得就像風一樣。我吸了一口氣追了上去，幾乎把我的心臟拿在手上那樣的速度追了上去，不知道追了多久，那條影子突然停住，然後朝我這邊大喝一聲。

我被這個突如其來的聲音嚇得定住身子，那就很像是你以為是沒有聲音的影帶，突然在某個地方聲音被開到最大一樣。我的前面站了一個男子。他看著我，風把他的頭髮吹得像藤蔓一樣飛起來。

男子突然開口說話……我不知道那是不是應該算是開口說話，因為他的嘴巴根本沒有動，但是我卻聽得清清楚楚：

「孩子，你追不上任何一頭山豬的，你注定沒辦法成為一個好獵人。」

「那我能做什麼？」

「你能做什麼？」他反問我。我發現他的眼睛跟我們的眼睛不太一樣，有點不太像是一顆眼睛，而是由無數的眼睛組合起來的複眼，像是雲、山、河流、雲雀和山羌的眼睛，組合而成的眼睛。我定神一看，每一顆眼睛裡彷彿都各有一個風景，而那些風景，組合成我從未見過的一幅更巨大的風景。

「你能做什麼？」

這時候吹來一陣風，聲音被風帶回來了。我發現自己跟山羊一樣，斜斜地立在懸崖邊，好像站在一個島上：遠方的天空是穗花山奈的顏色，底下是深綠色的樹和溪流。

後來我才知道，整個獵隊都在找我，因為我的父親出事了。我叔叔的槍走火，竟然打中我父親的右眼，他的眼珠子破掉了，頭裂了一個大洞。父親沒有馬上死去，第三天的時候他竟然能伸手拔掉呼吸管，說要跟我和哥哥說話，我們走到他的床前，他問我：「那天你去哪裡？」

「我不知道。」

「他在懸崖邊被找到，昏昏沉沉地站在那邊。」我哥哥說。

父親指著我哥，「你，要學著當一個布農的獵人。」然後又指著我，「你，不能當獵人了，因為你射中了山羊的耳朵。」

「那我要做什麼呢？」我問。

「做一個懂山的人。」父親的聲音變得很遠很遠，他被打中的右眼血水緩緩地再次滲過紗布，流淌出來，意識開始不清楚。我哥按了病床前面的鈴，護士趕緊去請醫生進來。我父親只又迷迷糊糊地活了七天就走了。

我沒有跟他說我遇到了一個眼睛很特別的男人，我想不用說了。我父親的眼睛，永遠地闔上了。

後來我每次參加打獵，每次都被發現昏昏沉沉地站在懸崖邊緣的地方，所以大家漸漸不找我打獵了。還好我書念得還不錯，最後竟然可以跑到西部去念大學。對了，你看過這頂帽子嗎？我很喜歡這頂帽子，這上頭的羽毛，是竹雞的羽毛。我的父親在幫我取名的時候，抓了一隻竹雞，餵我吃了肉，把牠的毛留給我紀念。這可能是我最珍貴的東西。

小米離開以後，我偶爾會回到部落，跟著阿怒經營森林教堂，也許，我會慢慢越來越懂山吧。我現在只覺得，我們得先留下像這樣的山。沒有被挖得坑坑疤疤的路，沒有隧道，有山羊和鹿和山豬跑來跑去的山。

這幾天天氣真的很熱，我昨天從濱海路往山上看，好像很多樹都被焚風燒焦了。「海不健康了，山也不會健康的。」小時候我的父親，帶我到海邊游泳的時候，一邊捏著我的小雞雞一邊這樣跟我說。

20 哈凡的島的故事

我會開第七隻Sisid，是因為自己想要一個四面都有窗的房子。因為我很怕沒有窗的房子。

我們阿美人很重視房子，因為房子是給靈魂住的地方。不過我和伊娜漂流到城市那麼久，房子都是隨隨便便蓋的，所以賺了一些錢以後，我第一個念頭就是到海邊蓋一間屬於自己的房子。

我記得第七隻Sisid開始蓋的時候，阿莉思他們家也剛開始蓋房子，所以，海上房屋跟第七隻Sisid是一起出生的。他們的房子很特別喔，是我從來沒有看過的樣子，上面還有太陽能板，形式也是這邊從來沒見過的。雖然部落裡我一個親友也沒有，但蓋房子的時候大家還是來幫忙。你記得嗎？蓋好的時候還是辦了mitsumod喔，你也有來不是嗎？還幫我殺了阿榮他家養的豬。時間過得真快。

不好意思，如果我提起小米你會不會介意？嗯。我會提起她，是聽過你談過她以後，想起自己也曾經和她做過同樣的工作。小米的心情，說不定我可以多多少少瞭解一點。而且啊，說不定我在做那個工作的時候，她也在另一個小房間又一個小房間裡轉來轉去。你知道嗎？那個工作最讓人受不了的是，當你走到房間門口，敲門前根本不曉得門裡面是什麼樣的男人。即使是自己討厭，覺得噁心的客人也不能拒絕，敲了門，門打開了，就得在裡頭和一個陌生人待上一個小時。

我一個當時很要好的姊妹小奈告訴我說，盡量把自己當成真正的按摩師，不要覺得自己在做「黑」的。那些會來這裡的男人，一定有什麼地方會痛。我們幫客人按的時候，會問客人哪裡要加強，就是哪裡用力一點之類的，那些地方通常摸起來像……像是有什麼東西住在裡頭。小奈說，如果認真地按摩那個地方，一開始客人會說痛，但是慢慢慢慢他會放鬆，有的會睡著，有的話就變多了，會跟妳說出心事。這個時候，如果溫柔地回應，客人通常不會提出太過分的要求，因為性欲會被其他的什麼取代掉。

不過還是有各式各樣的麻煩客人，有的生了那種病，但是不想要碰他或被他碰，就會不太愉快，有的還真的會吵起來喔。有的按摩到一半，正好太太還是女朋友打電話來，就裝作沒聽到他說話的內容，但氣氛會變得怪怪的。有的客人時間到了，卻還沒有「出來」，竟然只付了一半的錢就要走。有的是到樓下付錢的時候，隨便把錢一扔就跑掉了跳上計程車，結果會計一數發現給的錢根本不夠，有的客人還會打電話到店裡騷擾。

在幫男人做那個的時候，我通常會把燈跟電視關起來，房間變得很黑。這個時候，我都想像自己是在一個小小的，黑暗的島上頭。

那時我常常想，如果賺夠了錢，一定要搬到一個很亮的地方住。

小奈常常說，絕對不可以愛上客人，說給我聽也說給她自己聽。但是有一次我幾乎就要。直到現在，我還記得他的背的樣子。他的肩膀很寬，頸部到臀部那邊的曲線長長的，很像我小學時認識的一個男生。他來的時候通常很累，身上的氣結很多，每次我都要費很大的力氣才推得開，這個時候他幾乎都不講話，但是可以感受到他的呼吸很沉重。我覺得他不是一個很快樂的人，雖然我幾乎沒有跟他說過話。

時間到了，我關了燈，跟他說：「先生可以翻到正面囉。」他就默默地翻過身來，我坐在床邊，背對著他，握著他的那裡，幫他解決。有的時候他會輕輕摸我的背，他的手掌很大。也許你不相信，女人的身體可以感受到手的感情。即使只是摸到對方的身體，或是被對方摸到身體，有時候會有一種對方好像在想什麼事情的感覺。不是很清楚地知道對方在想什麼事情，比較像是隱隱約約地，透過皮膚，傳過來的一種什麼，講也講不清楚的東西，但就是知道。對方愛妳不愛妳，有時候也知道，光是透過手就知道。

他大概兩個星期就會來一次，來的時候總是指名我，我漸漸記得他的味道跟身材的樣子。跟來這種地方大部分的男人不一樣，我的意思是……大部分來這邊的男人都是要發洩，要不然是阿兵哥，不然就是結了婚的中年男人，因為花了錢，不少人一進來就直接毛手毛腳。但他不會，不知道為什麼，他對我很有禮貌，除了我還是幫他「解決」這件事以外，他是真的把我當成一個按摩師。有好幾次，他並沒有真的射精，但鬧鐘一響，他就默默地拿熱毛巾擦自己的身體，說謝謝，然後離開。

大概連續來了半年的時間吧。說起來好笑，後來幾個月我竟然開始想像，自己剛剛才跟他去吃完晚餐，或者到海邊去散步，或者他下班回來，太累了就直接倒在床上，我默默走過去替他按摩。我會設想這樣的場景。有時候我甚至看著他白白長長的背想像，他突然翻過身來，用低沉的聲音若無其事地跟我說「妳今天真好看」之類的話。

當然沒有發生過，我幾乎連跟他正面講一句完整的話都沒有過，他只會說謝謝，然後戴上帽子，低著頭走掉。

有一次我跟著MTV臺放的音樂唱起歌來，按完以後他邊穿衣服邊問我是不是很喜歡唱歌，我說是。後來他每次來，都會帶CD送給我。都是英文歌，我沒聽過的，他說都是很有名的歌，說我聲音很好，可以學這些歌。因為是他送的，所以每一張現在我都會唱了，也都記得唱歌的人的名字。那些唱歌的人真的很厲害，每個人唱的時候，都好像有一套自己才會的魔術一樣。

就像小奈說的一樣，會來這裡的男人要不是別人的老公，就是別人的男朋友，別人的老爸，所以千萬千萬不可以有幻想，但小奈還是愛上了她後來的男朋友，也是她的客人。我開始天天期待，計算他可能會來的日子。我從來沒有問過他的名字、做什麼。白天的時候，我戴著耳機，把他送我的CD轉成檔案存在手機裡，一直聽到睡著。

那年十一月的時候，他就再也沒有出現了。他最後一次出現就是十月三十一日。我沒有他的手機號碼，也聯絡不上他，只記得他的背，還有他送我的CD。

每天待在被叫號時就進去那個黑黑的房間，幫陌生男人的身體按摩的時候，我常常在想隔壁不知道發生什麼事情。我連隔壁發生什麼事情都不知道。我最常用的那間房間，壁紙是海灘的照片，不是這裡的海，可能是希臘還是哪裡，我從來沒有去過的海。反正就是裝修公司，隨便貼上去的一張海的照片。不過只有開燈的時候才看得清楚，可是一旦開燈，就會發現壁紙很多地方都被濕氣侵蝕了，翻了一大片起來，一點都不像真的海。只有把燈調一點點亮的時候最像真的海。那個時候，雖然海那麼近，但是我很少去海邊，都是晚上工作，白天睡覺。

我永遠記得，伊娜帶我回東部時，在火車上看見海的表情，她摸摸我的頭，又敲敲玻璃窗，口齒不清地跟我解釋阿美族所認識的海。

她說部落的祖先原本是住在南方Arapanapanayan的天神，傳到第四代的時候，六兄妹裡最小的那個妹妹Tiyamacan被海神看上，但Tiyamacan不願嫁給海神，到處躲藏。海神生氣起來掀起洪水，硬要娶Tiyamacan。

Tiyamacan的伊娜Madapidap很想念她的女兒，變成海鳥在海邊每天呼喚，父親Keseng則爬到山上變成蛇木眺望著海。後來，大哥Tadi'Afo躲避洪水住到山裡面，變成另外一族的祖先，二哥Dadakiyolo跑到西邊變成西部原住民的祖先。第三個兒子Apotok跑到南方，變成為南方一些部落的祖先。四弟Lalakan和五妹Doci則坐在木臼中隨著洪水漂流到Fakong的Cilangasan，兩人為了延續後代，沒有辦法，只好結成夫婦。

一開始的時候，兄妹結婚後連續幾次生下了大蛇、烏龜、蜥蜴、山蛙，就是生不下小孩。兄妹，不，夫妻非常非常悲傷。有一天，太陽神來賜福他們，讓他們生下了三個正常的女孩和一個男孩。生下小孩以後，他們把孩子都冠上太陽的姓氏。我記不太得細節了，總而言之，其中一個小孩後來遷到我們的家鄉，變成我們的祖先。

伊娜說，人會跑來跑去，人總是跑來跑去，去找自己想要住、住得下去的地方。住在山這頭的，可能被山崩逼得住到山的另一頭去；如果住在平地的，可能會被另外一些人逼得住到山裡去，如果住在一個島上，有時候也可以跑到另外一個島去。我覺得伊娜說得很對。

那年年底的時候，我算一算自己已經存了一些錢，所以就去買了第七隻Sisid那一塊地，開始蓋房子，又過了一年，終於離開那個工作。

一開始開店的時候很辛苦，沒有人幫我，很多事都要自己摸索。而且我還發現一件有趣的事，開店以後，很多客人來過一次以後都沒有再來。你猜是為什麼？沒錯，他們以前也都是我的客人，他們可能不習慣在亮的地方看到我。

我有時候會想，他會不會某天也來第七隻Sisid，點一杯salama咖啡或什麼的，坐在燈塔那個位置，我卻不認得他，因為他不可能脫下上衣給我看啊。畢竟，就像我說的，我只記得他的背，我知道他背上的每一顆痣、瘜肉和皮膚的顏色。但我只認得他的背。

如果他來了，我會唱ＣＤ上面的歌給他聽，在他的背後，唱ＣＤ上面的歌給他聽。

第八章

薄達夫撫摸著既銳利又堅硬甚鐵的岩磐，不禁心跳不已。當他看到現場已被清理過，露出尾端的ＴＢＭ時，發現這座和他親密與共的大機器，就像被凝止在樹液中的奇特昆蟲一樣無助。剎那之間，有一種虧欠與傷感混雜的奇異感受湧入他的心靈。

21 通過山

薄達夫坐在飛機上看著這個島嶼，心裡想：「三十多年了。」

三十多年前他正是意氣風發的時候，參與了大型的全斷面隧道鑽掘機ＴＢＭ（Tunnel Boring Machine）的設計，改變了過去總是用鑽炸法來貫通隧道的工法。薄達夫以顧問的身分，短暫來這個島嶼，參與打通山脈的專家會議。當時薄達夫匆匆來去，並沒有認識太多的人，因此他這次前來只通知了一個當時合作的，算是有點交情的工程師李榮祥。他只想和莎拉做一次靜靜的旅行，雖然這趟旅行並非純粹的旅行，至少莎拉不是這麼想的。

莎拉是海洋生物學家，有很長的一段時間她的研究主題是挪威沿海的生物群落。她跟薄達夫正是在海上邂逅。那時正好有投資者提供了開發甲烷冰的計畫，策畫團隊中包括了薄達夫幾個相當優秀的學生，他們都是鑽探技術的專家，薄達夫因而受邀任職顧問。

當時探測船正在陸棚附近的海域活動，恰好莎拉帶領了反對捕鯨的人士正在對捕鯨船抗議，抱持著無關己事的心態，薄達夫在船上看著事態的發展，他是一個相信專業的人，因此他觀察眼前事件的態度，多多少少有點像個帶著傲慢神氣的評判者。

抗議者的船隻不大，長條形的標語在凜冽的寒風中颯颯吹動，「拒絕屠殺海中巨人」，莎拉的紅髮在那樣的標語前飄動，格外引人注目。不知是刻意還是怎地，不久後，一艘轉向的捕鯨船竟改變航道，因此邊緣微微擦撞了抗議船。雖然只是擦撞，但可能船的噸數差距太大，抗議船竟禁不起擦撞整個翻覆，抗議人士因此通通掉到海裡。由於距離不遠，薄達夫所在的探測船立即提供救援，所幸抗議者都穿上了救生衣，而且似乎都很懂得怎麼在這種情況求生，讓薄達夫一時之間認為抗議船是故意讓整艘船翻覆似的。當時薄達夫看到這個濕淋淋的紅髮姑娘被送上救護車時無意間望向他的眼神，瞬間只覺得自己「確鑿無疑」（研究報告上他最常用的字眼）地被什麼擊中了。

藉故探病和莎拉結識之後，他們最常約會的地點就是海邊。眼前是因為低溫而和其他海域截然不同的海，遠方的燈光如餘燼明滅。兩人從開採甲烷冰所造成的生態問題，談到捕鯨業以及沿海貝類生態的改變，除此之外，這個紅髮女子偶爾會跟他談詩，談她最喜歡的詩人，比方說濟慈，或者葉慈。

有一回，他們為挪威是否仍應持續捕鯨而有了爭執，莎拉說：「你沒有看過一頭小鬚鯨在你眼前流血死亡的情景，所以才會覺得無關緊要。」

「可是有不少捕鯨人是因為他們的祖先就是捕鯨人啊。」

「可是也有不少的捕鯨人他們祖先的職業不是捕鯨人。我的意思是，職業難道不能改變？傳統難道不能改變？」

「也許。」薄達夫說：「但是妳也反對開採甲烷冰？」

「沒錯。」

「可是開發甲烷冰礙不了誰。」

「礙不了『誰？』要看你關於『誰』的定義。甲烷冰跟石油不同，你也知道，目前科學家推測它是因為地理斷層深處的氣體遷移，還有沉澱、結晶這些作用，讓上升氣體流跟海深處的冰冷海水接觸形成的。所以通常出現在深層的沉澱物結構裡頭，當然有的會露出海床。也就是說，甲烷冰其實是海床的一部分。我們根本不太瞭解甲烷冰的開採會對極地造成多大的傷害，說不定可能改變脆弱的地形和局部的氣候，不是嗎？死的也許不是人類，但其他生物禁不起這麼劇烈的環境變動。」

「可是什麼都不開發，人類怎麼活下去？」

「為什麼不說，人太多了，其他生物怎麼活下去？如果人類的數量節制一點，就不用開採這麼多有的沒有的東西不是嗎？」

「我是認為，只要人能夠發展出可以維持更多人生活的各種方式，那就表示地球能養活這麼多人，像綠色革命。我們這一代的責任，就是把已經生養的人類養活。」

「但事實上現在的種種證據顯示不能，現在人的生活，如果像你我一樣過日子，得有三個地球，這是上個世紀就用生態足跡法算過的。而財富永遠不會流動到貧窮的那群人身上去，他們偏偏又是生養最多的人。這個問題無法靠政治解決，也沒辦法靠綠色革命解決。從政的人都已經占據了政治的有利權位，有錢人也已經占據了可以賺更多錢的位置，他們並不真的關心吃不飽的人。」

「恕我直說，妳現在過的生活難道不算優渥？」

「我會盡可能不耗費多餘的資源來養活我自己。盡可能，總比什麼都不盡力的好。」

薄達夫思考著這句話，究竟對自己的人生來說，什麼是多餘的呢？

「雖然很多人都說科學家不會用感性來判斷真假，但其實科學家也只能試圖去判斷真假，卻沒有能力提供正確的選擇。我想做一個可以提供比較好的選擇的人，而不是用什麼專業中立這種該死的偽善說法來逃避這些該死的問題。只要人口不再增加，而我們改變生活方式，根本不用開採什麼甲烷冰。」莎拉的紅髮被海風吹起，就好像在一片白藍霧氣中，唯一燃燒的東西。

「你知道這裡為什麼叫 Storegga 嗎？」莎拉想把話題引開，避免這種尷尬的氣氛持續下去。

薄達夫搖搖頭。

「它是挪威語裡，巨大的邊緣的意思。幾十年來因為暖化加速，陸棚冰封層的一些水合物溶解，因此產生了氣泡。氣泡使結晶彼此脫落，導致沉積層變得不穩定，當時造成大概兩百五十公尺高，數百哩寬，幾乎是跨越挪威到格陵蘭島之間的一半距離的沉積層，都產生了崩移效應，沿岸生態整個都改變了。原本有的地質學家認為，這是十萬年才會發生一次的，與冰河週期同步的類似地層滑動。但你以為再過十萬年才會再發生一次嗎？」

「難說。」

「沒錯，難說。」莎拉整理了一下隨風飛揚的頭髮，說：「機率這東西在大規模災變的預測上根本沒用，因為只有發生跟沒有發生兩種。對我而言，如果有一天陸棚冰封層再崩移一次，我不希望是被人類挖出來的。如果是自然界幹的事，我沒什麼怨言，因為那我管不著，也沒法管。但就是不希望它是被人類挖出來的。人類何苦把自己生養得整個地球滿滿都是？夠了，我沒有孩子，未來也不考慮有，我不是為自己的孩子思考這些事的。」

薄達夫凝視著莎拉和頭髮一樣火紅的眉毛，以及其下的棕色眼珠，他想否決自己已然著迷於這對眼珠的訊息，但無法否決。

事實上，莎拉注意垃圾渦流許久，早在上個世紀末，許多海洋學家就開始密切注意這個海上垃圾渦流的發展，並且熱烈討論。莎拉向國家研究院申請了一個關於垃圾渦流與海岸地形衝撞後的研究案，不過仍在審查階段，垃圾渦流的邊緣就已經衝撞到了這個太平洋小島的東岸。莎拉決定先自費來臺一趟，對她而言，所有對海的傷害就是對她的傷害。薄達夫也就順理成章地，以帶她來這個他多年前曾造訪的地方為藉口，重返島嶼。

在機場接他們的是當時參與隧道工程的臺灣工程師李榮祥，他與薄達夫初見面時才剛剛新婚，此刻用沙啞的聲音寒暄的已是小腹凸出、髮線稀疏的男子，看起來甚至比他實際年齡還要蒼老一點。當年薄達夫還沒來臺灣以前，跟他在線上數次討論ＴＢＭ的相關問題：諸如面對比鋼還堅硬的四稜砂岩時的注意事項，以及破碎岩層與大量湧水的問題該如何解決。薄達夫最後的判斷是挖通這個隧道應該沒問題，但費用與時間的投入可能會不成比例。李榮祥則代表著官方的態度：一定要可行。

薄達夫知道這句話的意思，工程人員不過是個鑽子，是個工具，不行就滾蛋。對薄達夫來說，撇開酬勞的問題，身為一個機械設計人員，他也想知道，ＴＢＭ能不能穿透這種含著石英岩質，莫氏硬度達到六至七之間，比五點五的鋼還要硬的四稜砂岩。年輕的薄達夫很有自信，唯一顧慮的是實際岩層的構造可能不如採樣和想像中的「齊整」。雖然已進行了數十公尺的鑽探地質報告，但對這麼大的一座山而言，這只是表面工夫，實際山裡的岩理沒有人知道，一切得且戰且走。不過薄達夫不在乎這些，他樂於接受這樣的挑戰，何況，有人提供資金讓他試試身手。

唯一應該顧慮的是，湧水可能比四稜砂岩更可怕。鑽探過程中，若鑽透涵水層，湧水會夾帶岩層碎屑噴洩出來。這種大量湧水容易引發機械故障，也常引起塌陷。薄達夫當年想到的辦法，是建議加裝鍊式輸送帶來對付湧水對機器順暢度所造成的傷害。

原廠的工作團隊為隧道量身打造了雙盾身的ＴＢＭ，直徑達十一．七四公尺。這麼巨大的機器，光是組裝就是一個巨大的工程，前前後後得花掉好幾個月的時間。那陣子薄達夫每天最感興趣的事，就是收信看看工程進度。

機器正式運作時果然遇到挫折，由於岩磐太過堅硬，削刀在使用一陣子以後會產生不正常的磨損，如果沒有及時更換，挖掘的洞穴直徑會變小。當前方的孔穴變小，ＴＢＭ就像死命鑽進孔穴中的貓，到了鑽盾的部分就常卡住，得靠人力解救了。薄達夫得到書面資料的記錄，當時ＴＢＭ受困最嚴重的時候，平均每開挖二．三公尺就要換一顆削刀，而湧水量遠超過原本的估算，導致機械常發生故障。

薄達夫看了現場照片後不得不承認，也許一開始太樂觀了。薄達夫當時頗感沮喪，反而是電郵這端的李榮祥充滿信心。像李榮祥這樣的工程師，或者說整個臺灣工程團隊對「把這個隧道打通」這件事，不知道為何有一種奇妙的執著，讓他既有點佩服，也有點莫名所以的恐懼。

車子穿過隧道時，薄達夫刻意搖下車窗，仔細感受通過隧道的風、溫度與人工照明。當時工人可是在黑暗、冬季陰冷夏季燠熱的洞穴裡，挖掘了十幾年的光陰呢。工程人員的對手是第三紀的沉積岩，是造山帶中褶皺的衝斷帶，是地層間被困住數十萬年的湧水，是橫切地層走向的橫移斷層、局部正斷層，以及十一條大大小小的褶皺結構。該說是偉大呢？還是多此一舉？他很想找機會問問李榮祥現在的想法。

年輕時的薄達夫毫無疑問會選擇前者，但現在的他有點動搖了。這幾年他常對學生說，同樣是一座山，但每座山的「內心」大不相同。他說：「根據當時的資料，工程單位在實鑽之前已經鑽過五十九個探勘孔，震測了十二條岩脈，槽溝也開挖了七處，但即使這麼大規模的探勘，對這一座大山的內心也只是說像模糊的『解夢』工程而已。」

薄達夫播放當時工程單位所拍攝的隧道湧水的影像紀實，來輔助教學。親眼目睹洞穴中湧水情形的人都印象深刻，超過每秒七百公升的水量湧出，簡直就像是山決意要把深探山的內心的人類一舉溺死一樣。

「在山的『裡面』被溺死？這可是難得的事，不是嗎？」薄達夫用手上的數位筆敲敲空空洞洞的桌子。薄達夫覺得學院裡現在的新講桌靠起來實在不太穩，以前的實木講桌可是非常沉重的，現在總是這樣，不注意細節。

「而我的工作，就是設計出一種能夠鑽通山的『內心』的器具。」薄達夫一一與臺下年輕的雙眼對視：「不過，現在，我偶爾會懷疑，為什麼不繞過去就算了，特別是面對那些『內心』特別複雜的山。快速通過到另一個地方是一種生活型態，繞過去則是另一種生活型態。我們以為自己在進行一種科學的選擇，其實是在進行一種生活型態的選擇。」

學生聽到已獲得如此成就的老師這麼說，常常驚訝得不知道該怎麼接話。

「省下那些時間看起來像是省了一些成本，但其實是政府先把錢丟進去了，有時加加減減不見得划算。」

「那這樣，你就失業了啊。」偶爾有冒失的學生這麼說。

「不，也許我會換個職業。」薄達夫回答。「也許當個酪農什麼的，我祖父就是一個酪農。我們都會想辦法活下來，不是嗎？」他有時不願承認，自己會這麼說，多多少少是受了那個紅髮女子的影響。

莎拉有一回聽他提起這個工程，提到一個他從來沒有注意過的問題。像這麼鉅大的工程，為數眾多的工人投入接近地獄的工作場所，不只是工程難度的問題，人的微妙心理更顯重要。但工程單位是否注意到這些有形無形加諸於工程人員身上的壓力呢？這些人真的獲得無名英雄的待遇，還是只賺取了僅堪糊口的微薄薪資？

「咳。不過，我們每個人都只是某個工程裡的一把鑽子，即使我不鑽，也有另一個人會鑽的。」薄達夫既對臺下的學生，也對莎拉這麼說。

薄達夫永遠記得，他到島嶼的原因正是北上線的ＴＢＭ第十次受困，判斷可能是開鑽過程中大量的碴料湧進ＴＢＭ機身所導致的。在車上，李榮祥和他的哥哥李榮進跟他轉述災變的情形。李氏兄弟兩人都是傑出的坑道工程師，弟弟新婚哥哥單身，長相十分近似：單眼皮、中等身高，額髮有些稀疏，習慣戴著方框的深褐色太陽眼鏡，穿著同款式樣的工作夾克。

「當時ＴＢＭ後方環片一下子增裂了十幾環，側方又開始湧水了，抽坍不斷發生，一直發出碰碰碰的巨大聲響。我們派了一些人往出水的地方噴凝土，不過水壓很高，噴凝土沒有用。我記得，大概是十分鐘以後吧，電力第一次中斷。中斷大概一分鐘的時間，電力恢復，不過開始落石，即使是很小的石頭掉到地上的聲音，還是會引起不小的回聲。我趕快命令工作人員開始撤離。哎，情況非常、非常、非常混亂。」李榮祥說。

「那時候我聽到一種岩磐崩裂的聲音，匡匡兩聲，嚇了一跳，因為暗暗的看不太清楚，就摔到ＴＢＭ的第一層踏板上，小腿的肉被削掉一塊。我趕緊站起來繼續跑，總算跑到洞口，大家都好像撿到一條命一樣。後來還有一些後續的崩塌，不到二十四小時，原本的工作面就整個消失了。」李榮進說。

「可能是硬岩層上面是大地幾百萬年應力所形成的阻水層，ＴＢＭ突破岩磐的瞬間，阻水層破裂，高壓水脈一下子爆發出來引起的崩塌吧。能逃出來，真是幸運，要感謝神了。」薄達夫聽著李榮祥兄弟的轉述，想像著山的「裡面」所發生的事，想像著ＴＢＭ可能受到的損傷。

「真的。」李榮進說：「如果你相信有神的話。」

沒有到達山的內心的人絕不知道山的內心如此繁複多變，在燈光的照射下，富含石英的岩磐肌里閃閃發光，岩壁隙間水仍然像一條一條小型的瀑布湧出，就像從未被探訪過的宇宙異境。同行的地質專家忙著採集樣本，工程人員則在丈量、計算、推估崩坍的細節。在僅僅半人高的空間裡，到處布滿碎石、線路、扭曲的鋼筋與零碎的機具。薄達夫撫摸著既銳利又堅硬甚鐵的岩磐，不禁心跳不已。當他看到現場已被清理過，露出尾端的ＴＢＭ時，發現這座和他親密與共的大機器，就像被凝止在樹液中的奇特昆蟲一樣無助。剎那之間，有一種虧欠與傷感混雜的奇異感受湧入他的心靈，他竟違反專業地懷疑起自己是不是正在傷害些什麼，或者即將驚動什麼。

但那樣的心情只有一瞬，旋即消逝。薄達夫是一個技術人員，他所受的訓練不是質疑也不是想像，而是就眼前的狀況評估出最有利、最快速處理的可能性。他仔細觀察露出一角的ＴＢＭ受損狀況，同時透過傳譯和地面上的工程人員，與坑下的同伴們溝通、商討可能的營救方法。

正當此刻，山的深處突然傳出一聲巨響，那種聲音薄達夫一生未曾聽過，只能說是只有夢境才會出現的聲音。

所有的工程人員陡然安靜下來，除了流水聲，別無其他。每個人的面孔都帶著疑惑，呼吸聲變得急促。可能是幾秒或半分鐘，燈光突然熄滅，「又斷電了！」薄達夫聽見李榮祥大喝了一聲，像是要所有人安靜下來的樣子。工人顯然訓練有素，並沒有任何人慌亂逃跑，而且每個人都安靜下來了，只有喘息聲控制不住，洞穴裡男人的喘息聲，像是黑暗中有無數隻不明的野獸埋伏。而那個黑暗是沒有人經驗過的黑暗，是在山的心裡面，絕對的黑暗。片刻，山的遠方傳來另一次類似的聲音，就彷彿前一個聲響是某個巨大的物事踏出了右腳，而此刻又踏出左腳的樣子……然後第三聲緊隨而來，就彷彿有人一步一步，朝坑洞接近……不，也許應該說是離去。

「走！」薄達夫聽得懂這句中文，李榮祥一下令，所有工程人員開始往洞口奔逃。到洞口時，大夥驚魂未定，手撐著身旁的岩壁，或者跪在地上喘氣。不過剛才洞穴的深處並沒有真的坍陷。但對所有的人而言，坍陷不坍陷都沒有差別，在那個洞穴裡頭，有一種奇怪的、沉重的壓力，一種拒絕人停留的氣氛，每個人都感受到了。

日後薄達夫看事故報告，知道其實當時燈光全熄的狀態不超過一分鐘，後備電力便隨即啟動。但當時在坑洞裡的所有人，出來後都以為電力中斷至少超過十分鐘。那樣的時間落差，薄達夫一直在回想到底是心理上的，還是真實的？因為斷電時間不算長，且沒有接續事故發生，據李榮祥說上級為了避免麻煩，硬是將這個記錄刪除了。薄達夫想，要是他是長官，也會決定刪除吧。那聲響到底是什麼？報告中當然隻字未提。他問李榮祥和他過去在洞穴中經歷兩次塌陷聽到的聲音是否一樣，李榮祥說：

「截然不同。場陷的聲音很清楚地就是石塊撞擊、岩磐崩裂的聲音，那次的聲音……唉，你也知道，聽起來就像某種巨大的腳步聲。」

巨大的腳步聲。這形容確實跟薄達夫心裡想的一模一樣。

原來救出TBM還不算太困難，但人員撤離以後，不久又發生了一次崩塌，情況遂變得更複雜。薄達夫評估了修復TBM的經費，幾乎等於重新購置，他花了一星期的時間做出報告，預估修復至少要三十八個月。經過密集的協商，最終工程單位決定將TBM拆除，同一路段改用鑽炸法進行。

薄達夫一輩子都記得，那是一九九七的年末，香港剛剛回歸中國，而再過幾天就是耶誕節。從工程處回到臺北飯店的那天，雖然沒有下雨，但臺北街頭布滿了濕濕冷冷的淡藍色霧氣。雖然實際信教的人並不多，但這個東方島嶼竟這麼熱中於這個宗教節日，到處都擺了超巨大的聖誕樹。

當薄達夫第一次在柏林的咖啡店把這段經歷跟莎拉陳述的時候，曾半開玩笑半認真地問她：

「我們兩個人都覺得是腳步聲，可是，那隧道裡怎麼可能有腳步聲？」

「誰知道呢。」莎拉覺得這樣的回答太敷衍了，於是又試著多說一些：「嗯。我做了海洋研究二十年，發現的一件事就是，每個地方的海都有獨特的聲音，絕不相似。認真地聽，還可以辨識出是風還是水撞擊岩石，還是魚跳起來拍打水面的聲音。山也有這樣的聲音對吧？就像有很多海的聲音我們都還不認得，山很可能也有很多的聲音我們沒有聽過，比方說某種樹絕種了，那麼那種樹被風吹動時所發出的聲音就再也聽不到了。從這個角度來看，說不定那是某種我們還不知道的山的聲音。」

薄達夫懂，甚至覺得這個女子說到他的心坎裡了。事實上，薄達夫就是有異於常人的聽覺能力，才對鑽探這樣的工作感到興趣的。但他嘴上仍不鬆口地說：「不過，這樣太擬人化了吧……」

「擬人化？為什麼不能擬人化？」莎拉笑了起來，那笑容讓薄達夫心頭一緊。

「比起科學家，妳更像詩人一點。」

「我是詩人，也是科學家。」莎拉說：「不過我比較喜歡當詩人。」

薄達夫看著莎拉露出的一小截耳朵，覺得那耳朵就像一隻害羞的小動物，躲在火燄般的紅髮之後。

車輛已到隧道的尾聲，牆上最後一道彩繪旁的里程數字已縮減為一，遠方的光亮滲入隧道。薄達夫對李榮祥說：

「隧道通了，真不可思議，這樣的山都能被打通。」

「是啊。」李榮祥的聲音聽不出來是驕傲還是其他的情緒：「你記不記得那時候我去接你的時候，在車上跟你說我剛結婚？現在我大女兒都已經結婚生子了。」

「光隧道就挖了十五年呢。說真的，你覺得十五年的時間，省一小時，這些年下來，值得嗎？」

「值得？我不知道，我從來不去想這個問題，這是我的工作。我的工作不是評估值不值得。」

「可是山的內心空了呢。」莎拉接話道。

「什麼？」

「沒什麼。我只是想，這麼美麗的一座山，內心空了。」莎拉說。隧道裡的路燈已改成情境模式，這幾年的燈光技術更加進步了，去年隧道才剛剛改裝完成。望上去，隧道壁上像有一扇一扇的天窗，像是光從天空灑落下來，而不是人偽造出來的光似的。在車子離開隧道的那一剎那，人工的光線轉由自然光線接手。進隧道時天氣還算不錯，沒想到出隧道的這頭，雲層竟有些陰鬱。

李榮祥以幾乎聽不到的聲音說：「對我哥哥來說，肯定是不值得的。」薄達夫知道李榮進後來英年早逝，但李榮祥並沒有跟他說，在一次鑽炸中，他哥哥同組的兩位好友被崩落的土石壓死在坑裡，他僥倖未死，但從此意志消沉，如同只是一部工作的機械。路通了以後，某天被鄰居發現在家裡以瓦斯自殺，房間裡的每一個縫隙都被完美地密封，就好像一個洞穴一樣。

「其實這是打通以後，我第二次走這個隧道。」此刻看著後視鏡，彷彿看到哥哥面容的李榮祥，用完全聽不出任何情緒的聲音說：

「等一下就會看到海了。」

22 暴雨將至

阿特烈喝了阿莉思給的一杯飲料說，「這水，像土地被焚燒以後的味道。」

阿莉思聽不懂他在說什麼，以為他在問飲料的名稱，於是說：「那叫 coffee，咖啡。這是哈凡獨門配方的 salama，我跟她學的。」

溝通在緩慢中進行，一切事物的指認都要重新學起，有新的事物，有舊的事物的新名字，對阿莉思和阿特烈都一樣，這是頗為困難的一件事。不過阿莉思漸漸發現，即使是距離相當遠的語言，也會漸漸產生對話性，有時甚至不必使用一般定義的語言。比方說阿特烈發現阿莉思不懂他的意思的時候，會用「說話笛」來補充語言或是情緒。阿特烈吹奏說話笛時會搭配表情，她竟然一看就懂。有回阿特烈形容他的情人烏爾舒拉的美貌，「美到能安撫所有人的沙里卡巴」，她原本一直猜不透沙里卡巴的意思，但阿特烈一用說話笛，凝神吹出短短的一個樂句，阿莉思居然就瞭解了。「美到能安撫人的靈魂，對吧？沙里卡巴是靈魂的意思，對吧？」彷彿他真的開口這樣說了似的。

把笛聲轉譯成語言，十天前的阿莉思可能還會質疑它的可靠性，不過此刻阿莉思會說：「我幾乎能完全聽得懂阿特烈用說話笛表達的意思。」說話笛就像他們兩人之間的語言中介工具，能讓彼此熟悉基本語言的單字和運用原理。就像有某個精靈，跑到阿莉思耳朵旁邊跟她說阿特烈想說什麼。

阿特烈很寶貝他的說話笛，因為那是烏爾舒拉送給他的禮物。奇洽酒丟了，還好說話笛沒丟，這是因為他緊緊握在手上的緣故。說話笛大概十公分大小，是在某種木本的植物上頭挖幾個洞做成的橫向吹奏樂器，和笛子不同的地方是它的孔洞是雙排的。由於體積甚小，阿特烈甚至可以完全不用手，就能啣在嘴裡吹奏。

或許是阿莉思也具有語言天賦，幾個月後，她幾乎已經聽得懂阿特烈至少三、四成的基本用語，當然「說」還是很困難，畢竟兩種語言的發音原則完全不一樣。阿莉思從全然使用自己的語言，慢慢也可以夾雜一些瓦憂瓦憂語，這讓阿特烈覺得越來越安心。他本來就知道這個女人對他無惡意，但主要是語言的安撫作用吧。畢竟，他一度覺得，說不定這輩子再也沒有機會聽到別人說瓦憂瓦憂語，就死在這個充滿各種奇異、陌生物事的世界裡。而此刻能聽另一個人用片斷的瓦憂瓦憂語說話，阿特烈覺得幸福無比。

有時候光看阿特烈的表情，阿莉思很難判斷他是否在聽或聽懂了。他常常望向遠方，喃喃自語，後來她明白了那個簡短句子的意思是說：「魚總會來。」

魚總會來，雨也總會來。近年來島嶼顯得更為多雨了，而且雨一年比一年暴烈。雨天時阿莉思特別容易想起托托，看到阿特烈望向遠方的眼神，阿莉思也特別容易想起托托。阿特烈比托托似乎大上五、六歲，因為他說自己經歷過了一百八十次月亮的生死才出海的，雖然無法確知他在海上漂流多久，但滿臉滄桑的黑褐色臉龐，仍有時會出現一種稚氣未脫的神氣。

阿莉思總算找到 Ohiyo 以外，願意陳述她對托托思念的人。或許是阿特烈根本聽不懂阿莉思說話的細節，她更可以暢所欲言。阿莉思知道，雖然周遭的人不說，但他們聽阿莉思談托托從同情、耐心，變得煩了、厭了，一看見她，就好像警覺地對自己說，這女人又來了。

語言或許拉開了故事的遙遠程度，不過敏銳的阿特烈仍然知道，這個女人正在思念她的孩子，就是這樣，毫無疑問，不用聽懂故事的內容，也能直覺得到。有一回阿莉思又跟他提起以前托托在的時候的情景，他想起了掌海師講過的一句話，於是轉述給阿莉思聽：

「以奈查斯卡魔奈路拉拉，亦唉所多門。」

阿莉思知道魔奈是海的意思，路拉拉是花，所多門是海灘，阿莉思已把這幾個單字學會。但整句話的意思卻不懂。她追根究柢地向阿特烈詢問整句話的意涵，花了不少時間，她才覺得自己應該理解了這個句子，這個句子，或許可以這樣翻吧：

沒有一座島的海灘能留住浪。

這是一句格言、箴語，毫無疑問，即使是在科學檢視下也算是真理。浪是無法留在海灘上的，箴言跟廢話往往是一線之隔，阿莉思想。

「只有鯨才會被留在沙灘上。」阿特烈說。瓦憂瓦憂人認為，鯨是為了那些無法到海上捕魚的人而自殺的。海裡的生物用陸地自殺，靈魂會飛到雲上；陸地的生物用海自殺，靈魂則會變成水母，這是那群海上的次子告訴他的靈界規則。

「死亡有時是一種索討，有時只是告別，它不會虧欠任何人。就像海是深的，日子是長的，沙里卡巴（阿莉思已經記得它是靈魂的意思）終究會背叛肉體一樣。」

也許是因為阿莉思無法直接轉換瓦憂瓦憂語的意思，她總認為少年阿特烈說出來的話太過詩意、不太真實，把人應該要經歷的痛苦都美化了，像阿特烈這樣年紀的孩子，根本不應該說出這樣的話語。另一方面，阿莉思也想到阿特烈在海上經歷的一切，那遠超過她的一生所能經歷的。也許在少年阿特烈的身體裡，已經是比自己更複雜的靈魂了。

阿莉思開始在早晨帶阿特烈去取水，阿特烈對山徑旁的一切都充滿好奇。當他看到瀑布帶著泉水湧出，突然跪下，熱淚盈眶。他說這是掌海師一輩子祈求的事：「島上如果有這麼有力量的一股泉水就好了，海那麼大，水卻都不能喝，那是卡邦給我們的懲罰。」

阿莉思想跟他說，沒有誰能懲罰誰的。她解釋了許久，始終不曉得阿特烈是否懂了她的意思。

除了取水以外，阿莉思還得採野菜。由於常去第七隻Sisid，哈凡每天都會採阿美族常吃的野菜做成餐點的配料，久而久之也學了不少。比如說kakurot（山苦瓜）來搭配蒸魚，sukuy（木鱉子）可以用隨手都抓得到的蝸牛燉湯，紫花酢醬草可以醃漬變成小菜，黃藤心則非常適合熬清湯，樹薯則可以取代米食。哈凡也教了阿莉思用檳榔葉做成湯盤，放入水與食材後，將火烤至滾燙的石頭丟入，她說這就叫做阿美族的石頭火鍋。

阿特烈辨識植物的能力非常突出，通常阿莉思採過一次以後，阿特烈就能正確判斷，過沒多久，阿特烈就取代了阿莉思上山摘採的作業，有時早上一起床，阿莉思發現菜籃裡已經有足夠一天分量的野菜了。阿莉思忍不住提供給他圖鑑閱讀，而阿特烈也對這些書上畫得跟真的東西一樣的圖畫，非常感興趣。他一面記生物名，一面越來越熟悉另一種語言。一開始只是實用性的野菜或藥草，不久阿特烈幾乎連鳥與昆蟲、爬蟲，都無不知曉。他能在一瞥之間，回頭對阿莉思說，前面有三隻翠翼鳩，十一隻小彎嘴畫眉，七十九隻綠繡眼，還有一隻閉著眼睛的黃嘴角鴞。嗯，還加上一條紅斑蛇。

他很快地就知道遍山的過溝菜蕨和廣葉鋸齒雙蓋蕨是四處皆有的無毒野菜，可以隨採隨吃。不久，阿特烈小腿上的傷口癒合結痂，嘴角的潰爛也好多了。他摘採麵包果與懸鉤子回來儲存，並將土挖成儲物室，保持果實的濕度與低溫。這讓阿莉思驚奇不已，關於活下來這件事，阿特烈遠比她擅長。有時候，她覺得山好像本來就認識了阿特烈一樣，他邊走路邊隨手採花苞來吸吮露水，就像林間的畫眉啄食懸鉤子一樣自然。

偶爾阿莉思獨自下山開車採買，會順道跟達赫、鄔瑪芙跟哈凡互約碰面，這時她總會看到已然毀棄，幾乎全泡在海裡的海上房屋，以及那片綿延不絕，已然清理了幾個月仍狼籍不堪的海岸。她從達赫跟哈凡那裡得到一些垃圾渦流相關新聞的更新，知道最近記者把它取名叫「太古垃圾濃湯」，聽起來像是一道菜。

有一次下山的時候，阿莉思在自助餐廳吃飯時看到一個八卦節目，一個談話名嘴說是曾有人看到一個矮矮的黑人從垃圾濃湯游上海岸，跑到樹林裡不見了。「不信可以去搜搜山。」名嘴斬釘截鐵地這麼說。

「黑白講。」老闆對著電視說。阿莉思知道不是。或許真有人看到阿特烈跑到山裡去呢？還好現在阿特烈已經換上阿莉思買給他的衣服，又漸漸會講中文，編個故事已經不是太難的事。何況這種談話節目從來都是只談話不行動的，大夥也都把它當成綜藝節目看了，裡頭唯一不提供的就是真相，應該不會有人真的去找的吧？

達赫與哈凡一開始力勸阿莉思到部落住，但阿莉思說目前她想先住在山上的獵寮，他們也不勉強她。達赫把海上房屋掉出來的東西都整理好，打包交給阿莉思，本來要幫她送回山上，但阿莉思堅持不肯，僵持到場面有點難堪，達赫只好打住。

「獵寮一定有什麼。」達赫私下對哈凡說。

「阿莉思的個性你還不知道嗎？如果她想讓我們知道，就會讓我們知道。」哈凡說。

「何況，說不定只是阿莉思自己在胡思亂想。」

「話是這樣沒錯……。」

「不過，你沒發現，阿莉思氣色變好了嗎？她不是說有一段時間都沒有吃那個什麼的藥嗎？我現在反而覺得她比較不可能做傻事了，所以不管有什麼，至少到目前為止都算好事，不是嗎？」

「希望妳說的對。」

確實，阿莉思每回下山都跟他們聊 Ohiyo 又怎麼樣了，漸漸變得比較少談托托，但達赫跟哈凡其實都直覺到，除了 Ohiyo 以外，獵寮說不定還住了別人。

阿莉思找了個公路旁僻靜的地方，把多數海上房屋的東西留在車上，不要的就丟掉，托托的書與文具則全部保留，雖然她知道留下這些東西就好像留下讓自己傷心的凶器。她發現一包用牛皮紙袋裝著的東西，裡頭全是傑克森寫給她的信。

交往、同居一直到婚後，阿莉思知道為了她，傑克森已經到了某種極限，但阿莉思只是不願認輸，放手讓他就此而去。有一回她真以為傑克森不再回來，那時托托剛感染了一陣子風寒，一痊癒傑克森就跟她說準備去登吉力馬札羅山。阿莉思整天都不發一語。晚餐後正在擦碗盤時，傑克森靠了過來。

「妳在生氣？」

「沒有。有什麼好生氣的。」

「我知道妳在生氣。Umbwe Route沒什麼難度的，我們有專業嚮導。」

「這跟什麼難不難度沒有關係，跟什麼嚮不嚮導也沒有關係，你搞不清楚嗎？」阿莉思語氣一下子強硬起來。

「我是他媽的搞不太清楚。」

「搞不清楚就不要搞清楚了，你就去搞你想搞的事吧，你就去搞你自己想搞的事吧！」

阿莉思知道自己變得不可理喻，但她有不可理喻的理由，她暫時還沒有勇氣面對的理由。傑克森離開一陣子後，阿莉思猜他可能也很想就此而去，繼續在性和山、海洋之間探險，兩周後阿莉思收到傑克森寄來一張吉力馬札羅山冰川的照片，背後是密密麻麻的，彷彿印刷般的古典英文字。文字裡的傑克森總是沒有火氣，充滿愛意：

除了妳以外，我的生活只是淒涼、平坦、灰濛濛的冰原。沒有妳的日子我就像在異域被放生的蝴蝶那樣迷惑，置身於陌生的植物之間，在錯誤的高度上虛弱無力地鼓動翅翼。

後面幾句顯然是襲用自納博可夫。唉，這就是傑克森。托托和他們之間殘存的愛意，或許是綁住他們兩個人之間脆弱的一根線，傑克森終於還是回來。但只要話題不在托托身上，兩個人就變成沉默的狙擊手，各自回到自己的壕溝裡。有時候阿莉思想，她早該放手，讓他離她而去，這樣的人，怎會是屬於她的？

當托托跟傑克森兩天沒有聯繫時，阿莉思一時還沒想到是出了意外應該報警，她只是覺得說不定傑克森只是純粹想逃離她而已。為了逃離她，傑克森甚至不惜虛構出這樣拙劣的失蹤陰謀，還順道帶走了她的托托。

這樣的念頭，一直到達赫找到傑克森的屍體後才消失。傑克森的死讓她的哀傷找到出路，卻也讓她這些日子以來用恨意支撐的精神整個崩解。對阿莉思而言，傑克森本來就是隨時會消失的一個人，她為此已經做了長久的心理準備，現在只是那一刻終於來到而已。可是托托呢？為什麼托托還是無消無息？

達赫跟救難隊、法醫都認為傑克森應該是滑落了岩壁致死，因為全身有多處粉碎性骨折。不過發現傑克森屍體的這條路線，跟他原本報知管制處的行進路徑完全不同。屍體所在的位置也不甚合理，彷彿被人拖到那處隱洞裡一樣。難道是因為撞擊力道的關係，身體被彈起，又恰好墜落到大石底下那處暗坑裡，所以才沒被發現嗎？

阿莉思聽著達赫跟一些山友討論，不知道為什麼，他們一點都沒有談論還未找到的托托，連登山背包也沒有找到，他們一點都不關心托托。世界上唯二關心托托的人走了一個，留下她孤伶伶一人。她看了那個整個縮小了的，隱藏在白布下的屍體一眼，毫無猶疑地簽字火化，骨灰就灑向海上房屋面對的大海。阿莉思甚至沒有想到應該通知傑克森的家屬，因為傑克森根本沒有留給她過他父母的聯絡方式，連托托出生時，他都沒有通知他的父母，這讓她懷疑傑克森根本只是一個人。到生命的終點，或許傑克森從來都是一個人。她曾經如此愛這個軀殼，和軀殼裡的靈魂，如今一切成灰。

夜裡，阿莉思向阿特烈問起了瓦憂瓦憂式的葬禮。

阿特烈說，瓦憂瓦憂的葬禮通常在深夜舉行，因為瓦憂瓦憂人相信，靈魂會在將近天明之時，隨星星而變成黑暗的一部分。死去的人用一條小船載往瓦憂瓦憂島海域的邊界，那裡是他們即使捕魚都不會超越的界限，因為有一處非常強勁的暗流。親人會駕兩艘船，一左一右扶住靈船，到洋流附近則由掌海師唸咒送別。如果看到遠方有光點明滅，那就是放手的時機，船將一去不回。這時親人要高歌，划槳而回。如果放錯時機，有時也會導致船頭倒轉，這時親人就得忍痛用石頭砸穿船底，使其沉沒。以免靈魂無法安息。

「唱歌？你是說唱歌嗎？像這樣？」阿莉思隨意哼了一段曲子。

「對，唱歌。」

「你有沒有問過，為什麼要這麼做？」

「因為它對死者是好的。」

「為什麼唱歌對死者是好的？」

「因為我們祖先要我們唱歌。」

「祖先要你們這麼做都一定是好的？」

「祖先要我們這麼做都一定是好的。」

「我懂了。」阿莉思敷衍地說。她突然想到，剛剛哼的歌彷彿是傑克森在丹麥營地對她唱的其中一首歌。

「妳懂了。」阿特烈若有所思地沉默了幾秒，說：「海祝福妳。」

阿莉思突然下了一個決定，她決意再走一趟他們父子登山的那條路，而眼前這個少年，無疑可以當她的助手，搜尋或探險的夥伴。她要自己走一趟，看一眼那個傑克森死去，托托失蹤的地方長什麼樣子，弄清楚自己到了那裡，心裡頭會發生什麼事。

「我可以再聽一次那首歌嗎？」阿特烈問。

「什麼？」

「歌，妳剛剛，那首歌。」

23 複眼人I

眼前的森林是前所未見的森林，就好像是被寫在書裡的森林，真正長成一片的樣子。這並不是說森林不夠巨大、深沉、安靜，不是的，森林如此巨大、深沉、神秘、安靜，只是有點不太真實的樣子。

身材高大的金髮男子轉頭鼓勵跟在後頭的男孩子說，「沒問題，我知道那裡頭有一條路，可以到大岩壁，我去爬了好幾次。那地方太棒了，不可思議，爬上去以後你就知道，看到的東西完全會不一樣。而且，我在那裡看過長臂金龜喔。」

長臂金龜。一頭灰髮的小男孩想，這次一定要親眼看到。男子把所有的裝備背在身上，讓小男孩能因此盡量跟上他的腳步。男孩皮膚白皙，嘴角倔強，有一雙乍看是褐色，但某個角度又像是藍色的迷人眼睛。從早上離營開始步行，已經超過四個小時沒有喊停了。男子刻意帶著男孩調整呼吸與步調，一前一後循著其實幾乎沒有痕跡的小徑往前。男孩一停下腳步，男子馬上就感應得到。

一路上，男孩曾沿路三度停下腳步，這是因為他一直注意著地上有沒有哺乳動物的大便，他想要看裡頭有沒有糞金龜。一旦發現糞便動一下，他就趕緊停下腳步。男孩把糞金龜從糞堆裡撿起來，放在透氣的採集瓶裡，並沒有用化學藥劑把牠們迷昏，只是把活動蓋旋緊。「稍微待裡頭一下。」男孩拍著採集瓶，並沒有開口，只是出現了彷彿要安慰糞金龜不要緊張的神情。「不會傷害你的。」但糞金龜顯然不懂，牠在裡頭好像很迷惘，六隻腳晃啊晃的，一邊爬一邊滑下來。

男子與男孩開始流汗，森林非常安靜、黑暗，是一種有深沉音調的安靜，兩人分享著彼此的喘息聲。就在男孩覺得說不定應該休息一下的時候，眼睛瞬時一亮，森林突然結束，就好像有人突然打開了陽光的開關似的。

男子與男孩側看大岩壁的時候，突然覺得剛剛的森林真實無比，而此刻面對的大岩壁才是虛構。男子見多了世上的絕景，也爬過這片岩壁，但此刻仍深深被這片岩壁震撼，他最享受這種被某種意料之中的場景感動的感覺。男孩則想像著他罐子裡的這些昆蟲，原來生活在這樣的地方，他腦袋裡還沒有太多形容詞，只覺心跳加速，暈眩不已。

「很棒吧，這裡。」男子對男孩說，男孩沒有反應，他激動得不知道該做什麼反應，同時也開始懷疑自己能不能爬上去。

「原本沒有這片岩壁的，是因為地震，山才把它顯露出來。」男子看得出男孩的動搖，「我十歲的時候，你祖父帶我去嘗試不帶氧氣筒的自由潛水，他說，你只有到別人到不了的地方，才能看見別人沒看過的顏色。」男孩點點頭，即使他不真的全然理解這句話的意思。

這一年男子都沒有離開島嶼，閒來無事時他就帶著男孩到攀岩場練習，不但在室內看到男孩的身手進步神速，連在野外岩場也都讓大人大吃一驚，就好像男孩天生就獲得了岩壁的認可似的。每次有人誇獎男孩，男子就覺得快樂無比，好像自己被誇獎一樣，這或許是不少認識男子的人都認為他像孩子一樣的緣故。男子小心翼翼地觀察岩壁，找出一條與上次不一樣的攀爬路線。這是他的習慣，同樣的岩壁絕不用同一條路線攀爬，即使帶了剛滿十歲的兒子亦然。

男孩開始整理他的裝備，一樣一樣拉出來排好，換上攀岩鞋、穿上安全吊帶，戴上頭盔。男子在心裡描繪出路線以後，深深吸一口氣，開始踏上岩壁。

「我一邊掛你一邊跟？看我爬過的石頭，我會把動作放小，選你也抓得到的石頭，懂嗎？」

男孩點點頭，說：「長臂金龜也爬得上去嗎？」

男子被男孩突如其來的開口嚇了一跳，考慮了一下，說：「當然。」

兩人一前一後開始緩慢向上攀，男子看著岩理找出路徑，一路使用岩楔做出保護點，掛上快扣，再把繩子掛入快扣內做為確保，一面看著男孩仰著頭，尋找路徑的身影。藉由身上的繩索，男子隱隱感覺得到男孩的力量與重量，因此有一種微妙的幸福感。

「沒問題的，你沒問題的。」男子輕聲地說，像怕驚動岩壁似的。男孩一面往上看著發光的路，有時環顧四周的岩壁，覺得自己置身異境，簡直就快哭出來了，但不是恐懼的那種哭泣。不是的，這是全新的一種，男孩子自己也還沒體驗過的哭泣。

接近黃昏的時候，兩人終於爬上岩壁。男子與男孩興奮地朝山谷喊叫，男孩平常雖然不說話，但喊叫聲卻宏亮得很。這裡望下去可以看到那片森林的樹冠層，像一片綠色之海微微搖動，聲音傳到樹海的頂端，幾隻山鳥被驚起，振翅群飛，隨即又鑽進海的另一頭。

兩人開始興奮地準備爐具煮茶和太空包食物，共同秘密等於完成了一半。其實這趟行程根本不為登山，純粹就是男子要帶剛滿十歲的男孩來體驗這片岩壁。這也讓前幾年逐漸疏離的父子關係，因為這次秘密策畫的旅行恢復了。

野餐後，男子為男孩解說星象，「從這裡看到的星星是平地看到星星的一萬倍吧。」男子說：「你可能會想，可是星星一直都在不是嗎？對呀，純粹只是能見度的問題。能見度的意思就是，我們的眼睛能看到的東西。比方說，我們去過一個看候鳥的濕地對吧？那裡看到的天空都霧濛濛的，那是因為空氣裡頭有很多懸浮微粒的關係。我記得你媽媽說過，現在看星星，就像戴了一副呵了氣的眼鏡一樣。」

一直都只有男人說話，男孩都沒有接腔，像是他根本不存在一樣。男子一度非常後悔來到這個島嶼，但他卻又不得不留在這個島。他原本希望能成為一個探險家。年輕的時候，他曾騎單車環非洲，駕駛無動力帆船橫渡大西洋，參與橫越撒哈拉的馬拉松，甚至參與了一項有趣的睡眠實驗，在地底三十多公尺的地方，待了整整半年。隨著當時還是女友的妻來到這個島上時，剛開始一切都還很好，她能夠忍受他突如其來地消失半個月、一個月；但自從懷了孩子一切都變了。男子有時候會回想，當時他是真心願意為了孩子留在家庭裡，蓋了一間能養大孩子的房子，房子竟也被他蓋成了。剛完成的時候一切正當是最美好的時候，孩子正要出世，房子非常特別，妻子恢復了溫柔。正當此時，他卻發現自己仍想離開那間房子。

男子偶爾忍受不住身體裡的躁動離家去登山，或出國與朋友參與探險行程，妻雖然口頭答應，卻總是用冷漠懲罰他，當他回家時把他當成陌生人。後來他乾脆默默離開，默默回來，雖然有時候自己也不知道是該踏進房子，還是跨出房子。也許是這樣的關係，男子才轉向性的安慰，他的外型出眾，在臺灣很容易找到願意跟他上床的女子，幾次他甚至和妻的學生上了床。即使後悔，但這事已經以一種野蠻、強烈的方式占據了他的人生，像討厭的口香糖黏在鞋底。

「不過我覺得在山上看到的星星還是跟自己童年時一樣真實，好像登了山就回到過去一樣。這也許是我喜歡爬山的原因之一吧。」男子說著說著，不像是說給男孩聽，倒更像是說給自己聽。他嘆了一口氣，說：「有些東西不是不在，只是你看不見它了。」

天色暗沉後，男子拿著手電筒和男孩一起在岩壁旁的一塊林地找甲蟲。由於沒有帶太多裝備，他把另一支手電筒架在地上，投到白色T恤上，充當引蟲布幕。效果雖然不好，只引來了幾隻蛾，但其中一種是有巨大眼紋的魔目夜蛾。男孩打開隨身帶著的新版電子圖鑑指給男子看，兩人都覺得非常滿足。

「明天我們就下岩壁，晚上住在那片森林裡，我猜那片森林就是有長臂金龜的地方，我有問過昆蟲的專家喔，你不是已經撿到好幾隻少見的鍬形蟲？我們可以留在那裡一天，再下山。我帶你從山的另一側下去，可以直接切到溪谷喔，很棒，很厲害的路線喔。因為氣象報告說只會連晴四天，再來就下雨了，下雨就不好了，我們得在下雨前趕回家。」

男孩點點頭。很少開口這件事，使得他看起來比實際年齡大。男孩拿起手電筒，走到營地旁仔細察看。先用光選擇樹，隨即盯緊一些樹，讓光從上到下搜索，竟也發現了五、六種鍬形蟲。他知道哪一種鍬形蟲喜歡哪一種樹。他各抓一隻，回到營帳裡，拿著筆在筆記本上寫下詳細的捕捉位置、種類和時間，並且馬上量了牠們的身長，隨即放進一管一管的捕蟲罐裡。

進帳篷後不久男孩就睡著了。他夢見自己獨自走在森林底層的羊齒道裡，遠處有微光。他朝著光走過去，直到自己走進水裡。一群水鹿也踏水而過，水鹿的腳很細，細到連月光也撐不起來的樣子，跳起來卻很輕靈，好像把水當成琴鍵一樣。他追了過去，水鹿像變成魚一般地消失了。水的盡頭是另一座森林，男孩感覺自己背後彷彿有什麼，因為有股濕漉漉的氣息，靠得非常非常非常近的氣息。

夢就到這裡，男孩就緩緩醒來。他睜開眼睛，發現下雨了，而旁邊沒有男子。他猜想他可能是出去幹什麼去了。他睜著眼睛等，雨打在帳篷外的雨帳上，內帳壁上凝結成一粒粒的水珠，顯示帳內跟帳外的溫差很大。

「晴天少了兩天。」男孩想。

直到天明，男子都沒有回來。男子的鞋子不在，一些攀岩的裝備也不在了。男孩穿上雨衣，在營帳附近尋找男子的身影，但一無所獲。遠方的雨雲陰沉沉、黑壓壓地籠罩了整個山頭，雨的氣味和草莖的氣味揉合在一起。雨還會更大。

男孩想到也許該打開通訊器。第二天的時候，男子要他關掉通訊器，說是偷偷地跑到大岩壁的，所以不能被追蹤到。現在他不見了，只有打開通訊器才會有人來救爸爸或救我。男孩這麼想。但他隨即想，爸爸是能夠自由潛水到兩百公尺深的爸爸，是獨自駕風帆越過海洋的爸爸，不可能出事的。萬一爸爸回來了，反而會怪我。

想到這裡，他的心情稍稍安定下來，退回外帳的前庭裡，開始為自己準備食物。他不太熟稔地用高山爐具升火，把背包裡的食物包找出來，選了麥片。不到二十分鐘就處理完畢，食物還有四天份，水的話可以接雨水，水質消毒錠也知道擺在哪裡。沒問題，自己要面對的就是安靜而已。沒錯，就只是安靜而已。一個人。困難只是一個人會怕而已，只要不怕一切都沒問題。

第二天就在等待中過去，到了黃昏雨勢更為猛烈，男孩幾乎失去了視野，因為很多東西都被雨淋濕了，所以越來越冷。他再次想起要打開通訊器。隨即又想，如果明天早上爸爸還是不回來，再打開通訊器好了，「只差半天而已」。那天晚上男孩躺在帳篷裡聽著自己的心跳，但實際上的心好像在遙遠的地方。他又作夢了。夢接續上一個夢。

男孩轉頭一看，原來是水鹿已經變成在自己的身後，正用鼻子嗅著他，他一轉過來，正好就對上了那頭最大的水鹿的濕漉漉的鼻子。他倒退了幾步，水鹿轉頭就跑，尾巴一閃一閃地像螢火蟲。男孩追了上去，他發現自己沿著峭壁跑，水鹿變成山羊，跑進一個很像他們來的時候穿過的森林，然後在盡頭倏然站定。原來有一群水鹿，和一群山羊。男孩分不清他追的水鹿是哪一頭水鹿，他追的山羊是哪一隻山羊。

樹和水鹿、山羊都看著男孩。

男孩過了一會兒才發現有一個男人站在水鹿和山羊的後頭，他輕輕地撫摸著其中一隻山羊的耳朵。山羊的耳朵尖尖的，毛毛的，好像聽過很多秘密。

我爸爸呢？男孩問。

那男人用下巴向前指了指，男孩朝那個方向看去，發現山在很遠的地方。而自己正站在那個巨大的岩壁面前，眼前只差一步就要踏空。而綠色之海此刻在眼前漫漫展開，波濤萬頃。

第九章

Rørhavl意思是藍色海上巨大的紅色的鯨。在藍色大海上獵殺擁有巨大紅色肚腹的鯨，這吸引力對阿蒙森來說無法抵抗。

24 海岸路

莎拉看到那片海灘時，直覺海灘的氣味就像她大學時教英國殖民史的史都先生的口臭一樣，是從內臟開始腐朽起的一種氣味。她第一次看到這麼筋疲力竭、毫無防備、任人擺布的海。「筋疲力竭」，莎拉想不出更好的形容詞。

其實當車子沿著幾年前才建成的新公路通過，莎拉就有這樣的感覺。她看著地圖，舊路原本是緣著山與海的邊緣，但新路穿越了島上最美麗的群山，幾處甚至穿過不少讓薄達夫驚嘆工程技術的山洞。

薄達夫刻意減緩速度，這輛三菱的休旅車是李榮祥借給他們的，這對薄達夫和莎拉來說更好，感覺行動上更自由。路偶爾會繞回海邊，太平洋在眼前時而閃現，不過與期待的藍色海洋完全不同。因為垃圾隨浪漂流，海反射陽光的角度變得非常多變，幾處甚至還形成虹彩，華麗得令人吃驚。但仔細一看海水的顏色，卻又呈現鉛灰般的沉重，不真的是藍色。從公路上偶爾也可以看到鐵道與列車，昨天和李榮祥吃飯時他特別提到，這段軌道因為部分地區已被海掏空，相關單位正研擬往山這邊再退縮，恐怕部分區域還是得再穿過山脈。他並且向薄達夫詢問關於這些山能否「通過」的專業意見，要他順道注意一下沿路的地形。

「以目前來說，技術性問題恐怕不是重點，必要性才是重點。你們要一個什麼樣的島，才是重點。」薄達夫回答。

薄達夫和莎拉在一個叫做崇德的地方停下來看知名的清水斷崖，雄偉的山崖壁立海上，海夾帶著各式各樣的廢棄物擊打著它。無數遊客駐車觀賞，驚呼連連。莎拉被這片絕壁深深震動，一面也驚訝於這些人似乎無視於海岸變成如此這件事，把這當成一種奇景來觀賞。她打開薄如紙張的電腦，查閱關於這片海岸的相關資料。

來到這個島只有兩天，僅是短短的印象，她發現島民似乎已經習慣呼吸這樣的空氣，現在則漸漸嘗試要習慣看這樣的海。而她曾經在許多影像上看過原本的太平洋，卻已然消逝。此刻莎拉不禁想起小學的時候，父親播放給她看的一套叫做「世界的海」的紀錄片。

「妳看看，這是我們的太平洋，真壯觀不是嗎？」那時莎拉還以為挪威人的海就只有挪威海，而挪威海是上天給挪威人的恩賜，地理老師說因為北大西洋暖流通過，所以挪威海是北冰洋中唯一能全年通航的海。「我們的挪威海。」莎拉還記得地理老師講這句話的神情，不過她父親阿蒙森叫所有的海都是「我們的海」：「我們的印度洋」、「我們的大西洋」、「我們的太平洋」。

莎拉的父親阿蒙森由於和第一個到達南極的探險家阿蒙森同名，許多人以為他是熱愛探險而改名的，但阿蒙森則常在自我介紹時說，是因為這個名字的關係所以他才熱愛探險。那個跟他同名的偉大阿蒙森曾在一九〇三年到一九〇六年之間，駕駛單桅帆船成為第一個通過西北航道的探險者，他並且發現了磁極的效應。不過阿蒙森當時作夢也沒想到，二〇一〇年以後因氣候暖化，這片冰雪大地逐漸退縮，西北航道竟然冬季也可通行了，根本不必苦等那一個月的融冰期。這就好像發現亞馬遜雨林是為了注視著它越來越小一樣，莎拉的父親阿蒙森常常覺得還好探險家阿蒙森已經死了，不需要目睹這一切。

莎拉的父親阿蒙森因為熱愛海洋，正值壯年時卻放棄了建築師的工作改行當漁夫。而她的母親則因為他太常在海上，終於狠下心把莎拉留在港口朋友的家後自己離開。莎拉對她的記憶很淺，就好像大多數人回憶不起來第一次下決心做的某件事一樣。離了婚的阿蒙森每年仍舊駕船出海追逐毛鱗魚、鱈魚、藍牙鱈和鯡魚，有時候甚至一路追魚到北大西洋的西側。據說漁夫比哥倫布更早發現新大陸，就是因為追逐鱈魚群的關係，只不過漁夫為了保護自己的漁場，沒有把這個秘密公開而已。

阿蒙森的同伴多半看不出他對妻子突然離開的哀傷，只是他帶著小莎拉上船的時間變多了。小莎拉的童年幾乎就是在海上度過的，許多年後，或許這可以證明她擁有成為海洋生態學家天賦與信念的重要理由。

過去阿蒙森每年堅持獵一頭鯨。他通常只挑長鬚鯨或抹香鯨這類巨大的對手，這是他做為一個挪威漁夫的小小榮耀與尊嚴。阿蒙森常說，一般人以為挪威文鬚鯨Rørhavl這個字指的是「身上有皺褶的鯨魚」，是因為從字面上來看Havl是鯨的意思，而rør則是「皺褶」之意。不過阿蒙森認為這是錯的。他常說，rør應該取紅色的意思，因為長鬚鯨的腹囊張開時會充血，就變成紅色。因此，Rørhavl意思是藍色海上巨大的紅色的鯨。在藍色大海上獵殺擁有巨大紅色肚腹的鯨，這吸引力對阿蒙森來說無法抵抗。

雖然挪威的獵鯨行動始終受到國際不小的壓力，阿蒙森依然故我。他常說：「我可是用傳統的魚叉獵鯨，既不用鯨砲也不用魚叉炸彈，這是一種生存的搏鬥，難道也不行嗎？何況，我每年只捕一頭鯨！」阿蒙森使用的是一千多年前巴斯克人發明，經過挪威人改良過的捕鯨術。方法是當瞭望臺上的船員發現鯨蹤時，獵手分乘小船包圍鯨，並且用魚叉插進鯨的背部。這種魚叉的繩子上還綁著一個巨大的中空葫蘆，加速逃亡的鯨的體力消耗，等到鯨的噴氣孔開始噴出血水，獵手們就瞄準鯨的要害結束這巨大生靈的性命。

部分保育團體認為使用魚叉獵鯨，會帶給鯨更巨大的痛苦，更加殘忍。這點阿蒙森無法接受：「活著的生命面臨死亡一律都是痛苦的，沒有痛苦的生命沒有尊嚴。我們尊敬鯨，並沒有要將牠們趕盡殺絕，也沒有故意要讓牠們感到痛苦。我們捕鯨是用自己的生命換牠們的生命，可能是我殺了牠也可能是牠殺了我。站在我的立場，我也不允許那些商業捕鯨人將鯨趕盡殺絕，你們應該對付的是他們，而不是我們，搞清楚！」

阿蒙森一夫當關，氣勢逼人。由於現在的船比以前要快得多，阿蒙森甚至刻意使用無動力小艇。「至少在最後一段，死在我手裡的鯨是有尊嚴死去的，牠們有機會取我的性命。」他有時會這樣對當時還聽不太懂的小莎拉說：「人類就是食物鏈裡的一環，適當的獵捕並不會造成物種的消失。而古斯堪地那維亞的漁夫，就是靠獵鯨才得以成為一個堅強的人種。妳要知道這點，我的小莎拉。」

朋友們都覺得阿蒙森是最典型的挪威人，強悍又冷酷。但只有小莎拉看過阿蒙森的軟弱。阿蒙森常在夜晚的時候坐在他的船艙裡，用魚鉤穿進自己手臂上的皮膚，然後用另一隻手拉扯，因此手上常留下歪歪曲曲的疤，疤漸漸爬滿了他的手臂，每當在海上作業時一使勁，總讓旁人看得心驚不已。小莎拉在某次吃早餐時，出奇不意地問阿蒙森為什麼要拿魚鉤刺自己，阿蒙森沉默了一會兒回答說：「為了感受魚的感受啊，我的小莎拉。」

多年之後，阿蒙森會說他的獵鯨生涯在他五十歲那年畫下句點。那年他和朋友操船追獵一對長鬚鯨，一路在北大西洋纏鬥，最終殺死了這頭十八公尺長的雄鯨，而放走更為巨大的雌鯨，因為已有約定，不殺雌鯨。不過雌鯨在離開時，尾部朝船身一甩，不但使得船身裂了一道縫，船的機動系統竟整組損壞。他們甚至忍痛放棄已經殺死的雄鯨，讓那個巨大的身軀就此沉入大海。阿蒙森和朋友們一面阻止進水一面隨著洋流漂流，發出求救訊號，甚至已經跳下小艇準備棄船，直到被一艘加拿大的漁船垂下運貨網把他們救回加拿大。

由於冬天不久就降臨，於是阿蒙森決定留在加拿大，並且趁機租了一艘小船航行。初春回到加拿大和朋友們會合取修復的船時，一位船員肯特邀請阿蒙森去他家鄉獵海豹，他家鄉位在拉不拉多省，是著名的豎琴海豹盛產地。阿蒙森在歐洲也獵過海豹，獵海豹其實不難，這對只喜好冒險的阿蒙森來說一度興趣缺缺，不過在肯特的力邀下他只好前往。

這個季節懷孕的豎琴海豹正聚集在海岸育雛。阿蒙森和肯特以及其他獵人們將船靠在冰原附近，開始步行進入「冰區」獵殺海豹。冰雪大地看起來是灰撲撲的顏色，讓來自冰雪之國的阿蒙森備感親切，海豹群就像一群悠閒地坐在冰上看風景的課外教學小朋友似的左顧右盼。

一路上，肯特告訴了阿蒙森不少關於獵海豹的知識：「初生的海豹因為渾身雪白，所以被稱為『白袍』（whitecoats）。兩週後，雪白的毛會褪換成銀色毛皮，稱為『夾克』（ragged jackets），大約十九天左右，白毛完全褪除，變成銀灰色的『披頭』（beater）。其實以前歐洲人愛買毛皮的時候，貴婦最愛『白袍』，但現在政府規定『披頭』才能殺。其實我根本不懂差別在哪裡。殺『白袍』跟殺『披頭』還不是都一樣是殺一隻海豹！」

「可是我沒帶獵槍，得幫我借一把。」

「沒問題。」

隔天肯特遞給他的卻不是一把槍，而是一支特殊的棍棒，長度跟棒球棒相當，而前端鑲著一根鐵鉤。

「這怎麼用？」阿蒙森狐疑地問道。

「海豹的頭啊，往牠頭上一敲，咚，就完了。厲害的獵人一棒就可以敲死了，然後再剝皮。」肯特說，「來比賽吧。」

一行人進入浮冰處後，警戒的海豹開始狂吠，群體紛紛逃離跳水。海豹在冰上的移動速度不快，但一旦逃下海，獵人就沒有辦法了。不過小海豹跑不快，有的泳技不佳，有的甚至還不敢下水，很快被獵人追上一棒打暈。在旁邊看時阿蒙森才發現，即使是像他一樣壯碩的大漢，一棒要打死海豹卻也不容易。主要是浮冰會略微晃動，海豹也會閃躲，因此很難直接命中要害。海豹多半挨了好幾棍，滿頭鮮血，邊狂叫邊躲藏。被打昏或受了傷而不再反抗的海豹，獵人將手中的棍子一轉手，用倒鉤鉤住海豹的頸部，使力往船旁邊拖。血會一直從棍子的尖端流下來，就好像受傷的是棍子似的。

由於海豹對獵人並無攻擊力，阿蒙森始終下不了手。對他而言，獵鯨，至少在古老時期的獵鯨，甚至他和一群篤信獵鯨是重要的斯堪地那維亞文化的朋友的獵鯨，獵人都是拿命去換的。但此刻他看到的是這麼脆弱的生物，有著所有人童年時都有的大眼睛，和嚶嚶的哭聲，他實在不知道怎麼下手。「如果用槍的話還好。」阿蒙森第一次覺得用不同的工具進行殺戮，對殺戮者而言意義也不同。

被拖到船旁邊的海豹得馬上剝皮，獵人從頭部傷口的地方用利刃割開，兩人合作把海豹皮緩緩地像脫下一件過緊的牛仔褲似的剝下來，海豹血不斷湧出流在白色的冰上。由於眼皮也被完整地剝離，留在冰雪上的海豹都睜著溜溜的眼，讓看慣殺戮的阿蒙森感到背脊發涼。

「為什麼不等牠們死了再剝？」

「活的剝起來才快呀。」肯特聽出他的疑慮：「確實很多獵人省略確認海豹的頭蓋骨是否碎裂的動作，我自己倒一定會確認海豹是不是死了。不過也怪不了他們，動作要快，錢才會來，不是嗎？」

這次一個叫做阿爾法的老手追上了兩隻雄海豹，他揮刀將牠們的陽具割下，卻不剝皮。

阿蒙森問：「誰要買海豹的陽具？」

「成年雄海豹的皮不值錢，但陽具值錢，亞洲人吃，他們覺得吃了以後性能力就跟海豹一樣。海豹要怪就要怪那些吃海豹陽具的傻瓜。」肯特開玩笑地說：「其實海豹的性能力根本不好，我是說跟我比起來啦。」

回程時，阿蒙森一語不發，他並不責怪肯特，也不責怪其他獵人，也不是責怪自己……他認為他的信仰是沒錯的，只是單純地覺得自己身體裡的某部分空了。肯特看出阿蒙森眼裡的疑惑、傷害與詰問，也感受到很久以前自己心底對自己的詰問又浮了上來，他避開他的眼睛，拍了拍老朋友的肩膀，說：「這些獵人的生活也不輕鬆，幹這行只得到勉強糊口的利潤，錢都被中間商賺走了。他們只會獵海豹，不讓他們獵海豹，有些人根本活不下去。」

此刻阿蒙森心底的某個地方，微微地搖晃了一下。

幾個月後，阿蒙森回到挪威，吃著莎拉為他準備的醃魚。他看著失去了魚眼睛的頭部凹槽，不經意地，那些骨碌碌、像小學生一樣的海豹眼神再次闖了進來。他發現並不是「殺」海豹這件事重擊了他的心靈，而是殺海豹的「方式」。人類為了生存而有殺戮這事是改不了的，就像因紐特人殺海豹以求生，是無善無惡的事。但現在一方面殺海豹不只是為了求生，更重要的是獵人明明有體力也有能力確認海豹是否還在受苦，卻毫不動心，這是要經過非常漫長的鍛鍊才能將心變成石頭的。在為生活獵食的時候，獵人的心並不是石頭，他們會對獵物充滿感謝，家裡的眼睛會對自己的歸來充滿期待。但他所目睹的獵海豹並不是那樣，一切都變了。

於是在餐桌上，在刀叉前，他將這段獵海豹的經歷告訴了莎拉。

「你覺得這樣不對是嗎？爹地？」

「我不知道。現在海豹還很多，但這和過去鯨很多的時代一樣，人們絲毫不同情鯨的處境，認為鯨是消耗品，有時殺了一大堆鯨，卻只取最厚的鯨油，其他就放任不管。於是終於有一天，海上的鯨越來越少了。不過，最近我開始覺得，即使鯨和海豹永遠殺不完，人們還是應該只取走能養活自己的數量就好。」

「所以你認為？」

「這些日子我一直在想，這或許不是一個物種活不活得下去的問題，而是我們為什麼總要在夠用以外，多取一份？」

「對了，海豹的陽具都賣去哪裡呢？」那時莎拉很認真地想著自己曾看過的陽具，兩個來自同學，一個是打工時認識的朋友，她握過他們的陰莖，是一種熱燙燙，會讓人感覺其中有什麼的活物。

「中國、香港，或是臺灣吧。」阿蒙森攪了攪盤子裡未熟的蛋，說：「莎拉，我的漁夫朋友們多數心都還沒有完全變成石頭，不少人都是被生活所逼。但背後那些從不到現場，吹著暖氣收錢的公司老闆，心卻是流不出血來的。」

莎拉永遠記得阿蒙森當時表現出一種富於藝術氣息的哀傷，莎拉從來沒有在其他的動物臉上看過那樣的表情，阿蒙森的眼閃爍不定，就彷彿他有一雙複眼似的。「莎拉，我放棄了我海上獵人的身分。莎拉，時候到了，我想我應該放棄海上獵人的身分了。我得試著改變些什麼，否則我會覺得自己白活了。」

阿蒙森實踐了他的諾言，那年他就把船賣了，並且參與了跨國的反屠殺海豹組織，再次回到加拿大，投入運動，也在挪威參與反對商業捕鯨的行動。阿蒙森從此變成橫跨大洋兩岸一些人共同的頭痛人物。

莎拉看著這個阿蒙森口中的「我們的太平洋」，心中百感紛呈。海灘雖然被「暫時性」地清理了，但每次一漲潮，就把另一些垃圾渦流的垃圾再沖上岸，就好像那個島嶼，想要與此刻自己所站的這個島嶼合而為一。

李榮祥由於另有他事，本要介紹一個在D大任教的老同學接待薄達夫和莎拉，但他認為有個登山認識的朋友更適合，「他叫達赫，是原住民。來臺灣，特別是東部，當然是原住民才是好的導覽人。」

車子一過最後一條大溪的大橋，他們立刻看到了一個綁著紅色頭巾，皮膚黝黑的壯年人對他們揮著手。莎拉第一眼就對這個眼神憂鬱，個子不高的男人深有好感，覺得他的動作有一種不造作的氣質。

「你好，莎拉，薄達夫。」

「我達赫。」達赫接手了司機的角色，把車開到半小時車程後，海上房屋附近的海岸線。

這裡的海看到的情況又跟剛剛不同了，由於是個略帶弧形的海灣，放眼望去，幾乎看不到垃圾渦流的盡頭。

「你們現在都怎麼處理呢？」

「我們先把垃圾分類，附近的廢造紙廠設了五個分解槽，部分可分解的垃圾就優先處理。有價的垃圾則送到別處繼續分類回收，至於捕捉到的生物活體，就轉送到附近一所大學讓專家進行研究。」達赫說：「你看到我們分成九個工作站，不過，說真的，人力真的非常不夠。」

「這邊的城鎮原本的人呢？」

「有不少是Pangcah（邦查），嗯，這裡的阿美人自己稱自己叫邦查，他們多半都投入復原的工作。我很怕這片海岸完了，漁場也完了，邦查的海洋文化，也毀掉了一部分。對漢人來說，海的污染就是沒有錢而已，但對邦查來說，海是他們的祖先，太多神話是跟海相關的，沒有祖先，還當什麼人？」

「你是邦查嗎？」

「不，我是布農。」達赫說：「Bunun的意思，是真正的『人』。」

莎拉完全懂，世界各地的種族，原先都只以為自己才是「真正的人」。

晚餐他們到達赫家用餐，房子裡有一個小女孩，和一個女人。小女孩是達赫的女兒叫Umav（鄔瑪芙），很可愛的名字。但他並沒有介紹女人是否是他的妻子，只說她叫Hafay（哈凡）。不過莎拉覺得看起來並不是，哈凡跟達赫比較像她和薄達夫之間的關係，不過也不太像，很像是一篇沒有顯題化的論文。餐點據說是邦查常吃的野菜為主，沒有海鮮。鄔瑪芙和哈凡都不會講英語，因此多半由達赫說話。

「雖然我們吃的東西離不開海鮮，但現在沒有，你們知道的。」

「沒問題，太棒、太豐盛的食物啊。話說回來，以後都不知道還會不會有海鮮這種東西哩，趁早變成素食動物可能比較好吧。」薄達夫笑著說，大家跟著無奈地笑了。

這個島已經開始在償還它的負債了，莎拉想。

25 山路

這天夜裡，阿莉思醒來後帶著手電筒下山，仍然下著微雨。這是這個月東部連續第十八天下雨了，據說往臺東的某些公路與鐵路路段整個浸泡在海裡，而屏東一些地層下陷最嚴重的沿海村落，則是已經撤村。

雖然路不是非常清晰，但阿莉思走路的速度不算慢，她發現自己漸漸比較不怕山，她開始熟悉這個方向的每一條小路，每一株植物與野草的成長速度。原來如此，山是這樣的東西，跟人沒有兩樣，瞭解了就不怕。但即使如此，你還是永遠不知道它在想什麼。你不知道一個人下一刻會做出什麼樣的事，你也不知道一座山下一刻會做出什麼樣的事，她想。

到了海岸邊，阿莉思站在這個曾經如此熟悉但此刻卻極為陌生的海岸線，百感交集。這個位置因為相對之下是較多人居住的一段，所以算是初步清理完成了，但海水是流動的，而且垃圾島漫衍的海域遠超過臺灣的面積，因此第二波垃圾馬上又填滿了可見的空隙。海上房屋現在離滿潮線至少有五十公尺那麼遠吧，滿潮線已經在道路的邊緣了，而房子四周是充滿各種垃圾的海水。這個時間是潮水開始退去的時分，阿莉思把T

恤脫下，放進防水袋裡，穿著泳衣，從尚未崩落的道路邊坡走下海。

一開始不過到小腿附近的深度，但很快地就踩空，海水已遠遠超過一個人的高度。阿莉思的身體一度在冰冷的海水裡僵硬，隨即舒展開來。

黑夜裡海水呈現前所未見的墨黑色，路燈的光線隨波浪流動，就像一條條閃閃發亮的線，正在編織什麼人所不瞭解的物事似的。阿莉思戴上潛水鏡，背著迷你的高壓水肺潛入。眼前的塑化物以各種姿態漂浮在海中，在頭燈照耀下，彷彿林林總總的，前所未見的異世界生物。

游近海上房屋，阿莉思發現海的高度已接近二樓的三分之二的位置。窗戶全都破了，一面牆也崩壞了一大塊，主屋已崩陷大半，可以從海中看到屋裡的情形。她從缺口「潛」進屋子，憑藉著記憶游進自己的房間，打開房門。房門因水壓的關係有點重，還好門下方已出現破洞，因此還是能推開。阿莉思游進走廊，托托房間的門亦已敞開，各種垃圾隨潮水漂進來，而房間裡的東西則被汰洗出去，或者隱藏在垃圾之間。她抬頭一望，那畫在天花板上的地圖還在。傑克森跟托托所畫的山的地圖還在，那裡有一條阿莉思不知道的山的路線。

這段時間以來，阿莉思幾度要達赫告訴她找到傑克森屍體的地點，達赫都拒絕了。可能是達赫跟警局有某種默契的協調，警察也只說了山的名字，推托說確實的地方，只有找到屍體的人才知道。

「又不是我們背他下來的。」一個承辦案件的胖胖警員說。

一開始傑克森和托托失蹤的時候，阿莉思曾不顧一切要求搜救隊帶她上山，她因此知道傑克森所申請的登山路線。不過達赫找到傑克森屍體的那條路線，卻明顯地與他申請的路線不同，雖然兩座山是連在一起的，但傑克森明明申請的不是那座山的登山許可啊，為什麼他會死在那座山裡？

直到那天，阿莉思坐在獵寮裡寫作，突然間想起了托托房間的天花板。

此刻她正在那天花板底下，看著那幅地圖。一開始仍有點迷惘，但這段時間她已經研究過太多地圖，不久她就看到路線了。正如她所預想的，傑克森……也許是傑克森和托托偷偷共謀了一條她所不知道的路線。他們並沒有按照原本申請的路線走，而搜救隊卻傻傻地跟著他們提供給管制單位的路線去搜尋。事實上，他們走的是天花板的路線。阿莉思看著看著，彷彿看到大門、路、天空、石頭、細小的泉水的源頭，雨。

海水。山的路線。

當阿莉思從厚厚的睡眠一樣的海水上岸，重新站上陸地時，覺得自己像一頭寂寞、偷偷上岸的鯨，她的心破碎如岸石，封閉如死去的貝。

隔天夜裡，阿莉思在獵寮外用立體投影機，把臺灣地圖投影在貼在牆上的白紙上。她告訴阿特烈，這就叫做「地圖」。「我們生活的地方，任何地方，都可以畫出像這樣的地圖，用地圖，就可以告訴別人怎麼走到另一個地方去。到一個陌生的地方，也可以找到路。」阿莉思看著阿特烈疑惑的眼神：「如果你會看地圖的話。」

阿莉思用雷射筆指著地圖上臺灣的位置，說：「我們現在在這個島上。你能不能指出你來的島，嗯？瓦憂瓦憂島？」阿特烈只是憂鬱地微笑著。

「不是，土地，這裡。」阿特烈指指地上，抓起一把土：「不是，那裡。」

「阿特烈，你不懂。地圖就是把我們的土地縮小畫在紙上的啊，世界就在這個畫面上，沒有更多一點，也沒有更少一點。」阿莉思覺得自己講這話有語病，但沒關係，反正阿特烈無法完全聽懂。

「海也能，變地圖？」

「可以吧，有所謂的海圖這樣的東西。」阿莉思指著南太平洋上的某個點：「我猜，瓦憂瓦憂島就在這附近。」

阿莉思換上另一張投影地圖，那是貫穿島嶼中部的山脈的一個局部，畫滿等高線與曲折路線的地圖。上頭有一條紅色的路線，是她憑記憶重畫的天花板路線，傑克森和托托真正走的山的路線。

「我們在這裡，我想到這裡去。你懂嗎？我想到這裡。」阿莉思不斷用雷射筆指出那條路徑，直到阿特烈點頭表示瞭解。

「你，」阿莉思指著阿特烈：「願意跟我去嗎？跟我去。」

「遠嗎？」

「不近吧。」突然一隻巨大的天蠶蛾飛來，停在地圖上，像是一個標誌、一個象徵、一個插入的短句，睜著翅膀上的眼睛看著她。

「牠？」阿特烈指著Ohiyo。

「Ohiyo會等我回來的吧，對吧，Ohiyo，妳會在這裡，在這裡附近等我們回來吧？還是妳想去住達赫那裡？」Ohiyo甜膩地叫了幾聲，表示抗議，顯然牠寧可自由在山裡晃蕩。

阿莉思花了一些時間到圖書館認真閱讀了關於這條路徑的所有登山記錄，購買了一切她認為可能需要的器材，並且為阿特烈買了個背包，再買了一頂帳篷。和阿特烈原先睡的那個不同，是最新型的超輕氣流帳，透過流線型的設計與氣流循環，帳篷外可以形成一股隱形的氣流，降低雨水直接打下來的力量，以保持帳篷裡的乾燥。要阿特烈一起去的原因，一是她不曉得還能把他託給誰，二來她知道自己必須靠這個孩子，她無法獨自在山裡頭生存下來。她心底自私地想，這孩子連海洋遍布的死亡陷阱都逃過了，應該能幫她到地圖上那個紅點的地方去吧。

那個標示紅點的地方是個大岩壁。她問過專業登山社裡的人，那是條很少人會走的路線，因為那裡只是個大岩壁，而且是因為大地震才形成的大岩壁，不太穩定，所以可能很危險。既不是必經的越嶺路線，也不是登頂的三角點。

「小姐，如果妳不攀岩的話，去那邊是沒有意義的。」登山社的一位教練說。

阿莉思特意選了一個未來三個月內幾乎是唯一可能的連續晴天的那天出發，氣象專家認為這一次的連續晴天幸運的話可以持續五、六天。

出發那天，她和阿特烈一前一後走向登山路徑，並且特意走了一條地圖上沒畫的路，這條路據說是可以迴避檢查哨的路徑，繞過溪床左側的原住民部落以及發電廠。那是個這幾年來常上新聞的一個撒奇拉雅部落，這幾年來由於不斷山崩，讓他們不得不屢次中止已經漸上軌道的吸引觀光客的計畫。但這條朝中央山脈的溪谷山徑，卻是許多獨行登山客喜歡選擇的路線。

隔天他們已經深入山徑，路緣緊貼著峽谷與深淵。這是島的東部山脈常見的地勢，陡峭且被河流切蝕成深谷。阿特烈雖然跟阿莉思住在獵寮一段時間，但從未如此見識過一座山，他幾度在看著霧嵐變化之時，以瓦憂瓦憂特殊的手勢頂禮膜拜。

第三天清晨兩人繼續走，雲隨風走，山陰面開始下起雨來，雨遮蔽了山勢，以至於兩人一時之間以為自己只在一座小小的郊山而已。午後陽光漸強，遠處的連峰遂又明晰起來。光線從雲際穿出，照亮了山脊，而較低層的霧靄則掩蓋了峽谷，以至於遠方的山頭如同浮在雲上的島嶼。看到這樣的景象，阿特烈突然覺得自己愛上了這個島嶼，就像愛上瓦憂瓦憂島一樣。他問阿莉思說：

「山？」他指著遠方。

「對。」

「這麼多？」

「對。」

「有神嗎？」

「什麼？」

「有神嗎？」

有神嗎？阿莉思不禁想起一些關於原住民的神話。泰雅族的始祖據說誕生於大霸尖山，鄒族則曾於洪水時代避難於玉山，布農也有屬於自己的聖山，幾乎所有原住民都離不開山的神話，這些山與其說是他們的神，不如說是孕育他們的源頭，也是他們避難的處所。而臺灣人的信仰裡，雖然很少直接針對山的，卻在各處都有土地公的信仰。寬鬆來說，在某個層面，某個時間點上，這些山確實曾經有「神」的。她也想起這幾年颱風一來就爆發土石流，有時把整個原民部落都埋了，有時把車輛吞沒，有時把整個村子困在路與路之間……因此屢屢有人提到應該重返自然、尊重自然，甚至是「重新敬拜山神」這樣的口號。不過也許太晚了吧，即使有神也早已離開了吧。阿莉思想。

「以前有。我想現在沒有吧。」

「瓦憂瓦憂海，有神，山矮矮的，也有神。」阿特烈很認真地說。

瓦憂瓦憂的山神牙牙可和卡邦不同，祂是個被懲罰的神。瓦憂瓦憂人認為除了卡邦以外，還有許多神力略遜於卡邦的神，祂們各自掌管不同世界的命運。牙牙可被懲罰的原因是，當卡邦決意滅絕某種冒犯了祂的鯨時，牙牙可竟然出手相救。祂創造了一種像山一樣高的海草，讓那種無與倫比的巨大的鯨可以躲在裡頭，並囑咐牠們不可出現，直到卡邦息怒。但因一頭幼鯨溜出海草林遊戲，終於被卡邦發現了，於是祂震怒降罪。不過同時祂也知道自己貿然終結一種生物生機的不當，於是中止了滅絕巨鯨的旨意。

但卡邦仍心想著要如何處罰牙牙可來樹立威望。當卡邦給了瓦憂瓦憂人這座島後，島上的石頭仍然會變成砂，而砂會被風吹飛，也會被海水帶走，這麼一來，島就會越來越小了。於是卡邦決定要牙牙可變成一隻小鳥，每天去啣砂來補足這些被吹走或被浪帶走的砂。由於風與浪永不疲倦，牙牙可也就永遠無法休息。不過勤奮的牙牙可，在海神跟風神不那麼賣力的時候，竟在瓦憂瓦憂島上填出了一座山，有了這座山，島民既可以取得一定數量的樹，也不用怕瓦憂瓦憂消失了。這就是島民為什麼將牙牙可尊為山神的原因。

「所以你們的山神是一隻鳥？」

「嗯。」

「鳥當山神感覺太可愛了吧。」阿莉思看著眼前這個少年，雖然她無法完全理解他說話的意思，但語言不只是語言本身。他的眼神、動作，和語調與音量，簡直就是天生說故事的人，他的身體被刨過，被磨亮、鑽透、鍛造過，彷彿有一種魔術，讓人相信那個身體裡講出來的故事，無論多麼荒誕、離奇、不可思議，都必然是發生過的，活生生的。

「可愛？不，牙牙可沒有感情，冷酷。」

他們繼續摸索著路，第四天清晨起來，已經遠遠可以看見一些阿莉思在地圖上讀熟的山頭，她知道已經接近地圖上的「森林」了。不過此時阿莉思的體力有點不濟，於是更多的時候他們走走停停，阿莉思順便教了阿特烈如何看地圖。用某個符號象徵某種自然物是地圖最關鍵的地方，這點阿特烈很快就熟識了，其次辨認方位讓腦袋裡出現一個將地圖和實景對應的畫面，阿特烈在這方面的能力更是遠遠超過阿莉思。唯一他不可理解的就是比例的問題。明明是這麼大的一片海，怎麼可以用這麼小的一張圖替代？

他們升火煮食，阿莉思帶了不少真空食物包，只要加熱就能吃。這個晚上吃的是青醬義大利麵，還有熱咖啡。阿特烈這段時間以來，胃已經漸漸能適應島的食物。

「對了，海上你最常吃什麼？」阿莉思問。

「魚。」
「怎麼抓呢?」
「我用葛思葛思的東西做成魚槍,用牡蠣殼做魚鉤。」
「生吃嗎?」
「嗯?」
「不用火嗎?」
「火,沒有。」
「沒有火啊,對呀,在海上升火也太難了。對了,瓦憂瓦憂島人有文字嗎?」
「字?像這個?」
「嗯。」
「字,沒有。掌地師說,語言是一切。」
「沒有文字可惜了,很多事得靠文字才能表達。」
「不用的。瓦憂瓦憂,沒有字,一樣。」
「沒有文字怎麼寫詩呢?」這句話阿特烈不是那麼理解,於是便沒有接話。
「對了,我忘了你說過,月亮叫什麼?」
「那露沙。」
「喔,卡擦米伊娃那露沙。」阿莉思用瓦憂瓦憂語講出這句話。

「今天有月亮。」阿特烈用中文講出這句話。

「啊，是啊，你的中文進步了，今天有月亮。對了，我又忘了，那太陽叫什麼？」

「伊瓜沙。」

「伊瓜沙。」阿莉思複誦一遍。

「伊瓜沙有自己的光，那露沙借別人的光。」阿特烈順口講出了瓦憂瓦憂一首童謠的歌詞。

「伊瓜沙有自己的光，那露沙借別人的光。」阿莉思說：「唉呀，這句就是詩了啊。」不過阿特烈仍然不懂，詩是什麼意思。

那天晚上，兩人剛進入夢鄉不久，阿特烈就醒轉過來，他毫不猶疑地拉起阿莉思摀住她的嘴，示意她切勿作聲後，從帳篷的另一個出口離開。阿特烈感受到什麼，即使阿莉思覺得眼前就只是一片陰沉靜寂。此刻阿莉思的血和心跳都還很緩慢，因為還沒有睡夠，她的一雙腿還在夢境裡，但阿特烈卻異常清醒，雙眼緊盯著黑暗。

不多久，從樹影的地方分離出另一張影子來，影子緩緩前進，看起來帶著點猶豫其實充滿決心，當它前進到帳篷附近時，阿莉思好像在夢裡被潑了一桶水，整個人都清醒了：

「熊！」

〈山神〉，金芸萱

熊抬起頭來朝聲音的地方人立起來，伸長鼻子嗅聞，牠的胸前的弦月紋因此完全露出，身軀像是巨大的黑暗天空。牠的鼻子先被帳篷裡的氣味吸引，所以遲疑之後，還是粗魯地「打開」帳篷，把阿莉思和阿特烈的食物翻倒一地，然後一樣一樣品嚐起來。

阿莉思和阿特烈都竭力抑止自己的呼吸，阿莉思想趁機離開，但阿特烈卻覺得留在原地不動最好，他的一雙手緊緊拉住阿莉思。對阿特烈來說，眼前是一頭壯美、警覺、堅毅的動物，和他所見過的一切動物一樣美麗，瓦憂瓦憂島上並沒有這麼壯美的動物，阿特烈不禁著迷。

當天色微亮的時候，牠重新站起來，踩爛了帳篷，伸長了鼻頭嗅聞著，看起來超過一個成年男人的身高。阿莉思此刻緊緊握著阿特烈的手，她的手如此冰涼，彷彿露水。熊緩緩地退進森林裡，森林重新開放，將影子接納回去。

熊沒有發出聲音，沒有挑釁，也沒有追逐，只是翻找牠想要的東西，然後回去森林。但阿莉思和阿特烈都彷彿歷經了一次生死，他們嗅到一種古老的氣息，像山一樣，又和山不同，一種特殊的靈魂氣息。如果必要，牠也可以奪走他們的生命。

阿特烈此刻，才緩緩轉過身來對著阿莉思，慎重無比地說：

「明明有神！」

26 複眼人 II

男子醒轉時，發現自己沒有預期的疼痛感。他剛剛作了個夢，夢中他嘗試在絕對黑夜的黑夜中，嘗試「盲攀」下岩壁。由於在一片黑暗中，他只用全身的細胞感受岩壁的肌里，就像他第一次進入妻子時的感受，她和他都有一種微妙的震顫感，好像重新替自己的靈魂補充了什麼。

爬到三分之二的地方，他的指甲開始疼痛，腳趾頭因為過度施力而麻痺，由於沒有戴著止汗帶，汗滴下來的時候刺痛了他的眼睛。但生理越感壓迫，心理卻越有快感，這是沒有從事過這類活動的人不能理解的事。男子深呼吸再深呼吸，直到信心慢慢回到指尖。

然而就在這一瞬間，手指脫離了岩壁。他彷彿瞬間轉換了位置，看見自己不斷變小，天空中雲霧星辰都已不見蹤影，周遭一切俱已消散，黑暗之中，僅存虛空。

原來是夢。男子小心翼翼地不發出聲音走出帳篷，到岩壁的旁邊。真正的岩壁不像夢中一樣絕對黑暗，被月光照得微微發亮的樹葉、樹蛙的背、草莖彎曲的地方、植物凹陷處的水珠……，這些微微發光的物事，反而讓看下去的岩壁更顯黑暗。

為什麼不試著攀下去看看呢？男子問自己。不行，孩子在營帳裡，出事就糟了。

為什麼不試著攀下去看看呢？不行。

為什麼不試著盲攀看看呢？不行！

為什麼不試著赤手不帶裝備攀下去看看呢？

這個問句對他有越來越強大的吸引力，挑動他體內的血液。男子在某一刻突然起身，將石灰袋繫上腰間，換上攀岩鞋，開始緩緩地從一枚眼前可見的岩石逆向往下攀爬。現在沒有什麼念頭能阻止他往下爬了。

黑暗中的岩壁像刀子，也像影子，不容易抓住。男子幾乎用盡全身的感官與氣力，才下降五公尺。回頭還來得及。但男子沒有回頭……應該說，沒有回上面。他繼續往下攀爬，先用腳尖試探，然後把身體的一部分重量壓在上面，盡量維持一點動三點不動的原則，不讓某邊的肩膀或指頭承受超過它們能夠承受的重量。如果你能在黑夜中看清這一切，就會讚嘆男子真是非常不得了的攀岩者。他膽大心細，身體鍛鍊充分，並且就像猿猴一樣充滿自信。

正當此刻，男子發現不遠處的山壁上，有另一個人的氣息。

攀岩者專注的時候，可以聽到非常細微的聲音。手指插入泥中，或者指尖滑過苔蘚，肚腹的深處是否還有食物在消化，力量是否傳得到腳尖，這一切的一切都有聲音。但此刻男子聽到的是另一個顯然也是攀岩者的呼吸聲。

有另一個人也正在盲攀？在同一片岩壁上？

那呼吸聲使得他爭勝的意念突然興起，無意識間加快了動作。在黑暗中，像是兩個人的較勁，對方也加快了動作，動作透過呼吸聲，與偶爾與衣服磨擦所產生的細微音響傳遞著訊息。誰比誰快了一步，誰比誰在黑暗中更快找到下一個可以踏腳的岩突，兩個人都清清楚楚。

就在那一刻，男子發現夢境重現。

他的腳尖不小心滑脫，動作一下子加速起來，下墜的力道使得他的左手也同時脫離了岩壁百分之一秒。原本以男子的反射速度來說，應該足以重新抓住岩壁，但運氣非常不好的是，黑暗中不知道是某種飛行中巨大的鞘翅目昆蟲還是什麼的，擊中了他的鼻樑，他的頭暈眩了一下，力量退縮了百分之一秒，隨即滑落。在黑暗中他看見自己不斷變小，天空中雲霧星辰都已不見蹤影，周遭一切俱已消散，僅存虛空。

安全帽碎裂一旁，男子的疼痛感非常強烈，像是身上的每一根骨頭都被很乾脆地折斷了。這不是夢。該死的雨下了起來，雨應該是打在他躺著的草地上，但是不知道為什麼，男子覺得雨聲像是下到了極深的湖裡。

在眼睛只能半開，眼前一切都模模糊糊的狀態下，男子只看得見一個影子蹲在他的旁邊，說：「骨頭都碎了。」男子沒辦法從他的聲音聽出他是不是剛剛在黑暗中盲攀的男子，但從氣息上他確認是。

「我死了嗎？」

「嗯，差不多，在這種地方摔下來，等到有人發現你的時候，你就已經死了。」男子覺得有點不可思議，因為聽他話裡的意思，眼前這個人似乎並沒有要救他。

「你能幫我嗎？」

「不能，我誰都不能幫。」對方的回答沒有情緒，毫無猶疑，斬釘截鐵。

身體雖然疼痛，但男子的意識卻還算清楚，他的視線也漸漸清晰起來。此時，他看見對方正在看著他。他發現跟對方對視的時候，不像是與人對視的樣子，而比較像是和自己對視。男子重新閉上眼睛，卻發現對方的雙眼揮之不去，非常奇特的一雙眼睛。就好像有無數個細小湖泊，連綴成一個巨大湖泊的樣子。

「這個男人的眼睛……怎麼看起來好像是複眼？怎麼會有人是複眼？是我看錯了嗎？」男子心裡這麼想。複眼人沒有要幫男子的意思，也沒有離開的意思，就只是靜靜地在那裡看著他。

然後不知為何，男子感到難以抑遏的睏意上身，開始打呵欠。一開始是半分鐘一個，然後是十五秒一個，十秒一個，五秒一個，終於呵欠連著呵欠，讓他淚流不止。接著，男子就昏睡過去。

不知道過了多久，男子醒來，覺得全身仍是疼痛難當，卻竟然可以坐起來，進而站起來了，也就是說行動全無問題，但每動一下受傷的位置就傳來錐心之痛，彷彿這個身軀只剩下灰暗的絕望。男子發現複眼人還在，他只好再次向他求救：

「你不救我沒關係，但是我兒子在上面，在岩壁上面，求求你救救他。」

「我誰也不能救。」複眼人的回答沒有情緒，毫無猶疑，斬釘截鐵：「何況，上面沒有任何人。」

「胡說！我兒子就在上面！我不管你是誰，拜託，拜託，我求求你，你一定要救他！」男子不知道哪裡來的氣力，大聲狂吼。

「你知道的，」複眼人看著他，無數小眼瞬間明滅。那眼睛像是潛藏著海裡的某道暗流，它會吸住你、拖走你、淹沒你。「上面根本沒有任何人。根本沒有。」

第十章

複眼人手上的蛹蠕動得非常厲害，就像一個痛苦的星系即將形成一樣，他的眼睛閃閃發亮，簡直像裡頭含有石英似的。不過仔細一看就知道那不是真的閃閃發亮，而是某些單眼正流下非常細小的，遠比針尖還難以察覺的眼淚。

27 森林裡的洞穴

在喝了太多小米酒的晚餐後，每個人都陷入歡慶與迷失的情緒中，所以當鄔瑪芙說，「晚上去睡森林教堂吧。」達赫、哈凡、阿怒，甚至是一點都聽不懂的薄達夫、莎拉都紛紛表示贊成。

站在天堂之門前面，每個人用手上的手電筒，從不同的角度局部地照亮這兩株巨大的白榕。天堂之門是阿怒取的名字。風吹動夜晚的林地，樹上的貓頭鷹，從遠山傳來的山羌叫聲，以及近處的蟲鳴、月亮和石頭偶爾的吠聲，交織成複雜、遠近交錯的聲音節奏。對森林教堂毫無認知的薄達夫與莎拉原本以為是輕鬆的夜間散步，沒想到是來到這樣一片原始林地，不禁有些不明所以。

這時原本看起來已然酒醉的阿怒走到隊伍的前面，對著一旁的「祖靈屋」祝禱起來。完全不懂語意的人乍聽布農語，就像木頭與木頭的撞擊之音，是一種沉穩的、扎根似的，樹的語言。阿怒拿出腰際的酒壺和小酒杯，對著祖靈屋祝禱後灑地，然後再斟一杯酒，傳遞給每個人各自以自己的語言祝禱，各喝一小口小米酒。於是達赫牽著鄔瑪芙的手一同以布農語祝禱，哈凡以阿美語祝禱，薄達夫以德語，莎拉以挪威語祝禱。

「沒有問題，森林都聽得懂。」阿怒馬上回復到愛開玩笑的個性，讓原本有點嚴肅的氣氛稍稍抒解了一下。

「因為可能有大哥大姊，所以走路的時候要用棍子揮一揮旁邊的草地。」阿怒縮小了聲音，說：「大哥大姊就是毒蛇的意思，不能講蛇，對牠們不尊敬。」他又把聲音調回原來的音量：「大家跟著我，不要用手電筒照人的眼睛，聽前面的人的腳步聲走。」達赫把阿怒的話譯成英文給薄達夫和莎拉聽。

阿怒帶大家走的是他最常走的獵徑。他還年輕的時候，財團看中這塊地用來蓋靈骨塔，為了保留這塊布農人常打獵的森林，他試著貸款把它買下來。不料債務與不善理財的個性拖垮了他，幾度都要變賣放棄。後來幸好有別的部落的朋友和一些漢人朋友的支援，阿怒才支持下來，這幾年成為許多遊客想體驗布農文化的景點。幾年前他的小兒子Lian（里安）在巡水的時候進入森林，可能是忘了向祖靈祝禱，或祝禱時不夠虔誠，而一株早因颱風的關係折斷的大榕枝幹，恰好在那個時刻掉落下來。里安在當天黃昏被發現，已經沒有氣息了。早已和妻子離異，獨自帶大兒子的阿怒因此每天都走一趟森林，讓自己的悲痛在森林裡慢慢安靜下來。阿怒並沒有責怪森林，他認為森林只是在執行它的責任，生長、落葉、死亡，或者恰恰好以斷枝壓死一名布農族少年。

這樣的阿努，看著眼前這片榕楠林，有一種無法跟旁人訴說的感受。他總認為有某株白榕落地的氣根，是他的孩子所變化的，因此更堅定了他看守這片森林的信念。當他跟前來做生態觀光的遊客導覽時，都會要他們一次以一種感官來感受森林。閉起眼睛撫摸樹根，趴在樹上嗅聞一株野蕈，嘗嘗刺蔥葉片的滋味，辨識某一聲鳥叫大概意味著多遠的距離……，好像帶著大家做這些事，就一定有某些人能聞到、摸到、聽到，或者是感受到他小兒子的靈魂。對他而言，里安就算某種形式上活著了。

他帶著隊伍到一塊巨岩前面，岩上樹的老根盤結，岩下有一個小洞，是布農獵人打獵遇到雨時躲雨的地方。達赫本身也是導覽員、鄔瑪芙跟哈凡也進來好幾次了，阿努說：「岩洞已經認得我們，只有客人還不認識」，因此他要薄達夫和莎拉進入讓岩洞「認識認識」。

洞穴恰好能容納兩個成人，對於薄達夫和莎拉的身高來說是嫌擁擠了些。達赫又講了一次布農人身高超過一七〇就是殘障的笑話，說薄達夫這樣接近一九〇的身高，算是很嚴重的殘障了。這樣的身高很容易在熱帶森林裡面被藤蔓絆倒或纏住，跑步的速度反而會慢很多。

「其實，森林裡面到處都有這樣的洞，有的是石頭的，有的是雨水跟土石沖刷的。特別是樹的洞，或石頭的洞，如果在高一點的山，這通常都是熊睡覺的洞，不能亂躲的。熊剛好回來就糟了。」阿努說：「牠們會把你抓去警察局。」

說笑了一陣，阿怒讓他們停留了半根菸的時間，才繼續帶他們轉往另一處。那裡他在樹下綁上了繩索，可以援繩爬上約兩層半樓高度的樹腰。由於一直下雨，土質濕滑，阿怒不斷出聲提醒大家小心一點。

阿怒滿喜歡這兩個沒什麼架子的外國人，薄達夫雖然出身學院，但像是已經通曉世情的長者，並不會擺出一副大教授的架子。莎拉則是個勇於嘗試的人。當阿怒替她斟第一杯小米酒她就一飲而盡，他就覺得和莎拉的相處毫無問題了。

「不管酒的味道，接過來就一口喝掉的人，應該都是朋友。」阿怒還是少年的時候，他的父親這樣跟他說。

由於附近皆無燈火，阿怒為了要讓兩人更感受夜晚的森林，建議所有人熄了手電筒，彼此用牽手或聽聲息的方式跟著前面一個人。

也因此，一時沒有人注意到，哈凡一個人留在最後，並且獨自鑽進洞裡頭。

那天鄔瑪芙第一次帶哈凡進入森林教堂的時候，她就心跳不已，覺得找到了某種可以盛裝自己的容器。從此以後，在沒有人發現的時候，哈凡常常一個人進來森林，然後鑽到這個岩洞裡，像熊在冬眠一樣，什麼都不想。

雖然是原住民，哈凡幾乎都在城市裡度過，即使回到東部，大部分時間她還是住在市區。開了第七隻Sisid以後，不少阿美族的朋友都告訴她可以加入他們部落的組織，跟他們一起生活。但參與了幾次以後，即使部落的人對她再熱情，即使正在跳舞，哈凡都始終覺得自己是局外人。甚至有時候走進部落，她都還會看到以前的客人。因此，為了避免尷尬，哈凡反而開始躲避部落的生活。

但第一次進入森林教堂時，樹根與青草的氣味，濕淋淋的空氣都讓她覺得適得其所。她喜歡白榕為了支撐自己而長出一條又一條的氣根，終於和土地再次連結起來，變成整株樹支撐根的生存型態。更喜歡整株都布滿樹疤的老樹，裂口會被樹自身分泌出來的汁液封住、癒合。好像一切痛苦都能過去。

如果伊娜還活著的話，一定會喜歡這裡的。

伊娜就是沒有聽姊妹們的勸才會死去的吧。生活穩定下來後，伊娜又愛上了客人，以為世界上的客人都跟廖仔一樣，是以另一種方式愛她的。當哈凡接到店裡阿姨的電話時，並沒有多大的激動，或許在她目睹伊娜潛入溪裡頭，終於尋找到廖仔的身體時，似乎就已經預見了一次。但這次伊娜終於死在水底，就像哈凡曾在夢中無數次重現那樣的畫面，只不過此刻，伊娜滿頭的長髮開成一朵黑色的花，卻始終沒有浮上來。

按摩店的姊妹們都說那天哈凡的伊娜是跟「雄哥」出去，但沒有人知道雄哥是誰。只知道他好像是伊娜新交的男朋友，也沒有人知道伊娜死的可能原因。唯一可以確定的是，伊娜戶頭裡的錢早已提領一空，提錢的人正是她自己，所以警方無法追查下去。還好她另存了一個戶頭給哈凡，哈凡的生活才不至於從零開始。

此刻趁著黑暗，哈凡暫時地躲在這個岩洞裡，覺得舒服多了。這裡的黑暗，和過去在小房間裡的黑暗並不相同。雖然是個小小的洞，卻能隔絕了外邊的音響，因此剛進來的時候會略略耳鳴，並且聽到自己的心跳聲。今天哈凡喝了不少，她只是需要一個人稍稍留在洞裡一下，她需要躲雨一下。

帶著大家爬上那株巨大白榕的樹腰時，達赫已經發現哈凡不在了。但他猜想她應該是暫時地進去岩洞裡頭，這事他也常幹。那個洞就是有這樣的吸引力，會讓人想蹲進去看看。他決定保持安靜，不去打擾她。森林正在對她做什麼，他沒有必要插手。

而阿怒則向兩個外國朋友講起Vavakalun的典故。這二十年來，他至少說了這個典故有一千次以上了吧。但每一次講，阿怒都盡量用第一次講的心情去講。

「因為過去布農人會用大石頭和樹做地標，所以有時候我們的祖先會選大樹來跟別人分那個地的界限。一段時間以後，耶，這個奇怪喲，那個地的界線好像會移動的樣子，好像慢慢變得不一樣喔。結果一注意就發現，原來這個榕樹變得很大以後，氣根會長到地上，有的時候大樹死了，氣根反而變成一棵新的樹。有時候族人太久沒有到裡面啊，就會以為那棵新的樹就是舊的樹。所以我們叫它Vavakalun，就是會走路的樹的意思。」

阿怒要薄達夫和莎拉摸樹的樹根，看看能不能聽到「樹在吸水，或者是一棵樹正在變成兩棵樹的聲音。」兩人非常配合地摸了樹。對他們而言，這樣的樹確然新奇，因為北國很少看到像這樣錯結盤根的樹形的。

薄達夫在黑暗中摸著那些攀伏在岩上的根系，突然想到，有一天根也會裂解石頭。根扎進石頭裡也會有聲音吧，而石頭裂開的那一剎那，說不定會發出巨大的聲響。做為一個工程師，薄達夫當然對自己的工程專業有自信，但他永遠不曉得，自然的力量此刻在他的力量之上，做些什麼。有太多作用力是一個小小的工程師不可能估算進去的，比方說此刻正爬過他手背的一隻切葉蟻。

薄達夫在黑暗中尋找莎拉的眼神，在一瞬間他們彼此凝視了對方一下。

一路過來，走在這個並不艱難，卻是個具體而微的熱帶風景的黑暗獵徑，薄達夫始終注意著無數細小的聲音。薄達夫常說他沒有什麼長處，就是聽力好，這是他的天賦。他出身在一個有教養的家庭，父親是個企業經理，母親則在中學教書，而獨生子的他學業始終順利。由於聽力出奇得好，小時候他最喜歡做的事就是附耳到某個看起來不發聲的事物上，然後想辦法把裡頭其實發出的微妙音響挖出來。有一回他在深夜偷偷爬起來，挖花圃裡的蟻窩，直到地下兩公尺處，父母一早起床時看到花園出現一個大洞，和滿身泥濘的薄達夫，為之驚訝不已。不過他們也沒有責怪他，只是任他到處挖了又挖。這讓少年薄達夫養成一個習慣，一停下腳步，他就會蹲下來摸摸土地，或摸摸山壁。

薄達夫記得自己十九歲參觀工業學校，看到一八五六年查理士・威爾森（Charles Wilson）設計的鑽掘機模型時，就深深被這樣的機器迷住的那種感覺。鑽掘機給他一種力量的暗示，一種可以深入各種東西的隱喻，簡直就是他心目中的完美機器。於是他修遍了地質學與機械的相關課程，對他而言，兩者的知識都是一樣的，就是「掌握原理，突破困難，直取核心」。

薄達夫的成名是因為他改良了威爾森的鑽掘機，使得他在業界的信譽崛起。但他印象最深的仍是他參與這個島的隧道工程時，所發生的那件事。

當所有的人在那個山的洞穴裡頭時，那個聲音到底是什麼呢？這些年來，他始終懷抱著這樣的心情，帶著無法獲得解答的困惑。認識莎拉以後，他才開始思考或許不必鑽透每樣他不理解的聲音，有些聲音，只會在沒有被鑽透的情況下，才會完整地保存在那裡吧。

而剛剛當他和莎拉擠進那個小小的岩洞裡，他的肩膀碰著她的肩膀，也讓他有一種彷彿身處夢境的感覺。他覺得他可以聽到這小小的洞穴後頭，整座山的聲音。一片活著的森林、一座活的山，跟一座即將被鑽透內心的山，發出的聲音果然是不同的。薄達夫伸手去握了一下莎拉的手，他想把這樣的想法，傳遞給她知道。

而此刻莎拉空出的那隻手正撫摸著樹的樹根。她心裡想著，不知道四處探險的父親阿蒙森有沒有見過這樣一片熱帶森林？不知道那趟密西西比航行，他是否曾就此順著河流，直到溫暖南方，看到跟她此刻所見相似的樹？

其實莎拉根本沒有看到父親的屍體。當她接到通知時，阿蒙森的朋友已經將「他們的阿蒙森」火化了。他死在他最喜歡的冰原上，只不過是在加拿大。

莎拉不能說對阿蒙森沒有怨懟，至少在少女時期，很長一段時間，她認為他對海，對魚，對鯨，甚至後來對海豹的愛意都遠勝於對待她。因為母親的離開，還不過是個孩子的莎拉就被丟到一個充滿男性的世界裡，看著屬於男性才會血脈賁張的殺戮，和似乎不會疲倦的追尋，她總是厭煩地看著這一切。而他從不在她不適應海上生活時給她一句安慰，他放任她受盡海的折磨。而海也把她跟母親隔絕了。即使她想去找母親，卻沒辦法輕易地回到陸地上。她唯一懲罰父親的方式就是當她父親講話時，總是別過頭去看海。

十五歲的時候，父親終於允許她開始岸上的生活，從此莎拉就跟父親海陸分離。他總是在海上，而她則是在海濱的研究室裡夜以繼日地補足自己的科學知識，以及重新認識那麼廣大的大海，從未給過她的自由。直到進入海洋研究的領域時，她發現自己遠比同學們要懂海，課堂上教授所教的那些知識，不過是給了她過去經驗的一套說法，讓她開始回味青春期以前的海上經歷。有的時候她在思考一些海洋生態的問題時，都彷彿聽到父親在船舷旁高談闊論的聲音。

他總是固定時間把錢匯到她的戶頭，卻連簡單的明信片都很少寄給她。而莎拉博士很快在學術界獲得了剽悍的聲名，當大多數的學者都靠向政府那一方時，她成為抗議團體的「知識之矛」，總是銳利地刺穿了政府或資本家藉環境保護掩飾的罪行，與偽知識的盾牌。極地油田的開採、甲烷冰的開採，乃至於藉研究之名濫捕鯨魚的議題，都因為她扎實的研究，使得擁護資本家的學者左支右絀，節節敗退。當大多數人都以強悍來形容莎拉時，只有莎拉自己知道，某些記憶裡的暗結。

莎拉的父親阿蒙森被發現的第一時間，獵人還誤以為是一隻被剝了皮的成年海豹。他的頭部顯然被獵海豹的木棍反覆重擊，因此幾乎無法辨識五官，牙齒則一顆也沒有留在牙床上。由於隔了幾日才被發現，他的手臂和肚腹，可能被後來上岸的海豹分食掉了，連生殖器也沒有留下。

阿蒙森晚年在環運界也和女兒一樣以強悍聞名，他曾在南極以船阻擋一艘日本偽裝科學研究的捕鯨船達七天之久，直到他的船被撞傷至失去動力。也曾違法舉槍威脅海豹獵人，直到他們暫時撤退，而他整個冬天紮營冰上，堅守不退，直到被以恐嚇罪名逮捕為止。他晚年滿頭白髮，臉上充滿被冰雪割傷的痕跡，鬍鬚上布滿鹽粒結晶，堅硬宛如鯨鬚。因為深為心臟病所苦，所以雙眉時時緊蹙，讓人以為他總是活在哀戚之中。但只有老阿蒙森知道自己此生唯有此刻最感滿足。

他的朋友們特別為他遞交了追思會的邀請函給小鬚鯨、長鬚鯨、塞鯨、鱈魚、豎琴海豹……。牠們當然都缺席了，但是他的女兒莎拉出席了。一個她叫漢克叔叔的阿蒙森的老友，帶了他的遺物還給莎拉。一把獵槍、一截獵鯨叉、一副望遠鏡，還有後來每年都來不及寄給莎拉的生日禮物。禮物都是一樣的，一方小小的，密閉的水晶盒裡，裝了藍靛靛的海水，裡頭放了僅僅三公分的，保麗龍刻的小船。小船上有個女孩，胸前的小洋裝上寫了「莎拉」。盒子的底部，阿蒙森以特有的，像海浪一樣歪歪斜斜的筆跡，寫上「**我們的**太平洋」、「**我們的**印度洋」、「**我們的**北極海」、「**我們的**挪威海」……。「我們的」這三個字都加上粗體，後頭都標上日期。

「下面就是我們的部落。」阿怒帶著大家穿過另一片林地，直到山的邊緣，眼前突然出現了廣闊的景色。山腰間的部落仍有些許燈光，而遠處的拉庫拉庫溪反映著微光，閃閃發亮。「這個就是我們的部落，而山是我們的聖地，也是我們的冰箱。」

這時鄔瑪芙也發現哈凡不在了，頻頻回頭察看黑暗中是否有人跟來。她拉拉達赫的手，表示想回頭找哈凡。達赫在黑暗中看著女兒的眼睛，突然發現，女兒的眼神，在不知不覺中，已不再是受傷小鳥的眼神了。

「哈凡等一下就會自己出來的，先不吵她。」他俯下身，輕聲對女兒說。

「今天晚上，如果你們不嫌棄的話，我們就住在布農的傳統家屋裡。就是那邊那兩間用竹子和石頭做的房子，可能對你們來說，不是那麼舒服，但這個是山上的五星級旅館，住在裡面，你們會聽到山在晚上發出的聲音。」經達赫翻譯後，薄達夫和莎拉都表示沒有問題，住過了遠洋漁船，莎拉不相信有什麼地方是她受不了的。

帶著酒意的阿怒繼續指著部落說，「我們把這個地方叫做Sazasa，意思就是，這是一個甘蔗會長得高，動物會跳躍，人會活得很好的一塊地。」阿怒指著一頭的山，又轉過頭來，指著另一個方向的山。「我父親說，我們被日本人逼迫，遠離我們原來的那邊山，住到這條溪的旁邊，依靠這邊山。不過，剛剛好讓我們變得靠近海。小的時候，我父親帶我打獵，就從那座山的獵徑一直往上走，一直走一直走，然後翻過去海那邊。我父親說，海跟山不一樣，海可以洗乾淨所有的東西，包括我們的外面，跟我們的裡面。」

「只是現在的海，跟以前有些不同了。」阿怒說。

28 岩壁下的洞穴

由於連續幾天步行的勞累，阿莉思終於感染風寒，全身發抖。急救包裡的藥沒有發揮效果，只是讓阿莉思陷入一種高熱與寒顫，時而半昏睡的無意識狀態。阿特烈於是憑著自己在圖鑑上學來的知識，採了幾種草藥。由於瓦斯的存量要節省，阿特烈採了枯枝燒火，硬是熬成藥湯給阿莉思服用。阿莉思喝下藥湯，精神竟稍稍回復了些。

「山會醫好妳。」阿特烈對阿莉思說。

阿莉思仍然堅持要利用這最後半天的晴天，通過森林，看一眼大岩壁。或許是語言的隔閡，或許是他感受到了她的信念，已經是強壯青年身材的阿特烈決定背負眼前這個看似柔弱，骨子裡卻硬得像石頭的女子穿過森林。

這座典型的中高海拔森林，底層充滿了日積月累的，一層一層的落葉。所有的樹幹又直又高，每株樹都有屬於自己的影子。阿特烈踩在其上，覺得彷彿踩在波浪上一樣，這讓他不禁回想起葛思葛思島，以及瓦憂瓦憂島上的一切。特別是烏爾舒拉。

此刻阿特烈雙手抱住夾住他的阿莉思的腿，不可控制地，竟然勃起了。

他想起烏爾舒拉的奇洽酒，想起她最後一夜的眼神、呻吟聲，和她身上的氣味，她柔軟的身體，和背上的阿莉思完全不同，又極為相似。

在這段時間裡，雖然完全沒有人教導他，但阿特烈卻自然而然地漸漸瞭解了某些事，他知道了為什麼瓦憂瓦憂會訂下次子離開前一夜，少女有權利把次子拉至草叢那樣的規矩，因為那是為次子留下一個瓦憂瓦憂種子的機會。

如果某一個女孩懷了他的孩子，他希望就是烏爾舒拉。他知道瓦憂瓦憂島的女人懷孕了就是懷孕了，沒有人會去計較是誰下的種。瓦憂瓦憂島的女性也沒有年齡，他們只有「生第一個孩子那年」、「生第二個孩子那年」。也因此很多瓦憂瓦憂島的女性不知道怎麼回答年齡的問題，因為她們不孕。不孕的女子沒有年齡的標記，她們通常得不到親人的庇護。他希望烏爾舒拉能懷孕，那麼至少還有一個人可以照顧她，雖然他知道那將會是他的哥哥那烈達。那烈達將負責把她的曬魚架掛滿，這就是瓦憂瓦憂規矩，這就是瓦憂瓦憂律法。

他雖然無法確認烏爾舒拉是否懷孕，卻常常在快要開始作夢前聽到一些微弱的聲音。可是此刻他在另一個島上，距離瓦憂瓦憂不知道多遠的一座島上，而他無法確定那微弱的聲音來自何方。

想到這裡，阿特烈每一個腳步都像踩進森林的深處，難以抽身。

阿莉思在少年阿特烈的背上，竟莫名地感到一種安慰，像是傑克森終於又回來了，終於又願意背負她的安慰。她因此緊緊地抱住了這個少年的背。

阿莉思知道，這些日子她和阿特烈在山上的生活看似穩定，其實是隨時會起變化的。他們不可能永遠留在獵寮裡，獵寮太脆弱，颱風一來就會垮掉，而阿特烈也不可能永遠這樣被藏在山上。她必須替阿特烈決定一些事，包括是否要讓他認識其他人，起碼應該從達赫和哈凡認識起。也許他會跟鄔瑪芙變成兄妹一樣的朋友。阿莉思想。然後，說不定時間一久，阿特烈就從一個瓦憂瓦憂人，變成臺灣人。

但阿莉思有自己的困結，在這段時間裡，看似她總是很安靜地採菜、過生活、寫作，但她恨自己只能活在文字裡，恨自己只能活在和自己對話的世界裡。

也許她就是需要來一趟岩壁，阿莉思想。

當她被阿特烈背負著穿過這片起起伏伏的森林時，驀然想起多年以前，有一回她和傑克森去取水時，撿到了一隻長著一對漂亮鹿角的鹿角鍬形蟲的事。她興高采烈地帶回去做成標本，想等托托生日時給他一個驚喜。阿莉思用乙醚迷昏牠，然後用三號蟲針穿過牠堅硬的甲殼，釘在小型標本盒裡。那裡頭已經有一隻臺灣大鍬，一隻深山鍬形蟲。而這個新成員的那對鹿角實在太顯眼了，簡直就像一頭具體而微的鹿。多麼美麗的鍬形蟲。

一天夜裡，她睡不著的時候打開抽屜想拿紙筆寫些什麼，卻嚇了一跳，把整個抽屜都弄翻了。

原來那隻被蟲針穿過的鹿角鍬形蟲的三對足還在緩緩划動，就彷彿牠在一座游泳池裡似的。也許是乙醚的劑量太低，這隻生命力旺盛的鍬形蟲只是暫時被迷昏，後來又活轉過來。旁邊的兩隻蟲安安靜靜地被蟲針釘在標本箱裡，而這頭小鹿不斷凌空踏步，卻哪裡也去不了。

蟲會感到疼痛嗎？或許牠們的親人消失時牠們仍一無所知，但當三號蟲針穿透時，牠們還是像我們想像一樣無知無覺嗎？

阿特烈背著阿莉思走在森林裡，兩個人因為回憶，身體各自發出不同的氣味，森林裡嗅覺特別敏銳的動物都發現了。潮濕且沉積已久的樹葉不會發出聲音，但新的落葉會發出聲音，就好像誰的骨頭碎了一樣，每走一步，就碎裂一些。此時雨水緩緩降下，阿特烈抬頭看，覺得每條雨線的盡頭他都看得見。

在黑夜來臨之前，他們終於穿過森林，來到大岩壁。它彷彿一堵牆，一個巨大的生靈，世界所有的風在這前頭都要停止，森林只能仰望。

阿特烈放下阿莉思，擦拭自己閃亮、流汗的臉。阿莉思則將防風外套上的隱藏雨衣拉開來，戴上雨帽，讓自己被包裹在一個小小的黃色的世界裡。此刻她出乎意料之外地平靜。原來就是這裡，她想。原來就是這裡。

由於天色已暗，帳篷又被熊摧毀，阿莉思與阿特烈被迫一定得在山上再過一夜。他們四處搜尋可以避雨的地方，終於在岩壁下找到一個凹穴。凹穴並不很深，不過如果俯低身子，至少可以再躲進幾個人。洞穴裡一頭高一頭低，低的那頭似乎連結著另一個洞穴，因為沒有光，阿莉思看不太清楚。她想起登山社的人告訴她的，岩壁原本是不存在的，是因為地震，才斷層位移，成為絕壁。

山裂了以後，才露出來的這片絕壁，這個地圖上的終點，是不是就是達赫找到傑克森屍體的地方呢？

阿莉思看著阿特烈升火煮茶的背影，在忽明忽暗的光線中，他的影子有時巨大像傑克森，有時像托托。她憑觸覺撫摸著這枚鑲嵌在整個大岩壁下，凹陷的石頭上阿特烈的影子，喃喃自語地說：「原來你在這裡。」此刻她意志清明，她終於知道一切只是影子。即使是影子的影子都好，即使是影子都好。

阿特烈升好了火，坐在一旁查看著外頭的雨。雨勢突然間變得相當驚人，有部分水流了進來，朝著岩洞較低的地勢那邊流去，就此消失，發出潺潺水聲，就彷彿岩洞內有一條不知所終的河流，直通山的心一樣。

「今天海上天氣如何？」突然間阿特烈以平靜的口吻問。

阿莉思愣了幾秒，用細微如雨滴的聲音說：「很晴朗。」

29 複眼人III

男子坐在地上，疼痛感逼使他又躺了下去。他不曉得是悲傷抑或是其他的感覺，突然打了一個巨大的呵欠，彷彿是人世太無聊了，寧可永睡不醒似的。

打了呵欠以後，男子竟發現，身體的疼痛感少了一點。於是男子不再壓抑打呵欠的欲望，呵欠遂一個接著一個來臨，就好像排了隊，等著被男子吐出一樣，不到一分鐘，竟打了十三個哈呵。

「沒有想像的痛對吧？」

男子知道自己全身大部分骨頭都碎了，碎成一截一截，接不回來那種。他曾經多次嚴重骨折，記憶裡已經銘刻那樣的感覺。不過此刻竟然一點都不覺疼痛。

「不痛了，奇怪。」男子很快地警醒到這種狀況可能代表的意義：「所以，我死了嗎？」

「你打了幾個呵欠？」

「十五個。」其實是十三個，男子算錯了。

「那麼，就一般性定義來說，你已經死了。」

男子不懂什麼叫做「就一般性的定義」。他撐著身體，再次起身，走到岩壁之外，急切地望著上頭，「可是我的兒子還在上頭。」

複眼人搖了搖頭，彷彿對男子的無法理解而感到困惑：「他不在上頭。當然也可以說他在上頭，但事實上，他不在。你明明知道的。」

我不知道，我知道，我不知道，我知道，我不知道，我知道，我不知道，我知道……。男子氣憤地撇開複眼人，逕自試著往上攀爬，卻發現無能為力。他像是還存在，卻沒有辦法隨心所欲地操控自己的身體，具體來說，就是他沒辦法爬上岩壁，彷彿只能在某個平面有限地移動，變成扁平的人一樣。原來如此，死亡就是這麼一回事。

「你上不去了。」複眼人確認地說，沒有情緒，毫無猶疑，斬釘截鐵。

男子知道複眼人是對的，他上不去了，於是嘆了一口氣，那口氣如此深沉冰冷，使得附近的植物都像結上一層霜。可是此刻他掛心自己的兒子，焦慮不已，於是起身一試再試。

複眼人也不阻止他，只是等他累癱了頹坐在地。絕望的男子望向複眼人，像是用盡所有的請求希望獲得他的幫助，卻只是看到複眼人的複眼像是瞬間變化了排列組合一樣，不斷跳動變幻，每枚單眼的景象的每個瞬間，都跟前一個瞬間的景象完全不同。仔細一看，男子的心神不禁被每一個單眼的畫面深深吸引，也許是某處海底火山正在噴發，也許是像一隻鷹隼飛行所見，也許只是一枚樹葉搖搖欲墜的情景，那每一個單眼，似乎都在播放著某種記錄電影似的。

複眼人指著地上，說：「坐下來聊聊，好嗎？如果你不急的話。」

如果我已經死了，那還有什麼事是急的嗎？男子無奈地坐了下來。

「你知道記憶是什麼樣的東西嗎？」

男子被這突如其來的問題問得有點不明所以。「就是記得的事，不是嗎？」

「沒錯。我簡單地解釋一下好了。一般來說，所謂人類的記憶可以分成陳述性記憶和非陳述性記憶兩大類。陳述性記憶就是能被陳述出來的，比方說用語言、文字。而非陳述性記憶，不太精準地講，算是你們說的潛意識好了。就是可能連主體都不知道自己記得的記憶。並不是說不能陳述，而是通常不被陳述，因為可能連自己都不知道。這樣你聽得懂嗎？」

男子點點頭，不曉得為什麼自己要坐在這裡，聽這些話。

「嗯。這兩類記憶，又可以分成事件記憶、事實記憶和熟悉記憶這三種基本形態。」複眼人說：「你還記得你兒子一直到三歲的時候還不會說話的事吧？有一天他在看標本時，突然講了一句話，不是嗎？」

男子點點頭，但滿懷疑惑，這個人為什麼知道這件細微的事呢？這個念頭一起，他就發現自己不太確認那個事件的時間點，到底是三歲，還是四歲，總而言之，不可能超過五歲。

「這就是一個事件，這個事件你可以把它陳述出來，所以它就是一個可以陳述的事件記憶。另外，你記得你妻子、你兒子的生日吧？」

「當然記得。」

「嗯，這就是事實記憶了。即使你忘了，也可以查閱得到，身分證上有，即使記錯了也有一個記錯的，不是嗎？基本上如果沒被弄錯，你妻子和兒子的生日，不論在哪裡都是登記一樣的，因為那是個事實，人們用某種方式肯定那個事實，而且在人類所建構的世界裡，通常能夠查閱到那個事實。這樣能理解嗎？」男子點了點頭。

「但事件記憶不同，你記得的細節，一定跟你妻子記得的不同。對吧？比方說，你和你太太都為了第一次碰面時，你究竟在那個森林裡跟她講了哪些話，有好幾次，你們聊到後來差點吵架，對吧？你們對同一個事件的事件記憶，記得的部分並不一樣。」

男子低頭思考了一下。「可以瞭解。那，什麼叫做熟悉記憶呢？」

「你爬過這片岩壁好幾回了是吧。如果要你抬頭往上看，你能不能隱隱約約辨識出那些路徑呢？」

應該可以。男子想，但卻不是非常確定。男子仔細回想攀岩的情形，老道的攀岩者，只要一條路徑攀過兩次，當攀上某一枚岩石時，腦海裡確實會出現上一回攀爬時的一些細節。

像是接續男子心裡所想的話，複眼人說：「對吧。只要指尖一搭上石頭，就會隱隱約約地想起來，但平時努力想卻怎麼樣也想不起來。有時候一邊爬，甚至連這顆石頭的某處有個凹槽，都會出現在腦海裡。對吧？」

男子不可思議地看著複眼人。

「人的腦袋，會在不知不覺中，把那些記憶編織起來，有的時候，連自己也不知道記得了什麼事。如果你爬過這片岩壁一百次，那麼可能你沒有特別去記得每顆石頭和踏腳的位置，身體卻自然而然地記起來了。即使下一次來，有人移動了某一顆石頭，身體也會告訴你。」

男子望著複眼人的眼睛，他似乎在他極其微小的某一枚單眼裡，看到自己熟悉的一個場景。不過整體來說，男子的眼和頭部比較起來，並沒有比一般人大，那複眼上頭的單眼少說也有幾萬枚，每枚單眼如此微小，微小到肉眼幾乎無法確定它的存在。那自己又怎麼確定看到了那樣的景象呢？男子問著自己。

「關於記憶，人跟其他動物是沒什麼不同的。一點都不開玩笑喔，也許你不相信，但其實連海兔也有記憶。那個研究記憶聞名的Eric Richard Kandel，就是從海兔研究起的。他很幸運地從納粹開始有系統地殺害猶太人的『水晶之夜』裡活下來，才有機會研究記憶。某方面來說，Kandel或許是深深知道什麼叫做記憶銘刻，所以才驅使自己不得不去研究記憶的。」複眼人說：「海兔也許沒有很完整的事件記憶與事實記憶能力，但和人一樣大腦發達的動物，其實都會有事件記憶、事實記憶，和熟悉記憶。候鳥記得海岸，鯨記得曾經給牠身上留下捕鯨叉的船，而被追殺的小海豹如果大難不死，牠也會記得那種穿著大衣，拿著根棍子的生物，不騙你，永誌不忘。但是，只有人類發明了記錄記憶的工具。」

複眼人伸手把他插在褲管上的一枝筆抽了出來，筆斷成兩截，但毫無疑問還能寫。

「書寫。」

此時遠處突然打了幾聲悶雷，遠方的烏雲漸漸籠罩，天要變了。

「剛剛打了雷，這是個事實，我們在談話，這是個事實，但如果沒有人用文字把剛剛的過程記錄下來，那麼將只有我們兩個人各自的事件記憶、事實記憶和熟悉記憶裡，才找得到剛剛打雷的證據。不過，一旦用文字重現這些記憶，你就會發現，有大量的、你腦袋編織出來的東西，加入了事件記憶裡頭。因此，文字所重建的那個世界，更趨近於你們所說的『自然界』，是個有機體。」

複眼人隨手伸進附近的一株倒下的枯木，取出一個白白粗粗，像是某種甲蟲幼蟲的東西，就像變魔術一樣。

「人能感受到的世界太片面、太狹窄……有時，也太刻意，你們會刻意只記得自己想記的一些事。有許多看起來像是事實記憶的東西，其實是摻雜了虛構的想像，甚至於，有些從未在世界上發生過的事，也能在人的腦中以想像力重現，栩栩如真。許多人腦發生病變，他們甚至會把現實的某種物事真以為是另一種物事，就像那個把太太的頭當成帽子的人。」

複眼人的眼神望向遠方，真奇怪，複眼的對焦方式和人類的雙眼完全不同，男子居然也可以察覺他正在望向遠方。「同樣，就像我剛剛說的，不是只有人類才有記憶能力，當然也不是只有人類才有虛構能力。但是，只有人類才能把腦袋裡的一切，化成文字，這是確定的事。像我手上這隻幼蟲，將永遠不可能重述牠蛹期時的記憶。」

男子發現複眼人手上的幼蟲，竟然不知道在什麼時候，化為一個褐色的蟲蛹了。

「所以，你的意思是……」男子遲遲無法開口，他陷入一種迷茫的狀態，也許是剛剛死的人都會經歷的狀態。

「你的兒子是靠你妻子的書寫活下來的。」複眼人凝視著男子說：「還記得那年夏天嗎？那條蛇？那個下午？有些存在早就不存在了。是你妻子每天寫日記，做你兒子才會做的事，買所有你兒子每長大一點，就會需要的東西給他。她讀想像中你兒子長大一點後會有興趣的圖鑑；到野外採集標本，而把標本的擁有者歸於你兒子。而你們周遭的人為了保護她，應該說是保護她的『腦』，於是在這段時間裡也都附和她的記憶……她願意承認的記憶。也因為這樣，你妻子和兒子，在生與死這兩端，以某種形式，共生了下來。」

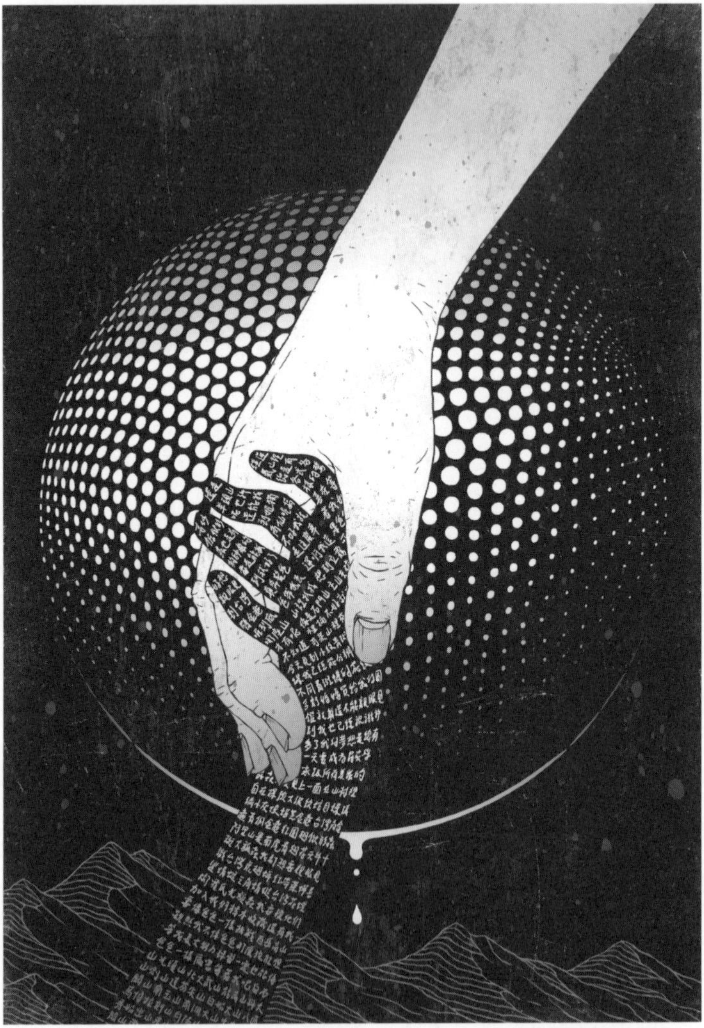

〈記錄書寫者〉，鄭景文

男子覺得有一道閃電在他眼前閃動了一下，旋即消逝。有人關掉他生命的燈了，有人熄滅了什麼。

「你兒子，其實只存在於她的書寫和生活行動裡，而你也是參與者。你們是哀傷記憶的承受者，也是創造者。」

男子嘆了一口氣，這口氣很明顯地，有什麼從他的身體離開了。「所以我兒子後來的存在毫無意義？」

「並不會啊，並不會。至少他在某段時間裡，以一種像是默契的方式，活在你和妻子之間不是嗎？他活著，像一條鎖鍊，他並不像是一般定義的死去，只是不再活著。沒有其他的生物，能夠享有這樣的感受，透過文字，共有這種感受。」

複眼人望著男子的眼，男子的眼從閃閃發亮，而逐漸一分一分地黯淡下去，那是第十四個半的呵欠的信號。

「但總有一天，記憶跟想像要被歸檔的，就像海浪總是要離開。因為不那樣做，人就沒有辦法活下去。」複眼人說：「這是相對於多數的生物沒辦法用文字儲存記憶，唯一能書寫的人類，所要付出的代價。」

男子發現複眼人手上的蛹開始蠕動，就好像困在裡頭十分痛苦，想結束這種痛苦似的。

「說真的，我對你們擁有這樣的能力，既不羨慕，也不特別佩服。因為人類通常也全然不在意其他生物的記憶，你們的存在任意毀壞了別種生命存在的記憶，也毀壞了自己的記憶。沒有生命，能在缺乏其他生命或者生存環境的記憶而活下去的。人以為自己不用倚靠別種生命的記憶也能活下來，以為花朵是為了你們的眼睛而繽紛多彩，以為山豬是為了提供肉而存在，以為魚兒是為了人而上鉤，以為只有自己能夠哀傷，以為一枚石頭墜落山谷不帶任何意義，以為一頭水鹿低頭喝水沒有啟示……事實上，任何生物的任何微細動作，都是一個生態系的變動。」複眼人深深嘆了一口氣：

「不過，這就是你們何以為人的原因。」

「而你是誰呢？」男子用最後半口氣息吐出這句話，彷彿有千百種聲音合奏似的。

「我是誰呢？我是誰呢？」複眼人手上的蛹蠕動得非常厲害，就像一個痛苦的星系即將形成一樣，他的眼睛閃閃發亮，簡直像裡頭含有石英似的。不過仔細一看就知道那不是真的閃閃發亮，而是某些單眼正流下非常細小的，遠比針尖還難以察覺的眼淚。

「只能觀看無法介入，就是我存在的唯一理由。」複眼人指著自己的眼睛說。

第十一章

鯨痛苦地擺尾，將沙灘打出一個個巨大的凹洞，巨大的頭顱敲擊在海砂上，彷彿要把記憶從腦袋裡逼出來似的。鯨頭重鎚地上所引發的沉重、單調、絕望的聲音，穿越到山的另一頭，讓正在耕作的村民胸口發痛。

30 複眼人 IV

男孩決心攀下岩壁。

他繫上確保繩，慢慢往下攀爬。由於體重輕，一開始男孩並沒有感受到自己身體的重量，但不久以後，男孩就覺得自己的力量在消失，他從來沒有想到，自己的身體竟然會那麼沉重。男孩往上看，眼前盡是無窮無盡的岩壁，他得用肩膀擦拭流下的汗，以免他棕色的，從某個角度看會有點藍的美麗眼睛被汗水刺痛。

大約爬到一半的時候，男孩腳一滑，往下急墜了一下，雖然很是驚慌，但也非常幸運地重回岩壁上。不過此刻男孩的體力已經透支了，他既無力往下，也無力往上。一開始身體還是熱的，汗不斷地滴下來，但很快地停下來的身體便感到了風，打了個寒顫。

身處這樣的兩難處境，男孩發現自己的聽覺卻超乎尋常地敏銳。除了風、落葉與昆蟲的振翅聲以外，他似乎聽到了，岩壁底下，爸爸的聲音正在和另一個男人對話。多數的對話男孩並聽不懂，但當他聽到「他並不是像一般定義的死去，只是不再活著。」的時候，突然覺得身體輕盈起來，不，應該說是原本的重量感消失了。

他偏著頭，像是思考了一下，決定不再往下，反而開始爬回岩壁之上。讓他有點意外的是，不曉得為什麼，當他開始往上爬時，覺得自己彷彿一根鳥的羽毛，中間是空的。

男孩上了岩壁，走進帳篷，打開自己的背包，裡頭有一個夾層他專門用來放蒐集昆蟲的採集罐。他把罐子一個一個拿出來，走到帳篷外，一個一個打開，把受到驚嚇呈現假死狀態的甲蟲倒出來。蟲一開始還因為恐懼六足蜷縮，一動不動躺在地上，他一一為牠們翻正。幾分鐘後，幾隻甲蟲試探性爬了一小段距離，便展開翅鞘，露出翅鞘之下，薄得像看不見似的透明翅膀，啪嚓啪嚓地飛離現場。

啪嚓啪嚓，啪嚓啪嚓，啪嚓啪嚓……。

男孩站到岩壁前面，在他美麗的眼睛的視線裡頭，剛剛飛離的甲蟲們，現在只剩下一小點了。但翅鞘的形狀仍然隱約可以辨識。多麼美麗的昆蟲啊。男孩像唱歌一樣說。這時候，一隻巨大的，翅鞘上有迷人綠色與黃色花斑的甲蟲停在他眼前的一顆石頭上。長臂金龜！雄的長臂金龜！小男孩興奮地叫出來。

看那雙長臂！看那個巨大的翅鞘！

然而就從此刻開始，他覺得一切開始「模糊」了，不是一般語言的「模糊」的意義，而是人類難以想像的模糊。彷彿他正變成一張樹葉、一隻昆蟲、一句鳥鳴、一滴水，或一撮苔癬，甚至是一塊石頭。

啪嚓啪嚓，啪嚓啪嚓，啪嚓啪嚓……。

彷彿那片風景裡，從來未曾有過一個男孩爬上大岩壁。而一切風景，復又被收納到複眼人一枚遠比針尖微小的單眼中。一切風景，僅存在於記憶。

31 The Road of the Rising Sun

達赫始終打不通那支交給阿莉思的電話。於是從森林教堂醒來的那天早晨，他決定獨自開車到海上房屋附近的海岸，他得確認阿莉思是否一切無恙。到了海邊，只見海岸義工隊已經開始一天的淨灘工作，不知道是錯覺還是事實就是如此，他覺得海上房屋又往下沉了一些些。在海上房屋前他看到一對像母子的男女，對著海上房屋指指點點。達赫過去問了一下，原來是作家K的遺孀。

「我母親只是想來看看以前這塊地，也順便看看教授是不是都好。」作家的兒子說。

「為了安全，她已經搬離開這裡了。」達赫說。

作家的遺孀，像是無限遺憾地說，「以前我們常在這裡一邊種菜一邊看海，沒想到有一天會沉到海裡頭。」

達赫決心到獵寮去一趟，即使阿莉思生氣也無妨。到了獵寮以後，他非常確定還有另外一個人住在獵寮。因為獵寮外頭擺了一頂帳篷，而主屋增建了一處固定式的棚架，此外，他也發現一個類似食物儲藏室的地方，以及散布在房間裡的書和圖畫。有些圖畫，一看就知道不是阿莉思所畫，充滿著野性與不可思議想像力的畫。然後他就發現了為什麼電話老是撥不通的原因，因為阿莉思根本沒有帶走手機。手機被用來壓著那些畫，並且處於關機的狀態。達赫本想拿走電話，但想了一下，只把手機太陽能板朝向向陽的地方，打開發報器，並且留了一張紙條。達赫想，這樣阿莉思一回來，就可以聯絡了。而一旦阿莉思拿了手機又到哪裡去，他也可以追蹤。

不過，達赫還是決意一下山就組成搜救隊，上山尋找阿莉思。雖然他不知道阿莉思是否真的需要救援，但盡量朝最壞的方向打算，這是他在野地的經驗。

而在此刻，阿特烈正背著阿莉思走下山。阿莉思遠遠地就看見了走上山的達赫，因此要阿特烈放她下來，以免被達赫發現。他們躲藏到達赫離開，阿特烈才背著虛弱的阿莉思回到獵寮。這時阿莉思做的第一件事，就是把電話打開，撥了通電話給達赫。

「妳回來了！我剛剛去獵寮，沒有看見妳，正想組隊上山。」達赫的聲音充滿驚喜。

「沒事了，沒事了。不用組什麼隊。」

「是不是有誰跟妳在一起？妳這幾天到哪裡去了？」

「嗯。」阿莉思不置可否：「先不聊，也許以後再跟你解釋吧。」

掛上電話後，阿莉思四處找Ohiyo，卻發現她正在阿特烈編的草籃裡睡覺，前足摀著眼睛，全身蜷成一個完美的圓圈，彷彿一切都沒有驚動她。

看著熟睡中的Ohiyo，不曉得為什麼，阿莉思突然有了寫作的衝動，而且一刻都不想等待。她坐回她的「寫作涼亭」，把筆記本拿出來，開始把這些日子以來，一直寫不完的那篇小說，繼續寫了下去。

阿特烈忍不住說：「妳生病了，為什麼，不休息？」

「我想寫一些東西。」

「寫什麼？」

「寫好像曾經發生過的事，但也許根本沒有發生的事。」阿莉思說。

從住森林教堂的布農家屋那夜後，莎拉住進部落裡。每天一大早起床，到不同區段的海岸觀察、記錄，構思她的研究計畫。薄達夫則充當她的司機，偶爾跟著部落裡的布農人一起打獵或下田種小米、高粱。他們兩人對這片海岸越來越熟悉，也越來越悲傷。莎拉每天持之以恆地測量固定幾個區段的海溫，發現比島過去的記錄都要高了一點六度。

「這意味著，未來雨量很可能會持續升高。」莎拉對薄達夫說。

「海水的污染狀況呢？」

「很糟，只有一些無脊椎動物會勉強活下來吧，溶氧量也降低了，塑化物曝曬在太陽底下，會持續在海水裡釋放毒性，就好像有一個巫婆沒日沒夜地下毒。你看，海都變色了。」

薄達夫看過去，海確實一片紅一片褐。「藻類蓋滿了淺層海域呢。」

這段時間的相處，薄達夫和莎拉都愛上了島。可是此刻他們發現這個也許貧窮，卻有一群樂天居民的地方，連出海的權利都失去了。

達赫知道阿莉思安全無虞後，則跟阿怒繼續投入海岸清理和森林教堂的工作。達赫打手機阿莉思也會接，只是不開視訊。路過海上房屋時有時也會看到阿莉思到山下走動，幾次偶爾也會遇到薄達夫和莎拉。莎拉對這個房子泡在海中，住在山上獵寮的女子頗感好奇，但阿莉思雖然表面上接受了所有的寒暄，有一扇窗卻似乎永久緊閉。無論達赫如何試探，她總是不願說明獵寮裡另一個人是誰。「給我一點時間。」阿莉思說。

哈凡則為部落的朋友和來到部落的遊客提供salama咖啡，和鄔瑪芙負責向旅人講各式各樣的阿美族與布農族的故事，感受到講故事快樂的鄔瑪芙，因此一天比一天變得更像少女。她留了瀏海，用髮圈把頭髮束起來，露出兩個耳垂上頭的痣。

就這樣，冬天過去了。

春天才剛來，薄達夫有一個大學的講座邀請，因此得和莎拉回國。一天晚上幾個人聚在一起聊天時，哈凡提議找個時間帶薄達夫和莎拉往南方，「莎拉都還沒有看過更南方的海，太可惜了。」計畫很快就成形，他們決定往南方，由達赫和阿怒各開一部車。他們也邀請了阿莉思，但阿莉思依然推托拒絕了。

「時間還沒到，小米是不會發芽的。」哈凡安慰達赫。

當車子開到部落口時，達赫搖下車窗，對一個蹲在路旁的老人，以布農語問道：

「Mikua dihanin？」（天氣如何？）

「Na hudanan。」（會下雨。）老人回答。

其實從去年開始島就不斷下雨，遠遠超過氣象專家的預想，雨就像是唯一的天氣，不論是綿綿細雨，或是偶爾和太陽出現的雨，午後烏雲密布的雨，乃至於毫無警覺，突如其來的暴雨，整個島都陷在一種快要被淹沒的情緒裡頭。不斷傳來的水災、土石流，以及隨之而來的經濟低迷，已經持續超過一年，連帶使得去年底的選舉，投票率不到五成。島民已經不相信任何政治人物能帶他們脫離這樣的困境。

「怎麼可能有一隻彈塗魚，能帶領一群彈塗魚脫離泥淖？」阿莉思那個充滿悲觀思想的朋友M，在報紙上發表的一篇文章這麼寫道。

而她終於在某天早晨，把她的小說修改完畢，一個長篇一個短篇。阿特烈已經隱隱約約地學會了「小說」這個字，就像他在葛思葛思島上常想像每一樣他不理解的事物背後都有個故事。當阿莉思告訴阿特烈她終於寫完她的小說的時候，阿特烈問道：

「名字叫什麼呢？」

「長的那篇還是短的？」

「長的。」

「複眼人。」

「短的。」

「也叫複眼人。」

那天午後，阿特烈堅持帶著阿莉思去某個地方，阿莉思起初非常驚訝，因為她仍不願阿特烈曝光，以免對他造成傷害。快接近海岸的時候，阿特烈走進右邊一條沒有明顯路徑的林道，帶她鑽到一處林地裡。那處林地原本應該是個斜坡，而此時因地形的改變，卻意外地變得很接近海。林地的邊緣積滿了各式各樣，尚未被清理（恐怕也不再會有人來清理）的垃圾。阿特烈掀開一張看似垃圾的巨大帆布，裡頭的東西令阿莉思大為驚訝。

那是一艘船。

原來這段時間，阿特烈都趁著夜色，阿莉思睡著的時間，跑到這裡來默默地造這艘船。不過這次不是泰拉瓦卡，而是用山上數種木頭，和一些海邊回收的垃圾所組合起來的一種船。阿莉思覺得這船的主要結構很像是達悟族的拼板舟，只是上頭加了個遮雨篷，一問之下，阿特烈說：「看書上的船，我學做的。」

眼前這個少年，竟然只憑著一些簡陋的工具，一本書裡的幾張照片，建造出一艘看起來形體似乎一樣的拼板舟？

「我會看書。」這是真的。打從阿特烈在葛思葛思島上，就看過許多書，即使他從來不認識上頭的文字，他用另一種方法看書。

阿莉思希望阿特烈能留下來，但他沒有給肯定的答案，阿莉思知道這就是堅持的意思。

「我聽到烏爾舒拉的聲音，很小聲，但是每天晚上都聽到。」阿特烈說。「本來好像有兩個聲音，但是最近，剩下一個。瓦憂瓦憂人，適合海上，我，去找烏爾舒拉。」

他們默默走回獵寮，腳步沉重。這一夜兩人都沒有睡。隔天清晨，阿莉思已經準備好她認為航海應該要帶的東西了，整整有兩大箱。阿特烈笑了笑，把行李減少為一大箱。而他向阿莉思要了一大堆筆。

「如果很快就死，我的靈魂，可能離不開。如果很久才死，我可以，畫圖在身上。」

他脫下阿莉思給他買來的上衣，一件綠色的polo衫，阿莉思看見他的胸前、手臂、肚腹，甚至是手反折可以搆得到的背上，都畫滿了這段時間他們相處的故事：有Ohiyo、有雨天的溪流出海口，有山上的鳥，甚至有托托。他把托托小小的身影，畫在一面無窮無盡、巨大的岩壁上，岩壁從臀部一路畫到肩胛骨。阿莉思完全想不出他是怎麼畫上去的。

阿莉思忍不住伸手撫摸著這個黝黑的，即將再次赴死的年輕身體，眼淚終於像趕都趕不走的雨季那樣掉了下來。

而達赫和阿怒的車，載著薄達夫和莎拉，哈凡和鄔瑪芙，朝南駛去。他們看過了已經漫過原本石梯地形的海，看過整個部落正往內遷移的大港口的海，他們像巡視一樣一處一處地看太平洋，和這座大洋怎麼把人們傾倒的垃圾重新傾倒回來，看山如何重新掩埋人過去挖出來，以為會永久都是道路的地方。

達赫準備開到那條十幾年前硬是被打通的一條縣道。當時地方政客宣稱是為了要改善偏遠地區交通，和完成環島公路，才要開挖的一條路。後來證明是專門運核廢料到小村莊傾倒的道路，根本不是為了什麼村民的交通方便而建造的。

前一天晚上，他們在一間濱海小村莊的麵店吃飯歇息，阿怒一口氣點了兩百顆水餃。達赫談起隔天清晨要去步行的那條路：「我年輕的時候去過那裡，不過那時候公路還沒有通。我們不要走公路，我帶你們去走古道，那路沿著海，沿著山，可以看到不可思議的美麗海岸。在最早最早的時候，是山那頭的原住民跟山這頭的原住民來往的古道。我想我們最好凌晨出發，趕得上看日出。」

這時小麵店裡的電視正在播著那些永不疲倦的談話節目，今晚的話題是海上漂流與神秘三角洲。其中一段提到，大概二十年前，因石油公司的污染而漁獲大量減少的墨西哥灣，在半年前一艘捕魷船救起一個皮膚黝黑，髮色焦紅的少女。少女據信可能在海上漂流了至少一個月之久，身體非常虛弱，在醫護人員的搶救下勉強醒來了幾分鐘。醒來後少女虛弱地喃喃自語著：「阿特烈！阿特烈！」根據一些語言學家的說法，他們認為這很可能是他們語言裡關於祈求的一個字眼。少女靠著外部維生系統，又昏迷了一段時間，但一直未真正死去，直到醫生剖腹取出胎兒之後，腦波才停止運作。

「真是奇蹟。」哈凡跟達赫都認出來，那個長腿、畫著濃妝的主持人竟然就是Lily，她們電視臺的主播在那次的海嘯事件後被撤換，不知道為什麼她升任主播了。報導接著說，胎兒雖然有先天性的缺陷，生命力卻很強，唯一遺憾的是，胎兒的雙腿相連，彷彿鯨豚的尾鰭。

莎拉要達赫把新聞翻譯給她聽，所有的人看著這則新聞，不知道該感傷，還是該為那個孩子高興。鄔瑪芙說，「腿連在一起才好，游泳很方便。」

氣象報告就非常確定不是什麼好消息，因為今年最早的一個颱風，竟然在三月初就已在遠方形成，很可能未來會朝島嶼的東部前進。專家研判，屆時垃圾渦流將會被風雨打碎，環繞全島，而且這個颱風雲系完整，帶來的雨量將會十分可觀。

隔天凌晨，達赫一行人就已經上路，在黑夜中，車上充斥著大家用不同語言高談闊論的聲音。不久達赫因看不見前面的路況，而把車子緩緩地停了下來。

「看不到路了。」達赫說。

道路消失了。

此刻因為霧霾的關係，看不見形狀的太陽從海平面升起，原本視線中只有大燈照出的一方空間，漸漸明亮起來。他們此刻才發現，原本應該是路的地方，上漲的海水，把它整個淹沒了。或許是太偏遠而沒有報導，或許是他們沒有注意到這個訊息，導航軟體也沒有更新資料。總而言之，這條根本是多餘的，極少人使用，運送核廢料的道路，就這麼默默地沉沒到海裡。

就像是刻意開到海的一條公路似的，站在路的這端，一行人遠遠望去，盡是杳杳的太平洋，與虛弱的日出。

達赫、哈凡、鄔瑪芙、阿怒、薄達夫和莎拉都走下車來，他們站在這條通往海的公路前面，什麼話也說不出來。而大洋仍堅定地從遠方，送來一波一波的海浪。

比達赫他們出發稍早一刻，阿莉思就陪著阿特烈走進那片林地裡，把他的小船緩緩地推入海洋。阿莉思側著頭看著阿特烈，她想，所有的這一切，究竟是真有其事，還是她的幻覺所編造的？她真的和身旁這個來自太平洋垃圾島嶼上的青年相處了這段時光嗎？

黑暗中的海模模糊糊，像一張老照片，看起來粒子粗糙，彷彿人終於可以握住什麼虛空中的物事。阿莉思坐在阿特烈的船上，兩個人各有所思地，看著遠方。時間慢慢過去，阿特烈始終沒有划槳的意思。直到一群鷗鳥從他們眼前飛過，阿特烈才開口說：

「阿莉思，妳可以幫我祈禱嗎？」

「當然。不過我應該對誰祈禱？」

「都好。卡邦，或你們的神，或大海。」

「祈禱有用嗎？」

「也許沒用吧。掌海師……我的父親說過，面對海，你永遠不知道它會拿走什麼，突然給你什麼，這就是我們必須祈禱的原因。」這句話的後半部，阿特烈用瓦憂瓦憂語說，阿莉思因此無法完全掌握話語的意思。

達赫與所有人都坐了下來，就像這處公路的盡頭是海灘一樣。他們不想太早離去，即使前面已經確定無路可走。達赫沒有特別焦點地講著多年前他步行這段古道的記憶，講著講著聲音越來越小，終於連他自己也聽不見了。鄔瑪芙踢著海水，莎拉將眼前的海水裝進樣本瓶裡，薄達夫拿著他的攝影機記錄，而阿怒乾脆衣服脫了，跳下海游泳。

達赫發現哈凡今天沒有穿靴子，而是穿著涼鞋，露出她的第六根腳趾。他覺得那多出來的腳趾就像剛剛發芽的小米，非常可愛。

而哈凡開始唱起歌。當她一開口的時候，所有的人都停止了動作，似乎連海浪也都停止拍打。世界只剩下歌聲。

她先唱了一首阿美族的歌曲，又唱了一首自己做的歌，接著，她唱了一首古老的英文歌。那是她從那個男子送給她的CD上學到的歌，她能夠背起那些CD上的每一首歌的每一段歌詞，即使她完全不知道是什麼意思。

Oh, where have you been, my blue-eyed son?
喔，你到哪兒去了，我藍眼睛的孩子？
Oh, where have you been, my darling young one?
喔，你到哪兒去了，我摯愛的少年？
I've stumbled on the side of twelve misty mountains,
我跋涉過十二座霧氣瀰漫的高山，
I've walked and I've crawled on six crooked highways,
我走過也爬過六條彎曲的公路，

I've stepped in the middle of seven sad forests,
我踏進七座哀傷的森林深處，
I've been out in front of a dozen dead oceans,
我曾面對著十二座死去的海洋，
I've been ten thousand miles in the mouth of a graveyard,
我深入張著口的墓穴足足一萬哩，
And it's a hard, and it's a hard, it's a hard, and it's a hard,
而此刻，一場暴雨，一場暴雨，一場暴雨，一場暴雨，
And it's a hard rain's a-gonna fall.
一場暴雨將至。

Oh, what did you see, my blue-eyed son?
喔，你看到了什麼了，我藍眼睛的孩子？
Oh, what did you see, my darling young one?
啊，你見到了什麼呢，我摯愛的少年？
I saw a newborn baby with wild wolves all around it,
我看見一個初生嬰孩被狼群環伺，

I saw a highway of diamonds with nobody on it,
我看見一條鑽石砌成的公路，上頭空無一人，
I saw a black branch with blood that kept drippin',
我看見一根漆黑的樹枝，血水不斷流下，
I saw a room full of men with their hammers a-bleedin',
我看見一個房間站滿了人，手裡拿著滴血的榔頭，
I saw a white ladder all covered with water,
我看見一把白色的梯子淹沒在水中，
I saw ten thousand talkers whose tongues were all broken,
我看見一萬個演說者，舌頭盡皆摧折，
I saw guns and sharp swords in the hands of young children,
我看見槍枝和利劍握在孩子的手裡，
And it's a hard, and it's a hard, it's a hard, it's a hard,
而一場大雨，一場大雨啊，一場大雨，一場大雨，
And it's a hard rain's a-gonna fall.
一場暴雨將至。

這是那麼久以前的歌了。不過，即使是聽過哈凡唱過許多歌的達赫，也覺得她的歌聲替他有點空蕩蕩的身體，填補了什麼似的；即使是一句也聽不懂的阿怒，也覺得自己像是要為歌聲裡的悲傷負責似的；即使是曾經真正到過山的內心的薄達夫，也覺得有些東西被挖空了以後，出現了一個深邃的洞，怎麼填都填不實了；即使是還未經真正的世事的小女孩鄔瑪芙，也覺得大雨真的快來了。

莎拉被哈凡的聲音震動，她的紅髮飄揚，就像一面旗幟。哈凡歌聲中的雨珠彷彿是因為風勢太強而破碎了，因此雨勢看起來比實際上要強得多。莎拉跟哈凡交換了一下眼神，接著唱了下去，哈凡為她合聲：

And what did you hear, my blue-eyed son?
你聽見了什麼，我藍眼睛的孩子？
And what did you hear, my darling young one?
你聽見了什麼，我摯愛的少年？
I heard the sound of a thunder, it roared out a warnin',
我聽見雷聲隆隆的警告，
I heard the roar of a wave that could drown the whole world,
聽見足以淹沒整個世界的巨浪，

I heard one hundred drummers whose hands were a-blazin',
上百個擊鼓者手上閃著電光，
I heard ten thousand whisperin' and nobody listenin',
我聽見萬種沒有人聆聽的低語，
I heard one person starve, I heard many people laughin',
有人獨自挨餓，而許多人在嘲笑，
I heard the song of a poet who died in the gutter,
我聽見一個在溝渠死去詩人的歌聲，
I heard the sound of a clown who cried in the alley,
聽見窄巷裡一個小丑哭泣，
And it's a hard, and it's a hard, it's a hard, it's a hard,
而一場大雨，啊一場大雨，一場大雨，一場暴雨啊，
And it's a hard rain's a-gonna fall.
眼看就要到來了。

Oh, who did you meet, my blue-eyed son?
喔，你遇見了誰，我藍眼睛的孩子？

Who did you meet, my darling young one?
你遇見了誰，我摯愛的少年？
I met a young child beside a dead pony,
我遇見一個孩童靠著一匹死去的小馬，
I met a white man who walked a black dog,
我遇見一個白人牽著一條黑狗，
I met a young woman whose body was burning,
我遇見一個軀體正在燃燒的年輕女子，
I met a young girl, she gave me a rainbow,
我遇見一個女孩，她遞給我一道彩虹，
I met one man who was wounded in love,
我遇見一個男子因愛負傷，
I met another man who was wounded with hatred,
另一個則因恨負傷，
And it's a hard, it's a hard, it's a hard, it's a hard,
而一場大雨，啊大雨，大雨，大雨啊
It's a hard rain's a-gonna fall.

一場暴雨將至。

而此刻正要甦醒的瓦憂瓦憂島民，覺得昨晚風特別大。其實晚上瓦憂瓦憂島的風總是很大，不過島民並不知道，在最近幾百年間，每個夜裡瓦憂瓦憂就往北移動○．○○○一條穴蟲的長度，縮小一張手掌的面積。而這天清晨，人類從未見過的藍色海洋與像是來自太空的奇妙生物的海溝的海溝深處，發出一聲未曾聽見過的巨響，就彷彿某個巨大的生靈正離開海洋一樣。海溝附近的深處出現了巨大創口，震動則往海溝兩側傳去，以前所未見的力量，掀起海嘯。海嘯意志堅強，彷彿一把巨大無匹的刨刀，將大洋上另一塊垃圾渦流往瓦憂瓦憂島推進，在三分三十二秒的時間內，將這個小島的生命與無生命體，盡皆刨入海底。

島上僅僅掌海師與掌地師預知這個訊息，一天前他們祈禱過，但沒有聽到卡邦的回應。

「卡邦為什麼不回應？」掌地師跟掌海師商討。

「我想祂不會回應了。」

「我們要警告島民嗎？」

「警告有意義嗎？」

兩人沉默了一會兒。掌地師喃喃地說：「我真希望知道卡邦的理由，我真希望知道卡邦的理由。」他臉上的皺紋，讓他的五官都像是朝某個洞穴陷落似的。

「你也知道，卡邦做任何事都不需要理由的。即使瓦憂瓦憂只是安靜地活在世界的角落。」掌海師說。

「即使瓦憂瓦憂只是安靜地活在世界的角落，」就像合聲一樣，他們又重複說了一次：「即使瓦憂瓦憂只是安靜地活在世界的角落。」

帶著各種垃圾的巨大海嘯來臨時，他們一人面向海，另一人背向海，分坐島嶼兩側，睜大雙眼看著這一切的發生。掌海師的眼眶因為太過用力，而流出血來。掌地師則雙手緊抓著土地，直至指節盡皆碎裂。他們的身體被巨浪拍打，瞬間撕裂，即使意志堅強，仍然忍不住哀嚎起來。島上的房子、貝牆、泰拉瓦卡、美麗的眼睛、悲傷的手繭、布滿海鹽的頭髮和一切一切島上關於海的故事瞬間湮滅。

同一時間，瓦憂瓦憂次子們化成的抹香鯨群，彷彿聆聽到什麼啟示，默默頭尾相接，用鰭輕觸彼此的鰭，破浪向某個方向游去。他們日夜毫無歇息地泅泳，黑夜亦無暇化為魂靈。鯨群穿越南回歸線，穿越三個剛形成的颱風眼，穿越冰冷的海與溫暖的海，直朝大陸而去。

在一週後的清晨，智利南部的瓦爾帕萊索會發現數百隻的抹香鯨擱淺在岸灘，牠們的眼神絕望，皮膚乾裂，肋骨已被自己的體重壓碎，頭顱上頭滴了兩行原本不會流淚的鯨所流下的淚。村民試圖在漲潮時間將部分鯨推回海中，但鯨以一種執拗的、決絕的態度再度游回海灘。

世界各地的鯨豚專家在最短的時間奔赴當地，因為這群抹香鯨全是雄性，這是相當奇特的事。更令人驚訝的，是其中還有近二十公尺的巨大抹香鯨。這是近年記錄中絕無僅有的，因為專家表示，抹香鯨群早已因過度獵捕而變得性早熟，體型因此大幅縮小。他們原本認為，世界上已經沒有真正巨大的抹香鯨了。

日後聚集在海灘上的專家窮其一生，都只有一個故事敘說不盡，那就是目睹一群巨大生靈死亡的經驗。鯨血從巨鯨的口中流淌而出，頭部左側先端的鼻孔噴出巨量惡臭的氣體，鯨痛苦地擺尾，將沙灘打出一個個巨大的凹洞，巨大的頭顱敲擊在海砂上，彷彿要把記憶從腦袋裡逼出來似的。鯨頭重鎚地上所引發的沉重、單調、絕望的聲音，穿越到山的另一頭，讓正在耕作的村民胸口發痛。

雖然擱淺的鯨除了撞擊地面以外，幾乎完全沒有發出其他聲音，但所有的專家日後轉述時都宣稱他們在擱淺事件的那一刻聽到鯨的叫聲，日後無論他們使用中文、英文、德文、庫倫語、加利西亞語（Galician）、迪維希語（Dhivehi），甚至一位語文天才用已消逝的曼克斯語（Manx）、艾亞克語（Eyak）來模仿，都無法準確發聲……他們的喉頭就像被魚鯁堵住，痛楚無比。

瓦爾帕萊索就像受傷的鯨那樣顫抖，而此刻，一隻鯨、一隻鯨、一隻鯨、一隻鯨、

一隻鯨、一隻鯨……在灘地上斷氣，部分較早斷氣的鯨，在悶熱的陽光下逐漸膨脹、腐化，突然地一隻接著一隻爆裂開來。內臟在潮濕、沉重的天空散開，像落雨一樣灑在鯨豚專家、漁民、前來撿拾鯨骨的孩童身上，他們被前所未聞的腐臭氣味激得暈眩過去，或蹲在一旁嘔吐不止。

當他們回過神來的時候，鯨已經全數死亡，專家們清點鯨屍，總共是三百六十五隻。來自瑞典年過七旬的鯨豚學者安德里亞斯跪在地上痛哭，竟至死去。他死前的哭聲震動了在場所有人的心，因此紛紛隨之哭出聲來，淚水滴在沙灘上，被不久後漲潮的海水回收。

海水的鹽分，並沒有因此增添一點。

當瓦憂瓦憂島被海嘯吞沒的那一刻，正是日出時分。阿特烈背著島，含著說話笛吹奏，頭也不回地划進破碎的垃圾渦流，那曲調既有不可解的溫柔，也有難以言喻的苦澀。而阿莉思送別了阿特烈後，則游到海上房屋的屋頂，站立在一塊已破損的太陽能板上，尋找阿特烈。她費了一番工夫才在視線中找到阿特烈的船，這是因為阿特烈的船頭與遮雨棚都是使用垃圾渦流的材料做的，因此船以一種毫不起眼的方式，隱身在垃圾之海中。而阿特烈的身影，已經變得跟鷗鳥一樣小了。不久，阿莉思開始唱歌，也許是唱給阿特烈，也許是唱給自己聽，那是她第一天遇到傑克森那晚，傑克森對著海所唱的其中一首歌。她還記得他一邊敘說一八〇八到一八〇九年丹麥和瑞典的戰爭海權衝突，一面介紹Camping Charlottenlund Fort所豎立的砲臺，正是當時遺留下來的遺蹟。

「以前可是真正經歷過戰爭的海岸啊，砲臺也真的是發過砲的，士兵也真的死在這片海灘上，船沉在我們現在看出去的那片海。這可不是裝飾性的大砲呢。」他說自己曾住在深入地底三十幾公尺的洞穴裡頭，駕單桅帆船渡過大洋，目前準備挑戰攀岩登山。

他們接著做愛，傑克森的陰莖像一支深入她體內的火把，在小小的帳篷裡頭，阿莉思從傑克森的肩膀看出去的世界彷彿是發光的。她在某個瞬間看著他淡藍色的眼珠，覺得自己彷彿看到了一百萬個世界。

Oh, what'll you do now, my blue-eyed son?
喔，你現在有什麼打算，我藍眼睛的孩子？
Oh, what'll you do now, my darling young one?
喔，你現在有什麼打算，我摯愛的少年？
I'm a-goin' back out 'fore the rain starts a-fallin',
我要在大雨降下之前離開，
I'll walk to the depths of the deepest black forest,
我要走進最黑最深的森林深處，

Then I'll stand on the ocean until I start sinkin',
然後我將站在海洋中央直到沉落，
But I'll know my song well before I start singin',
在我開口歌唱之前，會把曲子熟記在心，
And it's a hard, it's a hard, it's a hard, it's a hard,
而一場暴雨，暴雨，暴雨，暴雨啊，
It's a hard rain's a-gonna fall.
一場暴雨即將到來。

「海祝福你。」阿莉思以遠比針尖那樣小的聲音說。少年離開了，進入海了。而此刻，海上的天氣一點都不晴朗，遠方雨雲聚集，眼看一場即便是看過無數大雨的島民，也從來沒有經歷過的暴雨就要來了。

阿莉思游回岸邊，早到的海岸清理人員看著她全身濕透，跑上前來關心，但阿莉思逕自往回獵寮的路走，她低著頭往前走，不願讓他們看清楚她的臉。此刻她孤身一人走在路上，朝向那個既沒有愛也沒有憐憫的森林邊緣：那裡她曾和阿特烈第一次相遇，也是多年前傑克森到野溪取水的小徑。她走著走著，草莖上頭的水氣慢慢滲透到球鞋裡的腳趾間，慢慢滲透到她的眼眶。突然間，阿莉思感到有個毛絨絨的什麼正在摩擦著她的腿。

Ohiyo。是Ohiyo。

阿莉思為自己仍有一個對象可以這樣呼喚而感到高興。不知不覺中，Ohiyo已經變成一隻漂亮的大貓，她得為這個仍然活著的小東西做些什麼。

貓抬起牠小小的，不可思議的微妙頭顱，張開那雙一眼是藍色，另一眼是棕色的眼睛，回應她的呼喚，看著她。

附錄

複眼人（短篇小說）

原收錄於《虎爺》，二〇〇三年

我從年輕的時候便對蝴蝶深深癡迷。那種癡迷並不是蒐集標本、攝影、解剖、發現新種或異種交配，而是對這生命出現時所誘引出的莫名鼓舞，乃至於口齒不清的複雜情緒。

大學修課時我就以鱗翅目為各種作業的題材，碩士論文寫的是〈麝香鳳蝶屬所釋放之費洛蒙與其食草的聯繫〉。

但其實當年真正讓我選擇從文學系休學重考進昆蟲系的原因是蝶的遷移。那時生態旅遊和報導正成為一種和新手機上市一樣的消費趨勢，報紙或雜誌幾乎都增闢了這樣的專刊。我看著照片裡那些層層疊疊就像無限花序掛在樹間的紫斑蝶，覺得腦袋裡有某個開關像罐頭似的被喀喇喀喇地旋開了。

坦白說蝴蝶遷徙的研究有根本上的困難。除了斑蝶亞科的種類，翅翼上的鱗粉比較不容易脫落也較少，還能使用標識法外，鳳蝶科及粉蝶科鱗粉易落，老熟個體往往翅翼破損嚴重，挵蝶與小灰蝶科則是體型太小。何況捕得被標識過的蝶的機率實在不高，這使得標識法效率不彰。蝶也不像鳥類可以背負得起發報器，牠們太輕、太脆弱，太容易被掠食者捕食，無法讓昂貴的器材達到有效又經濟的追蹤。

因此，關於蝶的遷徙始終就像英國威爾特郡Salisbury的巨石陣一樣，沒人知道那些巨石是如何搬來、為何搬來的。石頭們沉默地守著秘密。

蝶是如何持續飛越上千公里缺乏標的物的漫漫海域？就靠那個儲存不了幾公克脂肪

體與肝醣的身體？而在無常的大海中，飛行高度不可能超越對流層的脆弱軀體又是如何對抗突如其來的海上颶風？

何況蝶的生命是那麼短暫。除了寒帶地區的某些絹蝶，以一年幼蟲、一年蛹、一年成蟲的方式生存，多數蝶的生命不超過數個月。不過想想，這些算來長壽的蝶，整個童年與青春期的生理機能都因為低溫而趨緩（緩慢地攝食、緩慢地蛻皮、緩慢地血液循環、緩慢地垂懸在植物的葉背上），所以其實不是真正長壽，不過只是像「蝶生」被慢速放映而已。

我想談談記憶。

北美大樺斑蝶的遷移並不是和候鳥一樣是同一世代，或單純移往繁殖地的遷移，牠們在數千公里的旅途中繁殖了三到四個世代，才從伊利湖經過匹茲堡、休士頓到達墨西哥的歐亞梅爾松樹林。隔年逆著這個旅程回到的北美「故鄉」，其實是新生世代從來沒有到過的「異域」。那是一種世代接力的長程遷徙與歸鄉，讓我想起巴勒斯坦人，或像我們這些年紀，一些老爸爸已死，旅遊時順道看看老爸長大的地方，買回一大堆從未聽過的名產分送親友的同學。那記憶就好像超過保存期限的罐頭一樣。

可蝶沒有老爸帶，也沒有旅遊公司的安排。

（你覺得蝶長記憶嗎？）

答案被鉛錘沉到幾萬呎深海溝底，找不到也浮不出來。青斑蝶向北飛，端紫斑蝶、小紫斑蝶、圓翅紫斑蝶則南飛越冬，如果記憶可以遺傳，祖先的遷徙路線，難道已經化為基因鏈鎖藏在每一枚卵粒之中了嗎？

你知道，生物學家的責任就是替生物行為合理化。大樺斑蝶與紫斑蝶的遷徙至少還可以找到理由，大樺斑蝶因族群龐大，沿著遷徙路線可以充分利用食草馬利筋，維持族群的數量。至於紫斑蝶，由於是熱帶蝶種，牠們到南部的無風山谷是為了等待冬季的離去。然而玉帶鳳蝶呢？每隔幾年恆春半島的玉帶鳳蝶就會有一次大發生，百萬隻的玉帶鳳蝶像從地面徐徐浮起的烏雲，循著蝶道，撞上急駛而過的汽車擋風玻璃，像一群朝聖者向西固執地飛去。

難道這趟，就專為了赴死？

畢竟，牠們並沒有像同一地區仿相手蟹或螳臂蟹那樣必須勇於赴死的任務。關於仿相手蟹的任務。你知道，沒有任何危險可以阻擋體內繁殖荷爾蒙開始作用的生物，每年夏季的繁殖期，數十萬隻海岸林蟹種必須降海繁殖，穿越馬路那條非生即死的陰陽線。當車子壓過這些自以為堅硬的甲殼動物時，發出噼哩啪啦的聲音，彷彿上帝躲在什麼角落裡像孩子一樣折著手指頭的關節，整條馬路都流滿黏呼呼的體液肉屑與難以數計的卵粒。

和雙翅目、膜翅目以及鞘翅目的昆蟲飛行時發出的不同音階的音振不同，玉帶鳳蝶群以近乎默片的方式鼓動兩百萬隻蝶翼（只有捲片時底片和放映機摩擦發出的沙沙節奏）。蝶群最前頭一轉後面的蝶群就跟著轉，就像小時候看的舞龍陣一樣。拉長了數公里的蝶群，循著某股看不見的氣流，如一尾活生生的生物——隨時可以離散又聚集沒有固定形體的「龍」。

我曾經訪問過蝴蝶先生陳甬。你如果對鱗翅目有興趣就知道他。陳甬先生沒有任何生物學的頭銜，但卻有數種蝶種以他的姓命名，他同時也是擁有最多陰陽蝶標本的蒐藏者。所謂的陰陽蝶是指蝶的翅翼左右出現雌雄的性徵，由於許多蝶種雌雄翅翼的花紋截然不同，陰陽蝶看起來就像是將兩個互不相識的設計師作品拼貼在一個軀體上，彷彿是上帝為了揶揄自己的作品，或刻意讓人驚訝而安排的。畢竟，陰陽蝶在自然界沒有生存的價值。而我訪問陳甬先生主要的目的是，他是唯一曾經自雇漁船多次追蹤玉帶鳳蝶出海的人。

當他聽說我想追蹤玉帶鳳蝶的「歸海」行為時，眼底有一團火燄剝剝燒了起來，旋即寂滅。他說自己一共追玉帶鳳蝶出海了三次，第一次因為暈船而忍受不住，經過幾年的坐船訓練後又出海，卻遇上了颱風。第三次是在十年前，他追蹤的蝶群被風向分割成幾個小集團，其間的方向從正西到南南西。

蝶群不斷逼迫他選擇。他跟著一群向南南西方向的大集團近百公里，有的脫隊落隊，有的被浪捲入大海，有的被躍出的魚一口吞下。大概到了黃昏的時候，一隻也看不見了。關於那幾次的追蹤，他遺憾地說：「既沒能瞭解牠們遷徙的最終目標，甚至沒能看見牠們如何在海上休息。如果說玉帶的移動是有目標的，我以為沒有一隻玉帶鳳蝶真能實踐這個旅途到最後。」

「但是，」陳甬意味深長地說：「我還是贊成你試著跟牠們出海，不帶任何研究的目的，只是像蝶群中的一隻玉帶。」

三十歲那年，飛過我夢裡的蝶群數以億計。我無法忍受從書本和實驗室裡推想，我必須要讓蝶自己講述牠們遷徙的故事，必須要自己走進那個傳說裡，像一株被啃食的過山香，或一隻躍出水面吞吃蝶的魚，直到牠們讓我看到或聽到一些不同世界的東西。我託了一些南部的業餘觀察者密切注意，當看到異常數量的蛹群就通知我。

六月初的時候，我的大學同學，現在是林務局調查員的阿進打電話告訴我，「今年玉帶要大發生了。」我撇開教授給我的〈紫斑蝶屬幼蟲攝取食草與成蟲毒性關係研究〉，連夜趕下恆春半島。阿進替我租了一艘裝備不錯的私人漁船，船主阿海伯是三十幾年的海上老手，背有點駝、光著腳露出分得很開的腳趾，看得見的皮膚都已經風化鹽化成一種礁石，可以沉沒到海底任何地方都不顯得突兀。

他答應以不高的價錢載我出海追蹤玉帶鳳蝶，時間設定在一週以內。由於沒有任何研究補助，這趟行程寒酸得很。一台筆記型電腦、攝影裝備、筆記本、充氮望遠鏡，以及一個興奮不已的頭腦。

我根據陳甬給的三個地點，忍受著三十度以上的高溫每天依序在A、B、C三個點循環觀察。第三天我在B點被一對求偶的黃裳鳳蝶吸引的時候，「聽」到了空氣頻率振動的改變。

首先是汗毛一根一根挺起，接著耳朵接近耳膜前幾釐米的地方像有一種細小的飛蟲正往裡頭爬。風從山的方向往海邊送，路旁銀合歡的小葉交頭接耳似的以不平常的節奏翻動，舉尾蟻舉起前肢，一群姬赤星椿象靜止在血桐上尾部朝裡形成一個圓圈，昭和草的瘦果似乎很猶豫要往哪個方向飄才好，長穗木在風中微微顫抖，聒噪的烏頭翁成了禁語的禪師。

然後天空突然變得非常非常的低，低到我幾乎想趴在地上。那閃動著時現時隱著白斑的沉闇烏黑，相互推擠、避讓，就在我頭上不到十公分的地方掠過去。

我一面打手機給阿海伯，一面以手在視線上畫出一道一道的計算線，每隔十秒約有上千隻的玉帶通過那些線，像背後有人追殺一樣向海上奔逃。八十萬，不，至少上百萬隻！如果以一隻玉帶幼蟲攝食六十片過山香的葉才能化蛹來計算，那麼那年的蝶群就是可以覆蓋整個島嶼的過山香葉片從地面噴湧至空中的奇異生命轉換。

玉帶鳳蝶大發生了！

蝶薄翼上的鱗粉在每次振翅時便有部分無聲地粉落，空氣中飄浮了滿滿的細微黑色鱗片，像起了黑色的霧一樣。

我騎著機車追蹤。集體飛行的蝶的行徑變得規律，不像平常避敵或覓食飛行時漫無章法。有點像求偶飛行：蝶貼著蝶（但蝶群很「厚」，分布在不同高度，因此看上去仍像毫無縫隙的烏雲），彷彿被風阻擋一樣以怪異的慢速前進。但也會突然間放開速度，如裂開的雲層，邊緣浮晃著神啟似的四散光暈，突如其來引入的光亮令人視盲。過不了許久，就像彼此間有著默契，或那些由蝶組成的雲系有了靈魂一樣，集團重新組合。

跳上阿海伯的船時，時間是下午的四點十七分。

就像開著船進去童話般的海域裡一樣，那海以一種不真實的藍藍著，以不真實的波動搖晃著船，不真實地濺起帶著鹹味的海水（我站在船頭上，除了相機以外的地方都濕了），不真實地偶爾躍出全身鍍上一層晶亮陽光的優美魚身。

蝶群到了海上竟顯得單薄侷促起來，這使我幾乎以為一個鐘頭前那種鋪天蓋地天為之變的視感是一種張皇的錯覺。然而仔細一數（說是仔細，其實仍是以群數的粗估計算法），沒錯，至少還有七十萬隻蝶正喪失性別喪失個體喪失對迎面而來危險的恐懼興沖沖地往海上飛去。我望了望羅盤針，西南西，有時被風向吹得略略往北或往南，但總是執拗地往不可能飛越的海域飛行。也許目標是某個小島。

阿海伯在船艙裡張著嘴看著。在幾年後的第二次追蹤前他跟我說，其實剛討海沒多久的時候他曾經也目睹過，但不久就打起雷雨。我可以想像，一支支透明的雨箭射下，雲散時海上連一隻蝶屍也看不見了。

原來百萬是這麼單薄的一個數字。好像一鍋飯、一頭到中年每天等比增加終至落盡的頭髮、沙灘上一個腳印踩陷的砂粒、一株老樟在一季裡的新芽落葉。

海上沒有預感的，突然颳起的西南風有時會猛地推你一把。被那隱形力量牽引推擠的蝶群正在逐漸縮小中，許多蝶在我絲毫沒有注意到的時候落隊，並且再也不可能追上來。我們的船邊漸漸漂浮了一些蝶屍，像這艘船正進行著我和阿海伯的葬禮，四周漂滿了帶著乳白色斑的黑玫瑰花瓣似的。

而在陽光逐漸泛紅的黃昏海上，蝶群開始分裂成三個小集團（我們選了最右邊那個），再繼續分裂為三個小集團（我們選了最左邊那個），再分裂為四個小集團（我們選了左邊數來第三個），在天黑以前，我們的視線裡連一隻蝶都看不到。我們的船在四周搜索，但只剩下月光與遠方船隻的燈光互相安慰，海上連半片蝶翼也沒有。就像玉帶全都再次進入另一次生命的靜止期，化成我們都認不出來的蛹形一樣。

（會不會，這次的蛹期牠們竟擬態成魚？）

無論如何，玉帶消失在海上了。就像雲終於化為雨水，吸進來的氣又被吐回空中一樣毫無痕跡。

這趟追蹤我被興奮和陽光曬得躺了整整兩星期，脫了一層皮並且昏睡了四十七小時又十二分鐘。如果人類也以蛻皮次數來計算年齡，不曉得我現在算是幾齡？

我到後來跟阿海伯建立了很奇妙的交情。他平時照舊出海捕魚，只要一聽消息說這一兩週玉帶可能大發生，他就將船停在可能的出海口，在一家「阿達海產」的小店喝啤酒，叫阿達（海產店的老闆）料理他捕回來的魚，或者是在海濱公園跟老人家閒聊下棋。我四十五歲那年打電話給阿海伯，阿達略帶傷感地說：「阿海仔轉去囉，歸海囉。」

阿海伯有一回在我們「又」在海上失去玉帶蹤影時跟我說他捕魚的往事。他說第一年跟我一起看到百萬玉帶蝶群的時候，讓他想起第一次參與夜釣肥帶魚的情形（後來我才搞清楚，肥帶魚就是我們說的白帶魚，巧的是，玉帶鳳蝶又叫白帶鳳蝶）。釣白帶魚是用一種稱為「鱔魚骨」的纖維絞線，垂到海裡。白帶魚嗜光，必須用燈來引誘牠從較深的海域浮起咬餌。牠靜止時是頭上尾下的垂直姿勢，缺少尾鰭腹鰭的銀白色身軀人立在黝暗底海裡，就好像飄浮在夜空一樣。水面上，各船的誘魚燈在水面圈起銀白色的套索，等待著這些也在等待翻捕「苦蚵仔」的殺手上鉤。據阿海伯說那天是滿月，月娘非常非常大，準是個肥帶大咬的日子。

我腦海裡出現一個大得好像用跑步就可以到得了，拿顆石頭用力丟就可以扔進寧靜海裡頭的月球。

漁民們將釣繩或深或淺地放入，探測白帶魚所在的深度，準備將活在另一種世界的生物從那一頭拉上來，月亮在水面上被徹底打碎，無數迴游數千公里的白帶魚以人立的泳姿緊盯著海面，微微露出銳齒。

苦蚵仔來，肥帶就來。

（然而從東海、黃海到臺灣海峽到南中國海的漫長迴游與獵食，今天就在這裡結束了。）

那時我突然有一種為那些白帶魚的旅程，以及最後終結的命運感到疲累的感覺。

大概是剛過午夜，每艘船都已經釣上了大大小小，從十幾公分到一公尺多的白帶魚。就在這時候，漁人們聽見了海的聲音，或者應該說，海裡面有另一個海想要掙脫出來的聲音。

阿海伯說他聽過各種海跟海、風跟海、雨跟海、船跟海、魚跟海撞擊的聲音。但這次不同，先是無數細小金屬片彼此摩擦的聲響，然後聲音突如其來地隱匿（而不是像風鈴隨著風逐漸平息），接著竟像電視劇武俠片混戰時各種刀劍金甲劈刺刲砍剟剡那種混亂中帶著協調性的殺伐之音，接著從水上望下去那些誘魚燈的銀白弧圈裡，浮現了各式的活著似的光的線條，準備從深海掙脫而出。

數十萬尾的白帶魚，以芭蕾舞者的姿勢在空中扭曲著像金屬打造的蛇滑軀體，時間似乎凝在那個扭動的定格裡，白帶魚像一群拜月的信徒，從海裡飛出。

漁民們都覷瞇起眼，呼吸到的空氣為之灼燙。那種刺目的光度在日後留下了焦黯的殘影，燒烙在這批漁民海上生涯的記憶之核上。阿海伯說他記得那時候每個人都張大了嘴巴，但不曉得在喊叫什麼，數十萬隻白帶魚身撞擊海面的聲音，就像重新經歷了二次大戰時讓人在數十年後仍然耳鳴的空襲。

第一次追蹤玉帶之後的整個星期我的聲音都是啞的，拍回來的影帶畫面也晃抖得厲害，證明我也應該大叫過。現在回想起來，那叫聲應該不是恐懼、興奮或激動之類的單純情緒，而似乎是感到某種脆弱性而張皇。

想到阿海伯已經不可能為追蹤玉帶駕船，我突然有一種算了算了的沮喪感。追蹤玉帶的行動並沒有替我帶來什麼學術名聲（頂多是發表了幾篇關於玉帶習性的論文），但已經成為我人生的一種行事曆。目的性漸漸淡薄，只是在不固定時節不固定的狀態下與一位老友出海追隨玉帶的旅程罷了。

（甚或，是一種把自己丟到神秘境域的儀式？）

去參加阿海伯告別式的途中，我開始思考自己為什麼要搞懂這件不搞懂並不會阻擋我人生前進的事？為什麼一定要介入一個我不需要介入仍會不斷運作的現象？

沒出海追蹤玉帶後，我漸漸變成了純粹的學院裡的昆蟲研究者兼教學者。每天在各種瓶罐、標本箱與飼育箱裡活動，出給學生的第一份作業是學期末交出五百種以上，超過十個目、五十個科別的昆蟲。在課堂上把昆蟲當成一堆螺絲、一片超微晶片、一塊智慧電路板向學生解釋昆蟲生理學，偶爾會在中午時分抬頭望望灰茫茫的天空，覺得自己的靈魂也和城市一道積著塵，一道因為抽多了地下水而不知不覺地陷到某個地方去。

就在這個時候，我接到一個學術機構以外的案子。

基本上一開始我對這個案子並沒有很高的興趣，跟我談的公關小姐是一個約莫三十歲，看起來從來沒有曬太陽，笑時才跑出細細魚尾紋的蒼白女子。她解釋說她代表的跨國生態觀光發展公司，這次獲得了「紫蝶幽谷保護區觀光發展案」的企畫權。由於紫斑蝶的權威林教授曾是我博士論文的指導教授，因此希望我能參與這個企畫。

她和我面談時特別提醒我「可以參考看看企畫書最後一頁的預算」。

我看到那個數字時心底又悠悠忽忽地浮起了「玉帶可能在明年又會大發生」的念頭，眼底出現了投向藍色大海的黑色潮水。或許它自始至終都像自己的影子一直在那裡。我盤算著一艘船與衛星定位儀器需要多少錢。

那女子的聲音像從很遠的谷地傳來一樣：「我們公司尋求的是一種生態保育和地方觀光發展並行的和諧，我們不但保護紫斑蝶，也盡量提供當地人民就業的機會。更重要的是，我們讓觀光客以從來沒有過的視覺經驗認識紫斑蝶。」

獨自開車南下高雄時，腳底下傳來高速履帶在聚合物所組構成的無限速公路上奔馳時傳來的沒有一點生命訊息的微微顫抖。我想起墾丁被車流嘎拉嘎拉碾過的仿相手蟹，到變成一攤肉屑碎殼的那一瞬間可能都還帶著性荷爾蒙挑逗的激動。這種蟹的眼睛位於甲殼的兩側，因此就好像一直在看著自己的大螯一樣，故名相手。

（同時看到兩個極端方向的心情不知道是怎麼樣？）

或許玉帶的出海也和性荷爾蒙有關。由於一季的大發生後，食草過山香都成了沒有葉子的枯樹，雌蝶為了產卵一定得尋找另一處。飛行時性費洛蒙在空中分泌、飄散，雄蝶尾隨而至，又散發出聚集費洛蒙。於是靠著視覺之外的，以氣味相連的性慾訊號，終究淌成一條浮懸在空中糾葛纏蜷的濕黏路線，翅翼摩挲的歸海蝶道。

然而紫斑蝶的遷移是有目的地的，難道蝶的體內也有像鳥類腦中那般的隱形航道？

（對人來說，那是多麼微小多麼微小的生物！）由於太陽與月亮每小時會移轉十五度，鳥類白天以太陽，夜裡以月球和星辰做為指引標的的時候，同時要能隨著移動的角度而調整飛行方向。這世界其實沒有一種自然物事循著直線進行，它們似乎都以一種密語般的傾斜角度傾斜著。

玉帶朝西往海上飛是有目的地的嗎？蝶觸角上的敏感嗅覺，當不可能不知道北上的生機較近。

十多年來的斷續追蹤，竟然連印證想法的實驗方式都想不出來。我對自己深感失望。

森林位在島嶼南部偏東的區域。這片林地在上個世紀末設為保護區，是南臺灣唯一一塊植物自然演化的低海拔森林。我讓一臉像在生氣的管理員刷了證件和申請書，背著各式裝備，徒步走進。

這片闊葉林地也是全世界僅存的數個紫斑蝶屬冬季聚集地之一（其他的紫蝶谷，因全球性氣溫上升而逐一消失）。在北部冬季已降到十度低溫的時候，森林裡的某些溪谷，仍然維持著二十度的春天。季節在這裡停止運轉，紫蝶在這裡安靜懸吊。

我選擇了一塊次生林地紮營，準備明天深入蝴蝶谷。當天晚上大雨從黑暗的天空落到黑暗的森林，看不見雨但可以聽見雨擊打著各式各樣的葉片，可以想見明天早晨即使放晴，森林四處仍會滴著積存在各種葉片上的雨水。不知怎地，我腦裡竟浮現古典時代詩人王維的詩：「山中一夜雨，樹杪百重泉。」寫得真傳神。不過詩現在已經變成非常專門性的東西了，既不是拿來吟唱也不是拿來想像，只是在大學課堂被研究而已。

一千多年前的雨水和一千多年後的雨水，可能都是同一批水分子所循環的。我莫名其妙地想到這點。

在黑暗裡我的視力反而好了一些。在昆蟲系教課的第二年，我的眼睛開始出現奇怪的黑影，醫生做過水晶體、網膜、虹膜的徹底檢查都找不出原因。每回檢查時就要點

「散瞳劑」，然後閉著眼睛超過一個小時靜靜等待瞳孔放大。那一個小時我仍不斷「看到」黑影，絕無重複的黑影像要趕到我腦子裡的某個地方棲息一樣。醫生說：看起來水晶體清澈得很哪。

瞳孔被強制地放大的時候，世界失了焦。

蝶群持續往西。極目所及的唯一一隻是雌蝶（還是擬態紅紋型的），仍執意往西飛了將近半公里，然後突如其然變成石塊跌落海面，被浪捲噬進去。在永遠是動態的海上，像唯一靜止的句點，無聲地沉沉墜海。

我沒費多少時間就藉衛星地圖找到了紫蝶越冬谷地的入口，這十年來，學者們已能掌握紫蝶越冬的落腳處。根據陸陸續續發表的論文研究，紫蝶（你知道，這個泛稱包含了紫斑蝶屬的端紫斑蝶、小紫斑蝶、圓翅紫斑蝶、斯氏紫斑蝶）會在分散的數個谷地中度過冬季，然後在三月初開始交尾，陸續散開飛回北部。到北部時很可能已經繁殖出第二代或第三代了。這裡是現存規模最大的一個紫蝶谷。有時候我在讀那些細微畫出紫斑蝶群遷移路徑、遷移前後燃燒脂肪體對照的論文時，都有像巷弄前一閃而過的貓的影子一樣的念頭：謎語真的被解開了嗎？

進入紫蝶谷時，時間大約接近正午。當我第一腳踏入那個地上像鋪了地毯的谷地時，所有的樹在瞬間落葉，約有近萬隻的紫蝶從樹上被幾乎只是如咬下指甲那樣的細微聲響驚起。就像發現即將步上的小島竟是一尾藍鯨，我的心頭有一種冒犯巨大生靈的緊張與惶恐。

蝶一定從很遠的距離就聽到我的腳步，而等到這腳步踏入牠們的警戒範圍時才驚飛。由於蝶的聽覺在腳部的接收器上，因此無論停憩在任何接觸到地面的地方，都可以藉由實物的傳送而聽到我接近的聲音。我常想，或許蝶（以及眾多昆蟲們）也能聽到樹木扎根，地底岩漿流動，蚯蚓鑽孔時推擠泥塊，以及伏流轟轟流過的奇異音響。

接下來的幾天，我四處記錄著可以裝設攝影機的位置，這也是我接受委託的主要工作：以我的專業知識，判斷攝影機裝設在何處能獲得精采的影像。園區預計在兩年後開放，我向學校請了四個月的長假，因此，這一整個越冬季都是屬於我的工作時間。蒼白女子曾問我需要幾個助理，我說只要一個人就夠了。並不是想多賺點錢，而是我知道如果不是怕寂寞，多一個人並不會使工作更順利。

我並沒有一開始就答應簽約。第三次見面和她一起來的還有生態攝影師Kevin。他戴著拉到耳朵的毛線帽（因此我無法確定他的髮長），身形高壯，瞳孔淺藍色（後來我才知道那是他戴了一種具有望遠鏡功能的目鏡的緣故），算是長相非常出色的男子。相對那個女子，他的皮膚顯然是曬過頭了，可以看出脫過好幾層的皮膚色澤，上頭還到處可以看到像擦過橡皮擦的膚屑。他將是整個計畫後半部的執行策畫，據他說，將會有超過五十位的職業生態攝影師參與這項計畫。

「基本上，我們不能干擾保護區的生態環境。因此，這個園區將動用複雜的攝影設備。我們會在某些定點架設多種Super Mini Camera，嗯，叫『超微攝影機』。這種超微攝影機可以藏在枯木裡，或者附著在人造葉片下，有的我們把它設計成鳥蛋的形狀，有的做成植物的果實，或花朵的樣子。這些攝影機最大的突破是具有Dynamic Vision的能力，無距離調焦攝影的功能，以及立體擬真視覺。」

由於研究時攝影是必要的工具，我對Kevin所說的大概有些瞭解。比方我自己在拍攝昆蟲時用的軟片是一種稱為「空間重現」的超微粒軟片，它比一度快遭淘汰的感光軟片多了一種微凸的顯影粒子，使得投影在特殊的「原像布幕」上會使人產生一種如入其境的，既真切又迷濛，似乎可以摸觸的視覺印象。彷佛那布幕破了一個洞，另一個世界藏身其中。這種技術才得以與無軟片的數位攝影競爭，因為數位攝影始終無法藉由另一種實體的物質展現這種讓視覺感到觸覺的感受，數位相片不過是呈現在平面螢幕上的一組電位。

「教授你是昆蟲學家，一定知道蜜蜂的視覺融合形態吧。」Kevin說。

「flicker fusion？」

「呀，flicker fusion。高速飛行中的蜜蜂，一秒可以接收並融合二百至三百個閃現在視神經裡的影像。我們使用的攝影機已經達到三百五，可以像在夏天的猛烈雷雨輕易抓到一滴雨一樣抓住動態影像。因此即使是安置在受風的樹葉或果實上，影像也不至於晃動。」他嘴角帶著淺淺的自信微笑（這是他唯一讓我覺得不順眼的地方）：「我們的計畫是遊客不必忍受森林不適的條件，嗯，比如說蚊蠅啦、潮濕的空氣啦。他可以租借一台使用衛星頻道接收訊息，只有一毫米厚的紙張螢幕，坐在附近的森林咖啡屋裡觀察。根據收費的不同，遊客手上螢幕能接收的攝影機數量、架設位置、畫質也不同。一般來說，A級的『Watcher』……」

蒼白女子在一旁插嘴說，Watcher是紙張螢幕的名字，A級表示可以使用約三百個頻道。她從公事包裡拿出一個給我。像某種線條俐落的刀刃。

「嗯。Watcher可以同時接受近五百架攝影機的訊息，這些訊息透過視控中心，被分類為數種影像訊息。你可以按下螢幕上的觸控按鈕選擇『求偶舞蹈』、『交尾』、『覓食』……等等行為，或者可以另外選『鳥類』、『其他昆蟲』、『哺乳類』、『爬蟲類』等等來進行觀察。當一台攝影機lose……」

蒼白小姐插嘴說，這表示在攝影範圍內暫時沒有可以攝影的目標。這時候我發現，雖然兩人坐在距離我差不多的位置上，但聲音卻像是從兩個不同空間傳來的一樣。男的聲音低沉而近，女的聲音高亢而遠，簡直像搭配好的一組音響。

「嗯，那時你就可以轉頻道，也選擇觀看其他的生物。當然，如果遊客同時租用多部Watcher，便可以同時觀察到同一地域中的不同生物活動的情景。」

聲音呢？

當然，觀察者是配有Listener的。蒼白小姐解釋：Listener是耳機的名稱。她講話時動作很多，簡直像在用手語一樣，耳環因此不斷晃動著反射窗外的陽光。如果你需要「耳畔解說員」，服務中心會給你另一種耳機，of course，聲控中心也可以提供自然的「現場音」。

我不曉得自己是不是被他們所說的這種完美的不破壞觀光方式打動了。我想或許跟以前我父親在推銷靈骨塔的人跟他耗了一下午後，一口氣買了兩三個的心情很類似。

只是我心底有像白紙上筆尖大小污點的不安感，但自己並不清楚那不安的來源。

無論如何，這和過去坐在家裡看Discovery、國家地理頻道或Animal Planet的感覺截然不同。一來，那些電視臺播放的即使製作得再精緻，絕對是「已經過去的」記錄。使用「Watcher」和「Listener」，卻能夠讓你真正地面對現場。何況，坐在家裡客廳，和坐在森林咖啡廳一面享受芬多精，一面進行即時性的野外觀察，那就像看風景照片與拍風景照片的感受截然不同。

蒼白小姐像朗誦一樣地唸：這些發明使得人與自然產生一種既親近又不相妨礙的互動關係，而生態知識、健康、自休閒裡學習尊重自然，都會因此普遍化而確實地扎根。她給我一個帶著魚尾紋的微笑說：這是T大生態旅遊研究所H教授在競標時替我們公司寫的推薦語呢。

由於要拍攝到蝴蝶細膩動作，我在森林裡爬上爬下尋找攝影機安置的適當角度。由於蝶的色感對反射光線的紫外光波特別敏感，對短波光比長波光較有反應，因此選擇陽光照射得到的高反射區肯定比較有利。或許，還可以安置一些可以放出短波光的人造花來隱藏攝影機。什麼樣的角度會拍到讓遊客驚歎的畫面呢？我在腦子裡不斷想著這個問題。

到春天來臨的前一個月，我在森林的分割藍圖所劃分的十六區裡，已經畫上了五百三十一個象徵攝影機的點（我應該要提供五百個A建議點，三百個B建議點，以及兩百個C建議點；A、B、C表示考慮裝置的優先順序）。我坐在帳篷裡，讓腦袋運轉起每一架攝影機的畫面，確定每架都能準確地捕捉到蝶的動態。這些畫面能呈現蝶的各種生活習性，我想不只可以滿足遊客的好奇心，應該也對研究斯氏紫斑與小紫斑、圓翅紫斑這幾種親緣種的習性差異，提供正面的幫助。

那五百三十一個畫面在我的視覺區裡像古早時代以熱空氣對流來策動的走馬燈，一個接一個輪轉著。但那裡頭似乎缺少了什麼。這樣的念頭，有時像以我看不見的形式潛伏在腦的森林裡的繡眼畫眉，突然撲撲飛起。

坦白說那時我對兩個多月來重回野外的調查生活很滿意。我對眼前一閃而過的任何動態事物變得更敏感，憑著多年觀察鱗翅目的經驗，即使是紊亂飛行的蝶我也能像心電感應一樣知道牠將在哪一朵花、哪一片葉背上降落，甚至可以在蝶飛過之前腦中就浮現一條空中的飛行路徑，彷彿看得見那隱形的氣味之路一樣。

令我特別開心的是敏感的哺乳類開始稍微放鬆戒心。山羌從指頭大小的足跡，變成我眼前的確實存在，牠們穿過我野帳前方的林地前往附近水源時，會以憐憫的眼神停頓了幾秒，然後像雨水滴到河裡般消失在森林裡。夜晚會有發亮的眼睛像要探照我骨髓裡的意圖般盯著我，兩眼眼距較寬的是白鼻心，較窄的是麝香貓，樹上的是大赤鼯鼠，草堆裡的可能是鬼鼠。我嗅得到牠們的體味和糞便，牠們也從看似空無一物的空中獲知我的氣味。

一天黃昏，一群山羌（大約六隻，四成獸兩幼獸）站定在面前約十步的地方，面對著我這個方向反芻地嚼著什麼。我饒富興味地舉起相機拍牠們。

「你為什麼而來？」

我嚇了一跳。那聲音就像從以無辜眼神望著我的山羌肚腹而出。我放下相機，過了幾秒，才從那眼神後頭，看到一個像是樹幹分化出來的年輕人。他的臉部線條有一種堅決的氣質，除此之外，我壓根忘了他穿著什麼樣的衣服。山羌如犬般吠了幾聲，那聲音像讓每片樹葉都微微一顫，逐漸往溪谷的方向散去。

我驚訝於山羌竟讓年輕人站得這麼近，就像他是牠們的牧者一樣。我無法確定這個神秘年輕人的意圖（公司曾希望我不要把計畫先說出去，這是商業機密），但也不願說謊，所以回答：「我來找紫斑蝶。」

「找紫斑蝶？」

「是啊，那是我的興趣，我喜歡蝴蝶。」我想起我那個公司提供的，像一座小太空艙的高科技帳篷，以及怎麼樣也不像一個業餘觀察者可以負擔的各式裝備，不禁為這個謊言臉頰發熱。

「喜歡，這個詞太模糊了。」他站在一株烏心石旁，像在思考一個難解的寓言一般喃喃自語。「你是觀察？注視？還是看？」

觀察、注視、看。我腦中沒有這三個視覺動詞的差異解說，我分辨不出這三者，正如我一向分辨不出幾種楠樹葉片（我曾經請教過專攻植物學的同事，他們說泰雅族人對楠樹的葉片有極細膩的觸覺判分法），也沒辦法肉眼判分冰晶雲和水氣雲的差異。

「觀察吧，像小學生觀察草履蟲一樣。」

他停頓了一會（這時我才發現，森林裡的一切聲音彷彿都「暫時停止」了，就好像我們的對話被抽離到森林之外一樣），好像有點害羞地說：「你……有沒有想過紫斑蝶怎麼看？」

「怎麼看？」

「是啊。看。你沒嘗試過嗎？像蝶一樣，看。」陽光帶著樹斑斑點點的陰影降落，沒有陰影的部分在他身體周圍形成一種霧毛毛的光邊。

「當蝶從藿香薊上飛的時候，牠的眼裡會出現一團紫色的漩渦，森林會向下沉，雲會靠近，山會倒退，河流變成銀色的線，色彩變得單純，世界被單眼分隔成一粒粒微米，然後在意識裡重新組合。如果要快就揮動翅膀，如果要注視某一點就交給風：這裡的風很慢，只比呼吸快一點點。」

風很慢，只比呼吸快一點點。我心裡想，這年輕人是誰？他的輪廓有原住民族高顴深膚的特徵，眼裡帶著憂愁的基調。

突然間我的念頭像是被抽走了一樣，腦袋裡啪啪幾聲，彷彿被插上插頭的接收器，眼前出現許多紊亂的，朝後方逸去的線條。放眼皆是黑色與白色點紋構成的抽象色塊，就像自己已經被融解在這些點紋中。過了好一陣子我才省悟那是玉帶的翅。漸漸地黑與白的色塊露出破洞，海出現了。陽光從黑色翅膀鼓動間的縫隙落下，矖亮矖暖一切。我發現翅膀的揮動不但不是無聲的，而且那聲音就如同〈啟示錄〉第九章第九節所形容的蝗群「翅膀的聲音，好像許多馬車奔跑上陣似的」。逐漸地有些黑色翅膀沒有預警式地掉落，於是海便越來越龐大。終於，像只是把天空染深後翻轉過來的海占據了整個視野。唯一的界限在遠方。看不見食草也看不見蜜源，看不見隊伍前頭的遙遠的線也看不見隊伍後頭正在遠離的線，海面上偶爾出現的白色泡沫將落下的黑色翅膀捲沒。

（如果是仿相手蟹，那眼睛應該可以看到不同方向的兩條界限吧？）

看不見隊伍，只剩下發亮的天空與發亮的海，在無法計數時間單位的一段時間之後，突然間落入連想像的光影都沒有的絕對黑暗裡。

影像重新轉回時（就好像按recall轉臺一樣快），青年的臉像是想詢問著我什麼，他的眼在空氣中接觸著我的眼。或許是我站得離他太遠，不知道是我的錯覺還是怎麼樣，那也有瞳孔也有眼白也有角膜的眼裡，模模糊糊地像是有無數帶著稜角的小方格所組成的輪廓。

這時我發現山羌們又出現了。耳朵的形狀非常漂亮，像開始發育的孩子的鼻尖的山羌，依然用十分哀愁的眼望著我一會兒，然後把腳踩進將蹄聲收藏到柔軟泥土裡的落葉堆，窸窸窣窣地離去。

青年不知道在什麼時候也離開了。

幾天後我在紅外線鍋上煮著筆筒樹嫩芽湯時，那氣味像一支螺絲起子，把腦袋裡的某個蓋子旋開了。我突然發現，截至當時為止我所畫的五百八十六個攝影點裡，沒有一架攝影機是以紫斑蝶的視覺所看到的世界。

比方說蝶和蜂一樣也具有動態視覺融合影像的能力，那個世界應該就像以慢速播放的錄影帶（但時間的流動卻是和我們的世界等速的），我捕捉牠們的動作在牠們眼裡或許就像蛻皮中的蛇一樣緩慢。

如果有些攝影機能呈現蝶的視野就好了。只是有誰知道那複眼所看出的世界，和我的眼究竟有多大的不同呢？

所謂的compound eye（複眼）是由許多的ommatidium（小眼）所組成的，不同昆蟲的小眼構造並不相同。以蜂來講，六角形的小眼約有四千個。如同從太古飛來的蜻蜓這種前後翅可以不同步振動的古老昆蟲，複眼是由數以萬計的小眼組成的。這些由表皮特化成為像泡沫裹住一樣的透明角膜，以crystalline cone（圓錐晶體）和長軸呈放射性排列的retinal cell（呃，叫視網膜細胞吧），構成超過核能電廠反應爐複雜程度的感光體。我曾在超顯微鏡下看過小眼的色素運動，當圓錐晶體接受到外來光線刺激時，色素細胞像被某個無形撞球手的力道控制下滾動的球一樣，看似毫無章法卻向著適當的位置移動，以適應明亮或黑暗的視覺環境。那就像人類的瞳孔一樣，彷彿一種有獨立生命的存在。

當時的生物科技雖然可以複製出瀕臨絕滅的珠光鳳蝶以及大紫蛺蝶，卻從來沒有嘗試還原過蝶的視覺經驗。雖然在技術上似乎有可能（至少Kevin所用的攝影機就具有快取能力），但深入一想，要呈現不同構造的眼所看出去的世界，或許不只是技術的問題。畢竟，即使是同一構造的眼，看出去的世界必然也會有選擇性的不同吧？

我認識的一位喜愛街頭攝影的大學好友，後半輩子把他的家產都拿去購買知名攝影家使用過的二手相機。我問他為什麼，他開玩笑說用一架某人曾使用的相機，就會好像移植了某顆新眼球一樣。我記得他收藏的一架徠卡M6，原持有的波蘭攝影家在機身底板上刻上九〇年代一位多才藝的女作家Susan Sontag的一段話：「凡照片都是消亡的象徵。拍照片便是參與進另一個人或事物的死亡，易逝，以及無常當中去。」

有時候我會突如其然地看見青年。比方到野溪洗澡、坐在林地的明亮處曬太陽，或爬到樹上計數紫斑蝶群棲息的樹種時，青年恰好在野溪的另一頭、林地的陰暗處、另一棵十幾公尺外的樹上，像還在學習笑容一樣用生澀的笑容跟我打招呼。我完全想不起來青年的眼是什麼色彩。或者是，那色彩太過繁複以致我無法歸類？

（那是不是一雙在外形擬態單眼形式的複眼呢？）

我想像被散瞳劑強制放大的我的瞳孔，還有那青年在光照下，如同二極體光波流震的眼，被泡在真空保存液裡，無重力地飄浮著。

複眼的構造可不可能生長在像人類這種生物上？無預警出現的荒謬疑惑像潮濕空氣受熱上升，形成柱狀積雲，裡頭的微小冰晶相互撞擊著而聚積成為雨點，繼續上升，凝結成為冰晶，形成捲雲。

任務結束前的幾天雨持續地下著，即使是採用隔離水分子的技術，帳篷裡仍感潮濕黏膩。雨無邊無際地濡濕著整座森林，樹皮浮腫不堪、鳥啼止息、四處都是蛞蝓和蝸牛、白頷樹蛙整天像機關鎗一樣鳴叫。水隱藏在落葉層下，一踩下去就會啾一聲，好像踩到什麼活物一樣。紫蝶群紛紛倒懸在葉片較大的植物底下，但也有許多殘骸混在落葉堆裡，死去蝶的蝶翼上頭的物理鱗片仍然反射著紫光。
就在我決定暫時離開森林，到附近的小鎮避一陣子的那天早晨，年輕人又出現了。他從雨裡走過來。我邀他進我的帳篷，用光束烤暖身體。他仔細地翻著我正在收拾的標本展翅板。
「你蒐集到多少？」他背對著我。
我為了不得罪他，在腦子裡轉著適當的詞句：「蒐集，不，我不蒐集。這是研究必須的。每一種我只取一到兩隻樣本。」
「樣本？你叫這些蝶做樣本？」他的口吻聽不出任何情緒：「多少種？」
「一百二十六……或一百二十七吧。」
「不，應該是一百四十一。加上偶爾會經過這片林地的，有一百九十七種。」
我就像小學時上課被叫起來算錯算術的學生，不知所措地搓著手。
「你要這些……蝶……樣本的目的到底是幹嘛呢？」他轉過身來望著我。在汽化燈的照明下，我終於真正地接觸到他的眼。
如果我可以相信我的視覺和記憶的話，他的眼確實是由無數個小單位所組成的，但卻不是規律的、蜂巢式的複眼，而像是將許多不同生物的眼所集合起來組成的眼。我忘記禮貌地被那雙眼深深吸引，就像盯著荷蘭田園上一座座的風車，不自禁地被自己心裡的某個風景召喚進去。每一枚小眼都眨動著似乎是熟悉的、卻又具有陌生感的場景。被蛀食成焦褐色的樟樹葉，果莢正在裂開、長了羽毛般的瘦果被風一吹就逸出視線外的馬利筋，被象草五節芒包藏起來的某種哺乳獸的小徑，像包裹在藍色空氣裡的純粹藍色，眩目得彷彿發光體的雪地，以及就像在進行著一場光的表演般，流動著各種光束的水面。

不知道為什麼，這些並沒有什麼哀傷情緒的場景卻透露著一種哀傷的色調。我對著那以幾萬種姿態呈現的哀傷眼神，毫無戒心地把我來紫蝶谷的原委慢慢地說了出來。其間還穿插了過去追蹤玉帶，以及觀察研究鱗翅目的一些事（就像我跟你說的一切）。然後我問他：

「你的眼是複眼嗎？」

年輕人緩慢地點了點頭（似乎又搖了搖頭）。他的眼神像穿透我，落在我身後正落著不仔細看會以為起霧的細雨裡的某處。並不像是要回答我地說：

世界並不是只為某種眼睛而反射顏色、集聚或構造的。

複眼人說，他已經越來越沒辦法真正看清這個世界。當他說話時，數萬枚單眼因急速的色素移動而讓人清楚地感到那身體裡頭靈魂的變化，那些小眼們似乎沒有看著你，而是在對你展示了繁複的世界。仔細一看，複眼人複眼上的小眼，有幾枚失了光彩，就像熄了電的燈泡，或打烊的世界。不，仔細一想，可能不只幾枚，而是幾十枚、幾百枚、幾千枚，並且在我望向那裡的剎那的剎那，又有幾枚熄滅了。

不知道過了多久，他站起身，走出我的帳篷，就好像正在落著的雨水的一部分走進雨裡。

「如果生命看這世界的眼光不被理解，一切都會終止。」那聲音也像是雨水的一部分，就那樣消失在雨裡。

我決定留在帳篷裡等雨停，期間蒼白女子曾經打過電話關心，我說一切沒事。

雨是在深夜的時候停的，我被各種動物的聲音叫醒。我從來沒聽過那麼多種動物一起鳴叫，耳膜像被取走，聲音直達聽覺區一樣的鳴叫，好像互相慶賀雨終於停了似的。由於是滿月，森林裡非常明亮，山羌群在我五步之外的地方嚼著草，小彎嘴們就從我的眼前東張西望地飛過。我第一次在這麼近這麼明亮的地方看到野兔，牠們的眼就像玩捉迷藏躲在衣櫃裡怕被找到的孩子。垂懸在藤與葉片下的紫蝶們一張一闔牠們的翅膀。

（那紫色鱗片，簡直就像無數無數個星圖一樣）

不知道有什麼訊號，至少我看不見也聽不見那訊號，突然間一群紫斑蝶飛了起來。就像遠方有什麼聲音透過牠們腳上的聽感覺器，讓牠們的肌凝蛋白牽動了飛翔肌，在那一瞬間像想起什麼似的朝遠方飛去。

留在森林裡的雄蝶開始跳起求愛飛行舞，牠們圍繞在雌蝶周圍，從毛筆器釋放出性費洛蒙。我感覺到森林的風向在改變，腳底下有股力量想要鑽出來。

我記得雨是在天亮之前停的，快要落下去的滿月，仍然非常仔細地，照著森林的每個角落，一切都流動著難以形容的微妙亮光。

老人說到這裡的時候，電視正在轉播一批俄羅斯與美國科學家準備「終結」月球的行動。其實這個構想早在五〇年代就有美國科學家提出，約二十年前（二〇〇二年），又由俄羅斯科學院的弗拉基米爾．克魯因斯基與普茲特斯克伊率領一群頂尖科學家向俄國政府進行建議。

他們認為從二十一世紀開始的氣候異常、飛機失事乃至於地震，都與月球引力有關。他們當時提出用火箭發射六千萬噸的核彈摧毀月球。月球引力消失後，整個俄羅斯都可以栽植亞熱帶蔬果。沙漠會降雨、颶風將消散、河水不致氾濫、季節的界限模糊，人們的情緒會更平和，海水不再潮汐，作物的生長規律。地球將成為更適合人類生存的美好星球。

然而摧毀月亮的核彈，在技術上會不會對地球造成傷害呢？這樣的恐懼讓月球又活了一段時間。

令人擔心的核戰爭並沒有爆發、污染漸漸被控制、數百種瀕臨滅絕的生物被複製成功。科學家不知道是為了要消耗核彈還是幹什麼，另一批成員來自多國的科學家在「反對摧毀月球組織」的屢次阻撓下，終於建立起「終結月球基地」。這計畫雖然受到許多批評與阻擾，不得不以秘密的方式進行，但在部分政府與政客的縱容下，似乎以異常順利的速度在進行著。電視每天在進行著「月球死亡紀事」，以及「月球史回顧」的報導，因為據某些人士的暗示，可能在今天的午夜十二點（還有兩個小時又十七分鐘），基地將在西半球人的陽光裡摧毀月球。

擬真螢幕上的月球異常龐大，似乎能站在這裡就把石子投進寧靜海裡。

老人喝的是最近頗流行的無色透明 Nirvana 啤酒，我的則是 Pink Floyd。從小我就是昆蟲迷，現在一週有三次（三、六、日）會來到這個牆面皆以昆蟲畫、昆蟲標本裝飾的 insect pub。老闆阿昌偷偷跟我說牆上的鱗翅目標本有一半是坐在角落的那個身材矮小的老人給他的，我對鱗翅目自小就有強烈的興趣（算是個業餘昆蟲蒐集者），好奇使我主動調整了到這裡的時間，藉以接近這個據說是鱗翅目專家的老人。

老人不愛說話，只是每晚在座位上對著光盤檢視、整理數量龐大的昆蟲幻燈片，我得到他的允許後便坐在對面看著那些像活在冷凍時光裡的華麗昆蟲。直到某一次他對著一張玉帶鳳蝶遷移群的片子，開始他的故事（一開始，並不像是為我講的）。

與其說是故事，不如說是他片片段段所提起的過去。我盡量不打斷他，只有偶爾前後事件差太多的時候，提醒他回到我比較有興趣的敘事線上。當故事中斷的時候我們就喝酒，看電視轉播。每次來到這裡老人就說一點，我回去以後把它記下來，像逐漸對上打碎的盤子一樣拼出故事。

老人不說話的時候我說話。我跟他說小時候我父親也帶我去紫蝶幽谷保護區參觀過，我不曉得當時從Watcher看到的畫面，竟然就是老人安排的呀。我說據說最近又發現長臂金龜，已經被研究院捕捉到準備複製，說不定以後就可以看到甲蟲園賣長臂金龜了。我問複眼人難道只有一個人嗎？老人說不知道。我問他是否曾經問過那個複眼人關於玉帶往海上飛的謎？老人說有。複眼人說那是一種儀式。

儀式？可是，蝶不就都死在海上了嗎？

所謂的儀式是沒有表象的理由與目的性的。老人說或者是複眼人當時這樣說。儀式就是存在自身哪。

老人說到雨停了月亮出來了的時候停了下來。我覺得有某些東西在他衰老的身體裡正發生變化，就像月的盈缺。我確確實實感到感傷地說月亮被摧毀以後，現在我研究的事就會失去意義（我專長的研究領域是民間文學中的月亮神話）。以後我們會說，「以前有月亮的時候啊」。

以前有月亮的時候啊。

以前有月亮的時候，善妒的希勒掌管著月亮。月亮教倖存於洪水之後的阿美族兄妹如何產下子女；基諾族的年輕男性穿著繡有月亮花飾的衣服，代表自己準備追求愛情了；拉祜族和多數把月亮視為陰性的民族不同，他們對男性唱道：「你像一個月亮」。

而印加人把月亮嫁給太陽，他們生下了滿天星斗。雅庫特人總在滿月舉行婚禮，而希伯來人，自古以來就根據月亮的盈缺去選擇游牧的路徑。

以後將沒有月亮。

希勒將失去神力，如果再發生大洪水，阿美族的兄妹將不曉得如何產下子女，基諾族的年輕男性不再穿繡有月亮花飾的衣服，拉祜族不再對健壯的男性唱道：「你像一個月亮」。印加人的太陽喪了妻，滿天星斗成了孤兒；雅庫特人總在滿月舉行的婚禮要改期，根據月亮盈缺改變游牧路徑的希伯來人將找不到歸鄉的道路。

老人望著我，眼神穿透我的身體落到遠方似的喃喃地說：鳥也會停止遷移，或在遷移中迷路，白帶魚不再躍出海面，紫斑蝶可能也會忘記從冬天裡醒來，回到北方。

月球仍然藉由一組虛擬電位，投射在擬真螢幕上。雖然是滿月，但由於鏡頭的解析度很高，因此顯得那龐大的圓盤坑坑凹凹，充滿暗面。我喝著Pink Floyd。不知道是錯覺還是怎地，老人的眼裡映照著我從未見過的一些景象。

那是仿相手蟹繁殖期降海時越過馬路既是赴死又是求生的陣勢；那是玉帶鳳蝶像約定好了似的，往西邊大海的奇異飛行；那是白帶魚受到光的召喚，像數萬道光朝向光的來源泅泳（濁白的像患了光盲症的眼，仍圓瞪瞪地睜著）；那是靜止的紫斑蝶像聽到什麼聲音似的，跳起求偶舞蹈。

而月亮碎裂成無數的光片浮在老人的雙眼上。節目正在進行街頭採訪，問路人對於月亮難忘的記憶之類的問題（還有四十二分鐘），有個年輕人說，他的父親說他的曾祖父說過不能用手指月亮。老人閉起眼，用皺紋把月光收藏到人跡未至的森林深處似的，緩緩閉上了眼。

文學森林 LF0073

複眼人

The Man with the Compound Eyes

原寫於二〇一一年

封面繪圖暨設計　吳明益

內頁插畫

〈複眼人〉，張又然，2011 / 壓克力顏料，原為彩色

〈漂離瓦憂瓦憂島〉，王富生，2015 / 凹版畫

〈兩人都有著各自的眼淚〉，王樂惟，2016 / 壓克力顏料、畫布，原為彩色

〈山神〉，金芸萱，2016 / 墨筆、宣紙

〈記錄書寫者〉，鄭景文，2016 / 數位繪圖

作　者　吳明益
版面構成　謝佳穎
校　對　陳孟蘋
行銷企劃　傅恩群、王琦柔
版權負責　陳柏昌
副總編輯　梁心愉

初版一刷　二〇一六年六月二十七日
初版十九刷　二〇二四年三月六日
定價　新臺幣三六〇元

ThinKingDom 新經典文化
發行人　葉美瑤
出版　新經典圖文傳播有限公司
地址　臺北市中正區重慶南路一段五七號十一樓之四
電話　02-2331-1830　傳真　02-2331-1831
讀者服務信箱　thinkingdomtw@gmail.com
部落格　http://blog.roodo.com/thinkingdom

總經銷　高寶書版集團
地址　臺北市內湖區洲子街八八號三樓
電話　02-2799-2788　傳真　02-2799-0909
海外總經銷　時報文化出版企業股份有限公司
地址　桃園縣龜山鄉萬壽路二段三五一號
電話　02-2306-6842　傳真　02-2304-9301

複眼人 / 吳明益著. -- 初版. --
臺北市：新經典圖文傳播, 2016.06
400面；15×21公分. --（文學森林；YY0173）
ISBN 978-986-5824-63-1（平裝）

857.7　　105010010